BUR
rizzoli

Antonio Debenedetti

E nessuno si accorse che mancava una stella

a cura di Paolo Di Paolo

BUR
rizzoli

SCRITTORI CONTEMPORANEI

Proprietà letteraria riservata
© 2010 RCS Libri S.p.A., Milano

ISBN 978-88-17-03881-2

Prima edizione BUR Scrittori Contemporanei gennaio 2010

Per conoscere il mondo BUR visita il sito **www.bur.eu**

Paesaggio italiano con uomini soli

di Paolo Di Paolo

Prima di poter dire che è nato un racconto, possono passare mesi, perfino anni. Dice: stavo camminando, come faccio ogni mattina, all'improvviso mi è venuta un'idea e sono corso a casa per timore di perderla. Allora su un microscopico quaderno ferma una frase o due. Anche soltanto un nome. Se gli si chiede di spiegare meglio, dirà che si tratta sempre di un'ossessione. Qualcosa – un vecchio titolo di giornale, una donna o un uomo incrociati per la strada, un luogo –, qualcosa che lentamente gli cresce dentro, acquista dettagli, diventa *vera*. Passerà, questa ossessione in forma di storia, per un numero imprecisato di stesure. Riscrive daccapo, cancella, sposta le frasi. Lascia passare il tempo. Cosa aspetta? Che tutto sia più chiaro, forse. Un racconto, dice, si può sbagliare per molte ragioni. Una questione di finale che non tiene, per esempio, oppure di ritmo. Ciò che non tollera, è sentirsi in difetto di chiarezza (con sé stesso e con il lettore, cui chiede complicità). Chiarire, dice, «portare in chiaro»: solo così è possibile capire che non si scrive ciò che si vuole, ma ciò che si deve.

La sua giornata di scrittore, ormai da molti anni, segue una routine che non conosce soste. Viaggia il minimo indispensabile, si sottrae a molte occasioni pubbliche. Dopo avere letto i giornali, si siede alla scrivania, estate o inverno non importa. Le vacanze non esistono, non le ama.

Antonio Debenedetti scrive: come non potesse sottrarsi a un ufficio quotidiano, vitale, in qualche modo religioso. Non conta neanche troppo, per lui, il libro che dovrà uscire (molto spesso rinvia, spiazzando così gli editori; lascia passare anni tra una pubblicazione e l'altra). Conta solo, e di per sé, quel gesto, l'atto stesso. La sua volontà, che è ostinata, prescinde da qualunque considerazione esterna all'urgenza della scrittura. Mai tiene in conto le oscillazioni del mercato editoriale, le quotazioni in Borsa del titolo *short-story*, genere cui si è praticamente votato. Lo spirito con cui lavora ha, in questo senso, qualcosa di inattuale. Maturato in tutt'altra epoca, pure resiste. Se non impermeabile ai dubbi sui destini di quella che lui, per una vita, ha chiamato "la letteratura", sa tuttavia dimenticarli, mentre è alle prese con un personaggio, con una storia.

È ciò che accade anche a Lonoff – immaginario autore di racconti, guarda caso, sinistri, divertenti, inquietanti – in un bellissimo romanzo di Philip Roth, *Lo scrittore fantasma*. Dice Lonoff:

Io prendo le frasi e le giro. Questa è la mia vita. Scrivo una frase e la giro. Poi la guardo e la giro di nuovo. Poi vado a pranzo. Poi torno qui e scrivo un'altra frase. Poi prendo il tè e giro la frase nuova. Poi rileggo le due frasi e le giro tutt'e due. Poi mi sdraio sul sofà e rifletto. Poi mi alzo e le cancello e ricomincio da capo. E se interrompo questo trantran anche solo per un giorno vengo preso da una noia forsennata e mi sembra di avere perso tempo.

In un racconto mai concluso e mai pubblicato, Debenedetti immagina di incontrare sé stesso con l'intenzione di mettersi a processo. Qual è il capo di imputazione? Ho avuto, dice, troppa fiducia nella letteratura; alla letteratura ho sacrificato tutto. Ma poteva non andare così, per uno come lui? Per il figlio del grande critico Giacomo Debenedetti, «dandy e rabbino»: Antonio stesso lo definisce con queste parole, in quel piccolo capolavoro che è *Giacomino* (1994). Quelle pagine scritte con occhi infantili raccontano una strana, irripetibile famiglia insieme naturale e culturale. Una casa in cui transitano i giganti della letteratura novecentesca, con aria di zii e di nonni. C'è davvero qualcosa di unico in una vita che ti lega, fin da bambino, ai libri, alla gente strana e misteriosa che li produce, che ne vive e ne muore.

Antonio comincia a immaginarsi scrittore ancora prima di sapere scrivere, è divorato dalla passione per il teatro («Voglio fare l'attore!»), incide sulla parete della propria cameretta un verso che commuove Umberto Saba, legge *L'isola misteriosa* di Verne (gliela regala Alberto Savinio), si innamora di Salgari, cade nei romanzi di Dickens «come in una piscina», e via così. Trova sulla sua strada maestri come Ungaretti e Bassani, diventa amico di Alberto Moravia, conosce un numero impressionante di artisti e intellettuali, anche vestendo i panni di giornalista culturale. Si è trovato via via a essere considerato un testimone privilegiato di quella che si chiamava senza imbarazzo società letteraria; e non gli è dispiaciuto ereditare o reinventare la tradizione perduta della conversazione, in lunghe interviste, incontri universitari, aprendo le porte di casa a giovani che lo interrogano piuttosto stupiti, quando scoprono ciò che manca nelle storie letterarie. Escono da casa sua – è capitato molte volte anche a me – con un'epoca addosso.

È curioso come, parlando, Debenedetti lasci sempre più spazio agli altri che a sé stesso. Appartiene a quella schiera di scrittori che, se interrogati, dicono di loro attraverso i libri letti, gli incontri della vita. Sta all'interlocutore cogliere indizi, aprirsi un varco nelle affascinanti, instancabili memorie, mai troppo intime. Viene da pensare a Debenedetti come a un personaggio, in questo, quasi romanzesco: lo scrittore da stanare. Dice: per me, parlano i libri che ho scritto. E ne discute di rado, come volesse allontanarli da sé. Anche di fronte all'ipotesi di questa antologia si è mostrato perplesso. Intanto, non ama rileggersi. Perché un rapporto così difficile con sé stesso? Non vi è in lui, nel suo carattere, niente di quieto. La sua intelligenza è quella raccontata da Giorgio Caproni, che gli fece da maestro elementare, alla fine degli anni Quaranta: «un acido che bruciava appena aperte le pagine del sussidiario». Dietro l'affabilità magnetica del conversatore, c'è un costante conflitto con sé, con il mondo. C'è una serie di ombre, di paure, di malinconie, che qua e là traspaiono – in un gesto, magari, o in un lunghissimo silenzio. Molto nasconde la sua ironia, a volte caustica; o la sua allergia, almeno nel parlare, a ogni deriva sentimentale, al troppo istinto.

In uno scritto disperso di molti anni fa, che forse l'autore non ricorda più, fornisce gli unici appunti per un autoritratto mai compiuto. Denuncia, tra i suoi segni particolari, «un effetto di controvento, sfidato con timidezza»; si dice, da «figlio di genitori astratti», in cerca di «precoce scampo nella scrittura». Enumera le frequentazioni illustri che, fin da ragazzino, ha avuto in dote. Passioni giovanili per pallone, biciclette e ballerine, cui si sommano frequenti crisi di «sentimentalgia» e ipotesi per un manuale della «perfetta castrazione letteraria» (titolo: *Se lo sapesse Tolstoj*). E ancora: le tre principali persecuzioni stilistiche – Cecchi, Hemingway, Gadda. Infine, la scoperta della propria vera voce, del proprio spazio:

> Comincio a riconoscermi nell'icasticità, nelle forme chiuse, nelle situazioni sostanzialmente labili e tuttavia intense come lacrime improvvise, struggenti e senza perché.

Illuminista crepuscolare? È la cosa più dolce, credo, che mi sia stata detta: appartiene al mio privato, come appartengono al privato di altri uomini vezzeggiativi quali «orsacchiotto» o «maritino mio».

L'ipocondria? Lascia lentamente il posto al calcolo delle probabilità. Soffro intanto di periodi sempre più lunghi d'intelligenza media. E le mie giornate, meno indomite, si popolano di piccole cose interessanti, verniciate di colori ben impastati, pieni di charme come gli anni che passano.

Superata la preistoria di sé – i libri dell'esordio, pirotecnici e manieristi, in cui chiudeva i conti con un'educazione letteraria molto forte, per sua stessa ammissione «quasi terroristica» –, dagli anni Ottanta ha cercato nel racconto – nella sua concentrazione, nella sua velocità – lo strumento e lo spazio per indagare il reale. Come mostrano i testi qui raccolti, dev'essergli riuscito un piccolo miracolo. Quello di piegare la forma del racconto classico agli umori della contemporaneità, se anche un'icona del Novecento come Federico Fellini si diceva irresistibilmente «divertito e sedotto» dalla sua scrittura. L'ha detto in modo perfetto Alfonso Berardinelli:

> la narrativa di Antonio Debenedetti appare come l'ultimo tentativo di usare la diagnostica e la sintassi novecentesca per capire malattie che sembrano nuove senza esserlo. Squallore morale, aridità, vuoto, impotenza, risentimento, vita negata, miraggi del desiderio. I casi narrati dicono che la vita è ancora quella, da più di un secolo: felicità corrotta, vitalità abortita.[1]

---

[1] Alfonso Berardinelli, *Ecco la Roma inedita, illusionista e disperata vista con gli occhi di Debenedetti*, «Il Foglio», 4 febbraio 2009, ora in *Quasi un racconto. La narrativa di Antonio Debenedetti*, a cura di M. Monferrini, Edilet, Roma 2009, pp. 275-278.

Mentre Malamud o Carver diventavano già classici; e mentre però le librerie traboccavano – proprio a scapito dei racconti – di romanzi; mentre, più di recente, si segnalava tra gli altri il caso delle novelle di Alice Munro, Debenedetti ha continuato a dare forma alle sue storie brevi. Lentamente, con infiniti ripensamenti e insoddisfazioni, cesellava i suoi testi, riducendone, di anno in anno e di stesura in stesura, la letterarietà a favore di altro: la verità, e i corpi dei personaggi, le loro voci. Due diverse redazioni di un suo racconto sono la stessa cosa e sono due cose diverse. Si può intuire, nel confronto, lo sforzo di chi sa che scrivere è precisare (un'immagine, un concetto), non facendo crescere le parole ma riducendole. Affiora il conflitto tra l'Antonio sperimentale degli inizi e quello, poniamo, di *Amarsi male* (1998), autore di racconti-*haiku* disseccati e inquietanti, di cui resta sulla pagina la nuda trama. Si sente, da ultimo, una conciliazione tra i due: nella raccolta più recente e nell'inedito, il rigore della forma chiusa non asciuga mai troppo gli umori, anzi li accentua. Muta anche il paesaggio: non più quello a lungo privilegiato – come un luogo del cuore – degli anni Trenta e Quaranta, ma finalmente l'oggi. Raccontato per dettagli, micro-eventi, con una vivezza e una crudeltà che sorprende: al punto da chiedersi dove vada a pescarlo, l'oggi, un narratore che per sua stessa ammissione si sente reduce di un altro secolo.

«Se mi guardo indietro» mi ha detto una volta «se penso che da bambino ho giocato con la ghiaia nel giardino di Croce a Sorrento, se rammento di essere stato sulle ginocchia di Saba, se mi dico di avere avuto come maestro elementare Caproni, mi pare, legittimamente mi pare di avere attraversato due o tre epoche della storia. Sono perciò entrato nel nuovo millennio come fossi sbarcato da un'altra era.»

A rileggere i racconti pubblicati in trent'anni si individua facilmente un preciso campo di indagine esistenziale. Non vi è niente di consolatorio: delle vite che Debenedetti racconta risalta la zona d'ombra, l'aspetto che fa più paura o più male. Quando parla d'amore, si tratta di storie davanti a un crepaccio: stanno per finire o cominciano male. Quando parla di solitudine, riesce a farcene sentire tutta la violenza. Sembra avere da sempre accettato la teoria che non si possa fare letteratura con i buoni sentimenti. Piuttosto, con ciò che li tradisce o li inquina.

«"Sentimentalgia", ha detto? È solo paura, mi creda, che venga fuori qualcosa di peggio. I nervi, sa? Ho sempre terrore che, all'improvviso, m'appaia quanto si nasconde oltre l'azzurro del cielo o il tappeto delle stelle.»[2]

È a quella paura, a quel nervosismo, che i personaggi di Debenedetti sembrano condannati. Che cosa vanno cercando? Cos'è che lascia a metà, irrisolte, le loro piccole vite? Lo scrittore se lo domanda e lo domanda a loro, ai personaggi, a questi inquilini misteriosi che incalza, che pedina. Si mette, in ciascun racconto, sulle loro tracce; raduna dettagli, ricostruisce una mappa degli spostamenti. Li insegue, i personaggi, nel loro andare incontro a un destino. Si chiede con quanta consapevolezza lo facciano.

Perché ogni racconto, in fondo, altro non è che *stilizzazione* di una singola sorte. Ovvero, il recupero delle linee essenziali di una vita, la sua parabola e il suo scheletro – una piccola somma di gesti, frasi dette, pomeriggi. Estrarre da un'esistenza il suo paradigma, passarla al setaccio (di uno stile). Come da una risonanza magnetica, su una superficie buia si rilevano, per via di un bagliore, particolari altrimenti invisibili, così dai racconti di Debenedetti affiora il segreto di un istante, la sua verità-necessità nascosta. Penso all'inquietante *Lettera da un luogo segregato*, che ha dentro qual-

---

[2] Antonio Debenedetti, *Ancora un bacio*, Guanda, Milano 1981.

cosa di dantesco: nel contatto della voce narrante con la protagonista, e nella luce intorno, da Inferno o Purgatorio.

Sempre alle prese con un malessere che li tormenta, che li violenta, correlativi *soggettivi* di un'angoscia esistenziale senza rimedio (*Se la vita non è vita*, suona il titolo di uno dei rari romanzi di Debenedetti), i personaggi si trovano ad affrontare ciò che in questa vita si consuma: la giovinezza, il desiderio, il corpo, il tempo stesso. Perciò i racconti sono scanditi dall'insistente ticchettio di sveglie e orologi, da un'attenzione spasmodica per le date e gli orari. Un venerdì, alle due del pomeriggio, si può iniziare a morire. Un mattino d'estate, poco prima di mezzogiorno, di là da una vetrata, si incontra, inatteso, un fantasma. In un'ora buia e insolita della notte si può cominciare a piangere, con ostinazione e senza singhiozzi, come fa la bellissima Lucia, protagonista del racconto *E nessuno si accorse che mancava una stella (La ragazza del fine settimana).* Sono umori, stati d'animo quasi sempre *borderline* quelli dei personaggi di Debenedetti, che mai trovano conforto – eppure lo cercano! – nei lembi di cielo sopra di loro. Blu-viola, blu-lavanda, gonfi e lividi, bui e compatti, oppure gelidi e tersi di tramontana; disegnati dai venti, dalla pioggia, dagli «accesi presagi del mare».

Entro i confini del suo accurato «realismo ambientale», sembra davvero che Debenedetti non possa rinunciare, raccontando un personaggio, a seguirne con perizia lo sguardo, proprio quando, in modo rapido e inatteso, si alza verso l'alto. In tempo, talvolta, per cogliere qualche mutamento pericoloso, che si avvicina insieme alle raffiche di scirocco. Nei *Racconti naturali e straordinari* (1993) e, prima, in *Spavaldi e strambi* (1987) risulta, ciascun mutamento, da un caso «quasi sempre avverso». Così, anche chi dovesse apprestarsi a uscire dalla passività o dall'inettitudine, è infine costretto a scontrarsi con una dolorosa constatazione: che le cose hanno già preso una piega loro, avara di

alternative. «Perché sorprendersi se una trama di combi-
nazioni, di imprevisti, di avvenimenti fortuiti, insomma di
coincidenze, di dannatissime coincidenze sta spingendomi
in bocca alla morte?» si chiede la voce narrante e forse
prossima a spegnersi di un racconto che si intitola, ironica-
mente, *A prestissimo*.

La catastrofe: può coincidere con morte, certo (che si
cerca, si fugge, si dà: appaiono qua e là, nei romanzi e nei
racconti di Debenedetti, diverse rivoltelle «lucide»), ma
anche con tempeste equinoziali, risentimenti gelidi. Con
ferite storiche il cui dolore agisce segretamente fino a
esplodere in modo imprevisto e irreparabile. Di nuovo,
l'inquilina Lucia – la sensualissima, complicata «ragazza
del fine settimana» uccisa senza volerlo davvero da un al-
gerino, dentro un autunno cupo e piovoso – adesso torna
alla mente con l'insistenza di un presagio. C'erano, già in
quella storia di aerei presi in fretta, di flash dell'alta moda
pronti a spegnersi impietosamente, fitti rimandi ai nodi di
questo tempo. Il rapporto complicato con la propria pelle
e con l'età; le diffidenze e i sospetti che si ispessiscono tra
le pareti domestiche e appena fuori; le ansie di città, Roma,
che si sveglia sempre più inquieta e multietnica: tutti sentimenti che, specchiati – come ha scritto Giulio Ferroni –
«in un mondo ostile e lacerato»[3], hanno fornito e fornisco-
no a Debenedetti materia di indagine ulteriore.

La sua narrativa è un campionario di solitudini, impruden-
ze, peccati più o meno confessabili, che costantemente si
aggiorna. C'è, nelle sue storie, un testardo, tenace cercarsi
fra esseri umani (a volte, protetti per scelta o per necessità
da una cornetta telefonica, da una lettera, più di recente
dallo schermo di un computer). Debenedetti chiama in

---

[3] Giulio Ferroni, *Quel settembre del 1938 che ha dato inizio al racconto*,
«l'Unità», 21 maggio 2005, ora in *Quasi un racconto*, cit., pp. 235-239.

causa il desiderio, l'ambizione, l'illusione della gloria, il fascino del proibito e del peccato, il sesso, il denaro. Anche la politica. Lui che subito si è tirato fuori dai gruppi ideologici e non ha mai indossato la divisa di intellettuale impegnato («un caso di autoemarginazione», si potrebbe dire con il titolo di un suo beffardo racconto sul '68). Raccontare la politica è possibile, fuori dagli schemi, se si scommette per intero sul dato umano, su una vicenda singolare, sulle sue ambiguità e contraddizioni. Così accade nel racconto *Un pentito*, per esempio, dove affiora un bilancio imprevedibile degli anni di piombo. Grazia Cherchi ne scrisse con entusiasmo come della prima novella italiana sul pentitismo: «uno spaccato di non vita o sottovita»[4].

Quando si tratta di un racconto "storico", Debenedetti sceglie un punto di vista minimo, marginale, paradigma di niente e di tutto. Basta rileggere la fitta serie di racconti che hanno per tema la persecuzione ebraica e le leggi razziali dell'Italia fascista. Vicende che lo scrittore ha a cuore non solo in ragione delle proprie radici, ma perché sente che in quel cuore di tenebra della storia novecentesca tutto è ben più confuso delle formule da manuale. Gli interrogativi sul male, sul bene, sulla colpa, sulla cecità dell'ideologia, si fanno solo più angoscianti, a contatto con quel passaggio storico, ma non si esauriscono lì. Un lungo, bellissimo racconto come *E fu settembre* è tutto giocato, con una grazia che commuove, sul groviglio inestricabile che tiene insieme l'eroismo e la viltà, l'amor proprio e la pietà, l'innocenza e la colpa, sul nodo che lega insomma i sommersi ai salvati.

Lo scrittore – sembra dire Debenedetti – dispone di più sfumature rispetto allo storico, può inoltrarsi con spirito forse più libero in zone della coscienza umana che non conoscono categorie. Così pure, può svincolarsi dai pregiudi-

---

[4] Grazia Cherchi, *La prima volta del pentito*, «l'Unità», 15 febbraio 1993, ora in *Quasi un racconto*, cit., pp. 120-121.

zi e dalle spire della morale corrente (o del moralismo), quando per esempio affronta – e lo fa spesso – i legami familiari; e pare confessare, dietro la maschera dei suoi personaggi, forse a malincuore, di non crederci più, alla famiglia, di non averci mai creduto troppo.

Non insegue nessuna verità assoluta, nessuna conclusione a tesi. Più onestamente, Debenedetti si mette in ascolto delle donne e degli uomini dei suoi racconti. Li lascia parlare, permettendo al lettore di riconoscerne fiati e cadenze diverse – e così non solo si dimostra eccellente dialoghista, ma accoglie qua e là, nell'italiano composto e trasparente del narrato, sfumature di tono e di lingua che rendono mossa, vibrata ogni pagina.

Verrebbe per esempio da pensare a *In due* (2008) come a una piccola storia o contro-storia d'Italia e della lingua italiana degli ultimi cinquant'anni. Parlano lingue diverse il giovane Oliviero di *Un caso di autoemarginazione* ambientato nel 1969 e il suo quasi coetaneo di quarant'anni dopo, impiegato presso un call center. Parla (scrive) invece come un libro di scuola, Osvaldo, quando, rimasto vedovo, indirizza una missiva alla signora Wilma, che risponde ai lettori di un giornale femminile: è una lingua piana e didascalica la sua (scaldata da una sensibilità che sa accendersi per le sorti di uno scoiattolo, ma si scopre poi perfino antisemita e un po' xenofoba). «Mi piacerebbe, in ogni caso, conoscere la sua opinione in merito.» Il colonnello napoletano trapiantato da tempo immemore a Torino confida dolorosamente i suoi segreti di pedofilo a Totò, che frattanto si dimena sullo schermo e risponde a suon di «Oibò!», «Ostrega!», «Alla faccia del bicarbonato!». Bisognerebbe ancora studiare la lingua (spiccia) della trans Giò. Ma è nel racconto *Call center*, dove un centralinista "ascoltone" – complice del suo «destino di merda» lavorativo – fa le poste a una giovane donna, che Debenedetti supera sé stesso:

Alla luce d'una tale realtà degradata, mi domando come mai si sottovaluti l'udito. Perché nessuno parli dei fratelli chic dei guardoni e cioè per l'appunto degli "ascoltoni". Di noi, degustatori morbosi di dittonghi e monosillabi, di noi cui basta una zeta addolcita per farcelo venire duro, più duro d'un manico di ramazza. Per non dire, poi, di certi cocktail di sibilanti e gutturali! "Sgrauso", termine gergale romanesco di origine giovanilista, per fortuna già caduto in disuso anche fra il popolo delle due ruote, poteva avere su di me effetti devastanti.

Qui, come nel sorprendente inedito *lucilla@nonciprovare.it*, i personaggi vengono costruiti soprattutto in forza della loro voce: a partire da pronunce, inflessioni, perfino sbuffi e mugugni. Lo scrittore si scopre insomma glottologo, procurando al lettore estremo divertimento.

Dietro l'affabile leggibilità, nell'ultima produzione di Debenedetti emergono tensioni e ricerche assai complesse, stratificate. Vi risulta concentrata, come mai prima, l'intera esperienza dello scrittore. Quasi avesse voluto mettere sul tavolo tutto ciò che sa della letteratura, tutto ciò che ha imparato, Debenedetti oggi si schiude a sé stesso, si ascolta finalmente appieno. Al punto da lasciare che certi umori espressionistici dei primi libri (nati, negli anni Settanta, in orbita Gadda-Manganelli-Landolfi) si riaprano varchi nel linguaggio; o che nuovi, insospettati umori – la tenerezza vivissima di un racconto come *Cuccioli*, per esempio – invadano la pagina, spingendola verso esiti lirici.

Intenzionato a svelarci che sangue scorra nelle vene e arterie di questa nazione (il paesaggio è sempre un paesaggio italiano), lo scrittore chiede ai suoi personaggi un supremo sforzo di autenticità. La sua anima novecentesca adesso si lascia coinvolgere, commuovere anche dai primi anni Duemila, da chi ci sta crescendo o invecchiando dentro. Debenedetti sa che è impossibile cogliere dall'alto l'umore di un'epoca, che bisogna perciò ridurre il campo visivo, che ogni storia minima conserva in sé le tracce di storie molto più grandi e comuni. E se la sua scrittura approda di tanto in tanto all'aforisma (si dice per esempio di un'epoca, la nostra, che sembra «concedere alla coppia solo due alternative: scopare senza volersi bene o lasciarsi in conseguenza delle complicazioni create dal volersi bene»), se approda dunque all'aforisma, lo fa solo dopo avere attraversato senza difese la materia opaca e ustoria dei sentimenti, da poterne finalmente (e pietosamente) prendere le distanze.

Come per ogni antologia, restano a chi si è avventurato nel gioco della scelta molti dubbi. Manca qualcosa? In ogni caso, il disagio è attenuato da una strana forma di stupore. Allora questo è scrivere – viene da esclamare, come lo si apprendesse di nuovo ora: lasciare, «da qualche parte, un solco, una traccia, un marchio o qualche segno». Salvare storie. C'è la vita di mezzo, e non solo come materia della narrazione. Ci sono giorni, anni spesi a una scrivania. Si è portati a credere, infine, che non fosse solo una parabola astratta, quella raccontata da Borges. C'è un uomo che si impegna a dipingere il mondo intero su una parete bianca: «porte, bilance, tartari, giacinti, angeli, biblioteche, labirinti». Poi scopre che quel «vasto guazzabuglio di linee» altro non è che il disegno del proprio volto.

Cronologia
a cura di Michela Monferrini

1937-1942. Un'infanzia a lume di candela

Antonio Debenedetti nasce a Torino il 12 giugno 1937, da Giacomo Debenedetti e Renata Orengo. Battezzato Antonio Alessandro Marco nella chiesa di Santa Barbara, nei pressi di via Cernaia, è secondogenito dopo Elisa. Suo padre, biellese, è figlio di Tobia, commerciante originario di Casale Monferrato, ed Elisa Norzi, di Asti. Sua madre è figlia della contessa Valentina de Tallevich e del marchese Antonio Orengo:

> Notizie certe degli Orengo si hanno dal Quattrocento. Sempre là, a Pigna, nell'entroterra ligure, di generazione in generazione, fra le montagne e il mare. Ebbene, io passavo l'estate tra Ventimiglia e Mentone, in un piccolo paese che si chiama Latte. Stavo lì da metà giugno a metà settembre, era un po' come la mia seconda patria.[1]

Il matrimonio dei suoi genitori, avvenuto il 4 dicembre 1930, è l'unione mista tra un ebreo e una cattolica, in un momento in

---

[1] Antonio Debenedetti, *Un piccolo grande Novecento. Conversazione con Paolo Di Paolo*, Manni, Lecce 2005, p. 42.

cui «giornali come "Israel" consigliavano i giovani di non tradire le origini e facevano presenti pericoli di vario genere»[2].

Antonio verrà educato dai preti fino all'età di tredici anni.

Nell'autunno 1937, la famiglia Debenedetti si trasferisce da Torino a Roma. In un primo momento, i Debenedetti risiedono alla Pensione Villa Borghese, indicatagli da Alberto Moravia e situata proprio nei pressi di via Sgambati, dove lo scrittore romano è nato e vive.

La prima casa romana della famiglia Debenedetti si trova all'Aventino, in via Sant'Anselmo 32 (poi 46):

> La prima immagine che ho di Roma, legata ai miei eterni mal di gola infantili, è quella di una città molto luminosa e colorata. Una città di vento, di limpida tramontana. Cieli spietatamente azzurri, a volte quasi verdi e spruzzati d'arancio...[3]

L'Aventino è un quartiere di ville in cui abitano numerosi giornalisti. Dalle finestre della stanza di Antonio si vedono talora transitare in piazza Albania greggi di pecore.

Suo padre, dopo la promulgazione delle leggi razziali nel 1938, lavora anonimamente come sceneggiatore insieme a Sergio Amidei.

I ricordi di via Sant'Anselmo sono legati all'atmosfera quasi irreale di una Roma che si è da poco scoperta libera dopo i mesi dell'occupazione nazista. Debenedetti ricorda gli inverni rigidi, il freddo anche in casa e le molte difficoltà di quel periodo: «c'erano i turni per avere la luce elettrica, spesso si andava a letto a lume di candela»[4]. Le vacanze del piccolo Antonio trascorrono fra la Liguria e «il mistero della soffitta della casa della mia nonna materna, in corso Galileo Ferraris 14»[5], a Torino.

---

[2] Paola Frandini, *Il teatro della memoria*, Manni, Lecce 2001, p. 115.
[3] Antonio Debenedetti, *Un piccolo grande Novecento*, cit., p. 13.
[4] Ivi, p. 35.
[5] Ivi, p. 43.

Intorno al 1942 risale la scoperta dei libri: Elsa Morante, amica di suo padre (che aveva letto i racconti giovanili della scrittrice e che, nel 1937, aveva deciso di ospitarne alcuni sulla rivista "Meridiano di Roma"), gli regala il libro per bambini che ha appena pubblicato, *Le bellissime avventure di Caterì dalla trecciolina*; poco più tardi, qualcuno gli leggerà *Le avventure di Gianburrasca*.

1943-1946. Da Ciondolino alla scoperta del pensiero

Il 13 settembre 1943, la famiglia Debenedetti è invitata dallo scrittore Pietro Pancrazi a trasferirsi a Cortona, dopo un breve periodo trascorso all'Hotel Boston, presso Porta Pinciana.

> La notte dal 12 al 13 settembre, al buio e con le lenzuola tirate fino agli occhi nel grande letto matrimoniale della nostra stanza, la mamma, Elisa e io sentimmo la guerra vicinissima, tanto da sfiorarci [...].
> «Ho paura per voi» sembra che abbiano detto alla mamma e a Elisa i miei cinque anni, pescando quella frase in chissà quale ripostiglio della memoria.[6]

Al momento della partenza per la Toscana, in una via Veneto deserta, avviene l'incontro casuale con Moravia ed Elsa Morante, che di lì a qualche giorno sarebbero scappati a Fondi, in Ciociaria.

I Debenedetti, invece, risiederanno fino all'estate del '44 a San Pietro al Cegliolo, in Toscana, ma i giorni più difficili resteranno, comunque, quelli che hanno preceduto la partenza, quando in un susseguirsi di cattive notizie e preparativi per la fuga, Antonio ed Elisa si sono sentiti «eccitati come nel bel mezzo di un'avventura salgariana»[7].

Durante la parentesi toscana, la suocera di Corrado Pavolini,

---

[6] Antonio Debenedetti, *Giacomino*, Marsilio, Padova 1998, p. 89.
[7] Paola Frandini, *Il teatro della memoria*, cit., p. 166.

nonna di Francesco Savio e Luca Pavolini, legge ai bambini due libri che Debenedetti ricorderà poi con grande tenerezza: *Ciondolino*, opera prima di Vamba (Luigi Bertelli), storia d'un bambino che diventa formica, e *Le avventure di Fiammiferino* di Barzini.

A Cortona, il piccolo Antonio compie privatamente, con il parroco di San Pietro al Cegliolo, il primo anno di studi, sostenendo poi l'esame per l'ammissione alla seconda elementare.

Tornato nella capitale, Antonio passa il primo, vero e proprio anno di scuola alla Leopoldo Franchetti, nella zona di San Saba, per poi proseguire le scuole elementari all'Istituto Pio IX, retto dai Fratelli delle Scuole Cristiane.

Tuttavia, l'alunno Antonio, che in classe è educato da Fratel Celestino «a una religiosità ricca di dolcezza, profondamente evangelica»[8], trova in casa i suoi veri, futuri esempi: Umberto Saba e Giorgio Caproni.

È questo il periodo in cui nasce l'amore per il cinema e iniziano interi pomeriggi tra le «sgangherate file dei cinemetti di terza visione»[9]. Anche da lì passa la formazione dello scrittore:

> scoprivamo così i doni meravigliosi del romanzo, sia pure narrato per fotogrammi [...]. Abbiamo imparato a raccontare i sentimenti, a strutturarne le storie, a dividere ciò che diverte da ciò che è superfluo e ampolloso.[10]

Tra il 1946 e il '47, Caproni, incoraggiato da Libero Bigiaretti, chiede a Giacomo Debenedetti consigli sulla traduzione di uno dei volumi della *Recherche*, che sta curando per Einaudi.

Caproni, «quasi per sdebitarsi» con il padre, comincia a dare lezioni ad Antonio, mancato da scuola per due mesi a causa d'una febbre linfatica:

[8] Antonio Debenedetti, *Un piccolo grande Novecento*, cit., p. 24.
[9] Ivi, p. 38.
[10] Ivi, pp. 36 e 38.

È lui stesso che data i nostri primi incontri. Lo fa in una poesia, che iniziò a scrivere proprio sotto i miei occhi [...]

> Cosa mai studi, Antonio,
> ora che aprile trema
> ai vetri, e una mosca
> – minuta arpa – vibra
> delicata sul tema?[11]

La poesia, con dedica «ad Antonio Debenedetti», verrà poi inserita nella raccolta postuma *Res amissa*, pubblicata nel 1991. Gli insegnamenti di Caproni andranno ben al di là delle conoscenze scolastiche richieste a un bambino di nove anni:

> [...] mi disse: «Perché tu ti chiami Antonio? Perché un altro bambino, tuo compagno di banco, si chiama Massimo? Perché se io devo chiamare te, dico: Antonio? Perché se devo chiamare lui dico: Massimo? Eppure siete tutti e due dei bambini. Come mai la stessa cosa non la faccio con le bottiglie? [...] A quella domanda, rivoltami in leggero accento genovese, seguì un lungo silenzio che coincise in me con la scoperta del pensiero.[12]

Intanto, in terza elementare – dopo che Antonio già da un po' costruiva quaderni a imitazione dei libri, con il suo nome in copertina – è arrivata la prima conferma al sogno di diventare scrittore: sul giornale della scuola gli viene pubblicato un tema, in cui immagina la gloria letteraria, con «il volto di Pascoli e quello di Carducci, i soli grandi autori di cui allora conoscessi i nomi»[13].

A "riempire" questi anni, sono anche i pomeriggi passati con un vicino di casa, suo amico inseparabile, Giovanni Ferri, figlio del giurista Giuseppe.

---

[11] Antonio Debenedetti, *Giacomino*, cit., p. 174.
[12] Antonio Debenedetti, *Un piccolo grande Novecento*, cit., p. 39.
[13] Ivi, p. 45.

1947-1956. Il «lievito del cuore»

Alberto Savinio regala ad Antonio *L'isola misteriosa*, e il bambino riceverà poi, da suo zio Vladi Orengo, *Michele Strogoff*, ma a Verne preferirà sempre Salgari, tanto che, spesso, metterà da parte lo studio – ormai quello delle scuole medie, all'Istituto Nazareno – per dedicarsi a quelle storie avventurose.

In un'edicola Antonio Debenedetti compra il suo primo libro scelto autonomamente e letto soltanto qualche anno più tardi: è il *Dottor Jekill e Mister Hide* di Stevenson, edito nella collana dei Gialli Mondadori.

Intorno ai tredici anni, scopre Moravia e i francesi Sartre e Camus.

All'antologia *Americana* di Elio Vittorini deve l'incontro con Hemingway, incoraggiato dalle parole di D.H. Lawrence:

> «I bozzetti di Hemingway sono ottimi; così rapidi; come fregare un fiammifero, accendere una sigaretta che dà gusto un minuto; ed è tutto. Storie d'amore che finiscono come si butta il mozzicone d'una sigaretta. "Non mi piace più"» [...] queste parole di Lawrence sono state nella mia adolescenza una bandiera esistenziale, un programma letterario. Ho amato Hemingway per essere fedele a questa idea del raccontare e pian piano ne sono rimasto completamente preso.[14]

Altre letture, *La freccia nera* di Stevenson, *I miserabili* di Hugo, *Ivanhoe* di Scott, *David Copperfield, Oliver Twist* di Dickens.

Ma non sono solo gli anni della formazione letteraria: il giovane Debenedetti ama molto lo sport. Intorno ai tredici anni gioca a calcio, si interessa al ciclismo (è tifoso di Fausto Coppi e del francese Jean Robic, detto "testina di vetro"). Durante le vacanze estive in Liguria, nuota moltissimo. A diciassette anni, un problema al polmone lo porta a dover cambiare il mare con le Dolomiti di Pocol, sopra Cortina.

Nel 1953, alla fine dell'estate, Debenedetti decide di restare a

---

[14] Ivi, p. 74.

Torino e si iscrive al prestigioso liceo D'Azeglio, lo stesso dove molti anni prima aveva insegnato Augusto Monti avendo come allievi Massimo Mila, Cesare Pavese, Leone Ginzburg, Franco Antonicelli.

Durante quell'anno Antonio studia poco, ma in compenso vive «una specie di lievito del cuore», procurato dalla lettura di Čechov, Dickens, il Thomas Mann di *Mario il Mago*, ricevendone una fortissima impressione, e tenta di leggere Renan in francese, e dai pomeriggi spesi tra il cineteatro "Ideal", dove nasce la sua passione per la canzone; il manicomio femminile, dove assiste alle lezioni di psichiatria; e il teatro. Incontra al Carignano il grande teatro di prosa (memorabile un Tartufo interpretato da Benassi).

Nel 1954 Antonio fa ritorno a Roma, si trasferisce con la sua famiglia in via del Governo Vecchio 78 e si iscrive al liceo Virgilio. Fra le lezioni di latino e greco legge Ungaretti: «Se non avessi incontrato Ungaretti forse mi sarei salvato, rinunciando alla letteratura»[15].

1957-1969. *Dalle poesie «straane» al giornalismo*

Nello stesso anno in cui si iscrive alla Facoltà di Lettere dell'Università di Roma, Antonio termina la raccolta *Rifiuto di obbedienza,* che pubblicherà nel 1958. È a letto con l'influenza asiatica quando sua madre gli procura una fortissima emozione annunciando l'arrivo (in busta arancione, da ufficio) del primo, vero e proprio giudizio critico a una sua opera: la prefazione firmata da Giorgio Caproni. Da quelle parole, tra il serio e l'affettuoso, resta quasi deluso. Sarà suo padre a spiegargliene il valore. Caproni coglieva in Antonio «l'ironia d'un alunno del Borromini»[16] e un «imprecisato senso di colpa»[17].

Tra i primi lettori del libro d'esordio, c'è Ungaretti:

---

[15] Ivi, p. 47.
[16] Giorgio Caproni, prefazione in Antonio Debenedetti, *Rifiuto d'obbedienza*, Parenti, Firenze 1958, p. 11.
[17] Ibid.

Lo aprì e cominciò a leggere le poesie. Poi alzò gli occhi e disse: «Sono straane, straane...», e questa parola "strane" detta da lui, con la a allungata all'inverosimile, mi riempì di una incontenibile felicità.[18]

Dopo questa raccolta, pubblicherà ancora, in rivista, qualche poesia, ma la vena poetica lascia sempre più spazio alla prosa: «quando ho capito che i miei versi stavano diventando una prigione letteraria, un esercizio di retorica»[19]. Risale a questo periodo la stesura di un romanzo di formazione che resterà inedito.

Intanto, all'Università di Roma, tra i suoi docenti c'è proprio Ungaretti, e con lui sostiene il primo esame:

Mi chiese di cominciare un discorso sul poeta di Recanati, e gli risposi, non per astuzia ma per timidezza: «È molto difficile parlare a un grande poeta di un grandissimo poeta». Lui scoppiò a ridere. Mi disse: «Bene, bravissimo!», non mi fece altre domande.[20]

Tra i docenti, figurano anche Natalino Sapegno e Giovanni Macchia: questi proporrà ad Antonio, alla morte di Giacomo, di laurearsi con lui e di seguire la carriera universitaria. Antonio preferisce però l'attività giornalistica, avviata subito dopo la maturità.

Grazie a un incontro con il critico teatrale Vito Pandolfi, viene introdotto a un quotidiano della capitale, «La Sera di Roma». Inizialmente si era trattato di un lavoro da galoppino: Debenedetti sceglieva le fotografie e preparava la base per le didascalie della rubrica di Gualtiero Jacopetti, «L'album di Gualtiero». Successivamente, gli era stata affidata una curiosa rubrica, «I sogni nel cassetto», a firma (e con tanto di fotografia, «formato francobollo e sfocata») di una pitonessa: aveva dovuto inventare e raccontare un sogno al giorno (sogni spesso kafkiani) e, con l'aiuto della Smorfia, fornire ai lettori i numeri per il Lotto.

[18] Antonio Debenedetti, *Un piccolo grande Novecento*, cit., p. 47.
[19] Ivi, p. 63.
[20] Ivi, p. 48.

Di qui Debenedetti passa al «Punto» diretto da Vittorio Calef, già segretario del ministro Sforza. Il giornale punta alla nascita del centrosinistra: vi prende forma, infatti, il colloquio tra democristiani e socialisti.

Dopo gli anni al «Punto» passa all'«Avanti!», sulle cui pagine culturali, dirette da Pietro Buttitta, Debenedetti scrive recensioni di libri stranieri, occupandosi prevalentemente di letteratura angloamericana (recensisce, fra i primi in Italia, *Il pasto nudo* di Burroughs e *Il tè nel deserto* di Bowles). L'autore che più lo tocca è Samuel Beckett.

Nel 1961, Antonio lascia la casa paterna e si trasferisce in piazza di Tor Sanguigna, nei pressi di Piazza Navona, dove resterà fin quando, nel 1968, un nuovo spostamento lo porterà in via dell'Anima 45 (andrà ad abitare la sua quinta casa romana, in largo Pietro di Brazzà, soltanto nel 1987).

«Palatina», la rivista animata da Attilio Bertolucci su cui scrivono note critiche Mario Lavagetto ed Enzo Siciliano, ospita alcune sue poesie, tra cui *Racconto d'aprile*, apprezzata da Elsa Morante e da Pier Paolo Pasolini. Siciliano ritrova in quei testi accenti internazionali, ed è infatti il periodo in cui Debenedetti legge Dylan Thomas e T.S. Eliot, scoperti sull'antologia *Poeti del Novecento italiani e stranieri* curata da Elena Croce.

Un altro poemetto, *Visita a un malato*, viene pubblicato su «Paragone» di Roberto Longhi, cui lo inoltra Niccolò Gallo.

Dal 1963 collabora con la pagina libri del «Corriere della Sera», curata da Enrico Emanuelli, che oltre a Debenedetti aveva chiamato Siciliano, Angelo Guglielmi e Renato Barilli.

Il pomeriggio del 20 gennaio 1967 muore suo padre Giacomo.

Nel 1967 la collaborazione s'interrompe e nell'autunno '68 Carlo Casalegno, su indicazione di Vittorio Gorresio, chiama Antonio alla «Stampa».

Tra la fine degli anni Sessanta e l'inizio dei Settanta, Debenedetti si pone, quasi con ossessione, il problema dello stile. Risale a questo periodo la lettura di Cecchi, Gadda e Manganelli: «Fu quella la mia vera università». Altre letture segneranno profondamente Antonio: i *Racconti della scapigliatura piemontese*, curati da Gianfranco Contini, *Le note azzurre* di Dossi, donategli da Bobi Bazlen, *Amore e ginnastica* di Edmondo De Amicis cui Debenedetti dedica un breve saggio pubblicato sulle pagine de «Il Caffè» di Gian Battista Vicari.

1970. *Vita da scrittore*

La nascita di suo figlio Tommaso, nel febbraio 1969, porta grandi cambiamenti nella vita di Antonio: già da qualche tempo si divide tra molte collaborazioni e lavori con contratto a termine, ma la nuova situazione familiare gli pone seriamente il problema di un lavoro fisso.

Ritorna allora al «Corriere della Sera», dove si svolgerà gran parte della sua vita professionale, prima come praticante, poi come redattore ordinario, redattore di cronaca e di spettacolo. Verso gli anni Ottanta diventerà inviato speciale per la cultura, nuova posizione grazie alla quale avrà più tempo per dedicarsi alla letteratura.

Nel giugno 1970 debutta come narratore, pubblicando su «Nuovi Argomenti» (allora diretta da Alberto Carocci, Alberto Moravia e Pier Paolo Pasolini) il racconto *Il coccorito ruffiano.*

Due anni dopo, il racconto viene inserito nella raccolta *Monsieur Kitsch* (1972), con la quale lo scrittore esordiente vince il Premio Viareggio Opera Prima. Paolo Milano recensisce sulle pagine de «L'Espresso» quei tre racconti definendoli d'ascendenza gaddiana.

Nel 1972, lavora alla redazione di due rubriche televisive di Giulio Macchi: *Habitat,* che tratta problemi dell'ambiente e *Orizzonti giovani,* che si occupa di divulgazione scientifica.

Nel 1976, pubblica *In assenza del signor Plot,* sorta di romanzo-non romanzo, appunto scritto senza la presenza del *plot,* della trama, ma solo sorretto da una prosa che rende letterario tutto quel che tocca. Tra i critici che si occupano della seconda opera narrativa di Debenedetti, spiccano i nomi di Giovanni Raboni, di Luigi Baldacci (fa il nome di Beckett) e di Giorgio Manganelli.

La raccolta *Ancora un bacio,* pubblicata nel 1981, segna un'evoluzione stilistica in direzione di una prosa più pacata, meno manierista, che non rifiuta, ma anzi si apre a frequenti illuminazioni liriche e a non rari spunti autobiografici.

Nel 1988 Angelo Guglielmi lo chiama a Rai Tre, insieme ad Azio Cascavilla e Simona Gusberti, per la trasmissione *Una sera, un libro.* Debenedetti intervista numerose personalità del mondo della cultura e dello spettacolo, tra cui Dino Risi e Federico Fellini.

Per la trasmissione *Una vita così*, sempre su Rai Tre, realizza una serie d'incontri con varie personalità del mondo intellettuale. Nello stesso periodo lavora a *Mixer Cultura*, inizia a collaborare ai programmi di Rai Educational e per la radio è chiamato a *I Giorni*, *L'uomo della Domenica* e *Parole nuove* (Radio Due).

Nel 1984 Debenedetti pubblica il romanzo *La fine di un addio*, in cui affronta molti temi – il confronto tra le due città, Roma e Torino, la solitudine come alternativa alla delusione sentimentale, il razzismo – che troveranno approfondimento e sviluppo nelle opere successive.

Nel 1987 esce la raccolta *Spavaldi e strambi*, che vince il Premio Elsa Morante. Con questi racconti, per cui viene fatto il nome del Landolfi de *Le due zittelle*, del Gadda di *San Giorgio in casa Brocchi*, Debenedetti diventa degno del titolo di «*petit maître*»[21] del racconto italiano.

Per Debenedetti avrà molta importanza la scomparsa di Moravia, nel settembre 1990, perché con lui e, più tardi con Federico Fellini, finirà «l'età dei maestri. L'età dell'attesa»[22].

Nel 1991 vince il Premio Viareggio con il romanzo *Se la vita non è vita*, un'analisi su quel senso di colpa tipicamente ebraico che schiaccia il protagonista Guido Coen. L'indagine sull'ebraismo contemporaneo prosegue nei *Racconti naturali e straordina-*

---

[21] Enzo Siciliano, *Spavaldi, strambi personaggi nel solco d'una tradizione*, «Corriere della Sera», 28 giugno 1987, ora in *Quasi un racconto. La narrativa di Antonio Debenedetti*, a cura di M. Monferrini, Edilet, Roma 2009, pp. 86-88.

[22] Antonio Debenedetti, *Un piccolo grande Novecento*, cit., p. 13.

ri (1993). In particolare, il racconto che apre la raccolta, *L'inquilino misterioso*, sarà considerato da Geno Pampaloni degno della «migliore narrativa ebraica italiana»[23].

Con *Giacomino*, nel 1994, scrive una biografia romanzata del padre, ottiene il Premio Ostia e il Premio Isola d'Elba ed è finalista al Premio Comisso. Lo scrittore, che non ha mai fatto leggere le sue pagine in corso d'opera, stavolta sottopone a sua madre le prime dieci o quindici cartelle. Renata si commuove, le definisce bellissime e lo incoraggia a proseguire. Debenedetti infatti ritrae suo padre come dandy e rabbino, un profilo inedito del grande critico, coniando una definizione, una formula interpretativa, epigrammatica poi più volte ripresa.

Nel 1998 consegna a Benedetta Centovalli, allora editor di Rizzoli, i racconti di *Amarsi male* al posto d'un romanzo, *Maman*, che non lo convince più (stessa sorte avrà il romanzo successivo, sostituito da *Un giovedì, dopo le cinque*). La nuova raccolta rappresenta il culmine della ricerca stilistica di Debenedetti in direzione dell'essenzialità.

Nel 2000 muore la madre Renata Orengo. Nello stesso anno pubblica il romanzo *Un giovedì, dopo le cinque*, con il quale vince il Premio Cesare Pavese ed è finalista al Premio Strega. È Alfonso Berardinelli a scrivere alcune tra le pagine più belle che siano state dedicate allo scrittore: *Un giovedì, dopo le cinque* viene definito dal critico «il nostro romanzo di fine Novecento»[24]; il suo personaggio, Piero Ceriani, è «il personaggio Novecento»[25].

Nel 2004, il Presidente della Repubblica Ciampi conferisce a Debenedetti la medaglia d'oro riservata ai Benemeriti della Scuola, della Cultura e dell'Arte.

Le sue opere più recenti sono le raccolte di racconti *E fu settembre* (2005), con la quale ottiene il Premio Frontino Montefel-

---

[23] Geno Pampaloni, *Patria del cuore*, «Il Giornale», 14 febbraio 1993, ora in *Quasi un racconto*, cit., pp. 117-119.
[24] Alfonso Berardinelli, *Il nostro romanzo di fine Novecento*, «Nuovi Argomenti», gennaio-marzo 2001, ora in *Quasi un racconto*, cit., pp. 191-200.
[25] *Ibid*.

tro, il Premio Napoli e il Premio Donna Città di Roma, e *In due* (2008).

Di *E fu settembre* sono protagoniste cinque donne e la città di Roma, più che mai, a far da sfondo alle loro (tristi) vicende. La critica pensa ai *Racconti romani* di Moravia e si trova compatta nel giudicare il racconto d'apertura, che dà il titolo alla raccolta, come uno dei migliori mai scritti da Debenedetti. Per quel racconto, lo scrittore torna ancora una volta al periodo della persecuzione razziale, e narra gli ultimi anni di un ebreo che vive nascosto in casa di una anziana "signorina" bigotta. Per Raffaele La Capria la figura di questo perseguitato è inedita nel panorama letterario italiano, esattamente come inedito era stato il pentito dei *Racconti naturali e straordinari*: «è la prima volta, mi pare, che lo strazio della condizione di ebreo perseguitato negli anni del fascismo trionfante viene raccontato in toni così dimessi e incarnato in personaggi così inermi anche intellettualmente».[26] Secondo La Capria, è un racconto che ha le sue coordinate temporali in *16 ottobre 1943* di Giacomo Debenedetti, e un personaggio che immagina col «volto mite» di Adrien Brody, l'attore de *Il pianista* di Roman Polanski.

Nella raccolta più recente, *In due* (2008), il tema passa da un'irriducibile solitudine a un altrettanto irriducibile incomunicabilità, che per Debenedetti è la solitudine di chi prova a non sentirsi più solo. Vengono descritte l'Italia del nuovo millennio, la televisione, in un'atmosfera a tratti da *Truman Show*.

[26] Raffaele La Capria, *Nostra signora Solitudine*, «Corriere della Sera», 9 marzo 2005, ora in *Quasi un racconto*, cit., pp. 224-226.

E nessuno si accorse
che mancava una stella

Inquilini

E nessuno si accorse che mancava una stella
(La ragazza del fine settimana)

Ottobre stava finendo. La luce scintillante, il sole bugiardo lasciavano ormai indovinare l'approssimarsi dell'inverno con il suo sorriso buio, nascosto in fondo agli imperterriti, gelidi cieli di tramontana.

Scendendo dal taxi la giovane donna aveva fatto mostra di un'eleganza e di un'agilità spettacolari, come si fosse esercitata mille volte in quei suoi movimenti. Prima di toccare il selciato con i mezzi tacchi, le sue gambe avevano infatti luccicato, proprio luccicato, sforbiciando un attimo, armoniosamente, nel vuoto.

«Pensi che lo sappia?»

«Non è detto.»

«Chissà quante volte glielo avranno ripetuto. Gli uomini davanti a gambe così non stanno zitti.»

«Ci sono cose, lo sai anche tu, che le donne hanno bisogno di sentirsi ripetere continuamente.»

Proprio qualche attimo prima si era concluso l'intervallo del pranzo. Roma, adesso, impigriva come un leone sazio dietro le sbarre della sua gabbia. Intanto nell'aria, insieme con quello degli hamburger e del ketchup, si respirava odore di caffè tostato e voglia di sbadigli.

I modi e l'aspetto di quella giovane donna non potevano sfuggire a nessuno. Ecco, sì, era così che veniva spontaneo definirla "giovane donna". Non più ragazza, cioè, ma non ancora donna e basta.

Lei, sentendosi osservata, evitò comunque di guardarsi intorno e varcò il portone con passo affrettato. Aveva con sé una borsa da viaggio e una valigia con le ruote. Piuttosto grande. Tutto lasciava credere, dunque, che fosse la nuova inquilina del piccolo alloggio al terzo piano. Quello che portava sfortuna, come si andava ripetendo.

Otto o dieci settimane prima, in quel bicamere appunto, era morto di overdose un indiano di ventotto anni. Anche un filippino, che alloggiava in quelle stanze l'anno precedente, aveva fatto una brutta fine. Adesso era in prigione e ci sarebbe rimasto un bel po'. In compenso, pur affacciando su un cortile, l'appartamentino (di proprietà d'una baronessa molto esosa) si trovava a due passi da piazza Farnese, nel cuore della Roma più bella.

"Peccato che sia toccato a una così, avrebbe meritato di meglio" non mancò di pensare qualcuno, chiedendosi intanto che cosa potesse nascondere una simile avvenenza. Doveva esserci il trucco, dal momento che la vita non è un film e la bellezza quasi professionale di quella ex ("ex" le calzava a pennello) ragazza reggeva il paragone con il "glamour" delle stelle del cinema.

«Magari è impestata. La tocchi sorridendo e te ne vai con l'Aids!» disse il padrone del bar che si trovava dall'altra parte della strada. Aveva parlato senza rivolgersi a nessuno in particolare.

«Il solito cattolico ossessionato dall'idea del peccato» protestò scherzando ma solo fino a un certo punto un musicista americano, un certo Bob, che parlava benissimo l'italiano.

Con i lunghi capelli color dell'oro antico e gli zigomi appena un po' forti, con un fard che accennava, solo accennava, a una tonalità color mattone, la giovane donna sapeva come valorizzarsi. Indossava infatti, adattissimo alla sua persona, un tailleur color lavanda. Giacca di taglio maschile e gonna che arrivava appena sotto il ginocchio.

«Pensi che abbia molti uomini?»

«Non è detto che siano molti. Non è nemmeno detto che in questo momento abbia un uomo.»

«Che cosa vai dicendo? Non ci credo che una così possa disporre delle proprie serate e considerarsi libera. Magari fosse.»

«Calma, non ho detto questo! Quelle così non sono mai libere. Hanno sempre qualche grosso problema sentimentale che le rende distanti e improvvisamente tristi.»

«Pagherei per saperlo, giuro!»

«Sapere che cosa?»

«Se ha qualcuno e chi è il fortunato!»

«A quale scopo? Se è come immagino che sia, potrebbe benissimo non avere nessuno e sentirsi ugualmente impegnata. Mi segui? Dopo una storia andata come non doveva andare potrebbe aver fatto della delusione il tema della sua vita. Non ce la vedi anche tu? Delusa, con il broncio anche a Natale. Magari non ne vuole più sapere di nessuno e vive come una monaca.»

Nessuno, in ogni caso, aveva ancora potuto cogliere nella ex ragazza il piccolo guasto che sicuramente si portava dentro. Una piccola ma decisiva falla figlia di un oscuro, misterioso male di vivere. Lo stesso che la spingeva ad avere un rapporto molto complicato con il suo corpo, con le sue forme da esposizione che, mandando in visibilio gli uomini, la spingevano però fino alle soglie del panico quando si trovava a dover attraversare una piazza o un locale festosamente affollato.

La giovane donna si chiamava Lucia e la si vedeva poco in giro. Partiva, rientrava e tornava a ripartire. La sua assenza si materializzava in un silenzio, enigmatico e triste, che si poteva avvertire passando davanti alla porta del suo alloggio.

Veniva da pensare, chissà per quale motivo, che Lucia passasse le ore a guardare il telefono muto come probabilmente era muta la sua anima. In ogni caso i suoi soggiorni romani, anche se questa non costituiva certo una regola, coincidevano quasi sempre con il fine settimana.

Appena arrivata, Lucia spalancava la finestra, andava a fare un po' di spesa (arance, kiwi, yogurt, salmone, acqua minerale non gassata, kleenex eccetera) poi si barricava in casa. Passava tutto il sabato, serata compresa, in quel suo pied-à-terre. Senza far rumore, senza ricevere anima viva.

Qualcuno forse, suggestionato da un'eleganza nel vestire d'impronta vagamente americana, finì con l'avanzare l'ipotesi che Lucia fosse una hostess. Fatto sta che si portava addosso l'aria di una che vive in molti posti ma non ha vere radici in nessun luogo. Proprio per questo, nell'incontrarla imboccando l'androne o per le scale, la prima reazione del vicinato era un senso di fastidio. Il confronto con lei, con quello che si presumeva fosse il suo mondo, costringeva gli altri inquilini a prendere in considerazione una realtà, un'inquietante realtà, che cominciava dove finivano le loro quotidiane, rassicuranti certezze e abitudini.

«Peggio per lei!»

«Lei, chi?»

«L'inquilina del terzo piano.»

«È bella, viaggia. Che cosa le manca?»

«Tutto, le manca. Se sparisse, se le accadesse qualcosa, nessuno se ne accorgerebbe per giorni e giorni. Solo dopo un bel po' di tempo qualcuno, rendendosi conto della sua scomparsa, darebbe pigramente l'allarme. Avvertirebbe i carabinieri e tutto il resto, facendone tuttavia una pura questione burocratica. Ti sembra allegro?»

Il 2 gennaio fu una data importante nella piccola storia (perché cominciava a essere una storia) dell'inquilina del terzo piano. Lei, che nei giorni di Natale non si era fatta vedere – tanto che più d'un vicino aveva pensato che certe persone non dovrebbero esistere come non dovrebbero esistere le notti troppo buie – scese da una vecchia Citroën, una "due cavalli" color avorio. Era passato da poco mezzogiorno.

Con Lucia c'era un giovanotto, un francese, che aveva il volto abbronzato come si fosse in pieno luglio. Fumava, tenendo la sigaretta incollata alle labbra. Indosso aveva una giacca di velluto marrone e una camicia nera con i bottoncini bianchi. Non portava il soprabito ma non aveva freddo quantunque la giornata fosse rigida. Era il classico tipo, insomma, che non sai se prendere per un artista venuto fuori da chissà quali esperienze forti o per un "macrò".

«Richard!» lo chiamò un paio di volte Lucia a voce più alta del giusto, mentre salivano le scale, quasi a far notare che quella volta era accompagnata. Ben accompagnata.

Lucia e il suo francese rimasero chiusi in casa, senza fare alcun rumore, due giorni e due notti. Tanto bastò perché si diffondesse la convinzione che la ragazza e il suo partner fossero amanti insaziabili. Due materialisti privi d'anima e di freni. Viziati e viziosi. A implicita conferma, l'uomo se ne andò senza aspettare l'Epifania. Come sarebbe stato viceversa logico se, oltre a fare del sesso, i due si fossero amati, si fossero voluti bene e rispettati.

Gli incidenti, le stranezze chiamano altri incidenti e altre stranezze. Fu una notte, all'incirca nel periodo di Carnevale. Un geometra di mezza età, scapolo e gentile, udì un rumore indecifrabile provenire dall'alloggio di Lucia. Era un rumore leggero e continuo quale possono causare un asciugacapelli, un frullatore o qualcosa di simile. Niente di strano, tantomeno di sospetto, non fosse passata da un pezzo la mezzanotte. Così il geometra, che soffriva di insonnia

9

e anche di tristezza, si pose in più attento ascolto e si rese conto che quel ronzio, che quel fruscio non avevano un origine meccanica. Tutt'altro!

Dopo buoni venti minuti quel suono indecifrabile si tradusse in un altro suono, stavolta più chiaro. Lucia stava piangendo, ecco cosa, e il suo pianto ostinato, senza singhiozzi o crescendo improvvisi, pareva contenere diluito anche un lamento. Quasi che il pianto esprimesse una sofferenza psichica e il lamento un'altra sofferenza, eminentemente fisica. Si doveva intervenire? Non si doveva? Che cosa era più giusto fare? Il geometra, esperto suo malgrado di dolore, era dubbioso e nel dubbio finì con l'addormentarsi.

Otto ore più tardi, quasi a conferma che le lacrime della notte altro non erano state se non la manifestazione d'un ingiustificato e in fondo riprovevole disagio psichico, Lucia lasciò la sua abitazione e salì su un taxi. Bella, bellissima e indifferente.

«Incredibile! Nemmeno quella che piangeva stanotte fosse un'altra persona!» protestò il geometra.

«Posso essere sincero? I pazzi a me fanno ribrezzo. Al punto che ormai a quella lì, alla signorina Lucia, arriverei a preferire una donna dieci volte più brutta. Devi credermi» si associò il suo interlocutore, l'ex proprietario di una sala cinematografica.

Adesso si sapeva che Lucia faceva su e giù da Parigi dove aveva un buon impiego, nel settore dell'alta moda. Qualche anno prima aveva anche lavorato come modella ma senza troppo successo. Era poi passata dietro una scrivania, con un incarico ben retribuito nelle pubbliche relazioni.

Un avvocato, un certo Monteleone, informatosi chissà come e dove, mise in giro la voce che Lucia soffriva di crisi depressive. «È ciclotimica» precisò. «Anni fa ho conosciuto una ex anoressica che era una grande scopatrice» aggiunse poi Monteleone senza necessità e con aria di misteriosa competenza.

Non c'erano prove che Lucia avesse fatto uso di anfetamine anche se qualcuno non mancò di insinuarlo, sia pure in termini molto sfumati. Tanto che adesso sarebbero stati in pochi, nel circondario, a voler passare una notte con quella matta. Era come se la sua bellezza adesso puzzasse un po' e avesse perso di smalto.

Destò non poca sorpresa, qualche tempo dopo, apprendere che la misteriosa e discussa Lucia aveva un nonno. Proprio così, un nonno. Un ometto di ottantadue anni che era la vera, l'unica (e un po' patetica) ragione dei suoi viaggi a Roma.

Vedovo, il nonno di Lucia viveva in compagnia di un cane e di alcuni canarini in un'ingenua e graziosa villetta di periferia.

La domenica a mezzogiorno e mezzo, tutte le volte che trascorreva il fine settimana nella Capitale, Lucia lo andava a prendere. Lo conduceva al ristorante e gli offriva un buon pranzo che il vecchio mandava giù senza dire nulla. Nemmeno una parola, proprio come mangiasse per obbedienza e con la morte nel cuore. Prima delle tre, Lucia lo riaccompagnava a casa in taxi e sempre in taxi andava all'aeroporto, dove si imbarcava su un volo diretto a Parigi.

Un sabato notte, intorno alla metà di giugno, l'inquilina del terzo piano stette male. Così male da dover chiedere aiuto alla signora Tina, la portiera.

Tina, che salì sbuffando anche di antipatia, trovò Lucia molto agitata e sofferente. Ripeteva di voler andare all'ospedale ma subito dopo si disperava dicendo di non volerci andare. «Non voglio, non voglio!» singhiozzava.

Intanto faceva un movimento con le mani come stesse lavandosele. E si era messa addosso una camicia da notte d'altri tempi, con dei fiorellini celesti e dei nastri rosa.

A vederla così, non aveva più nulla dell'avvenente creatura che, scendendo dal taxi in un luminoso pomeriggio di ottobre, aveva lasciato tutti i presenti col fiato sospeso. Veniva da compatirla e da trattarla come una bambina anche se, mentre la guardava appunto con protettiva commiserazione, il nipote diciassettenne della portiera ebbe una strana, riluttante, ma al contempo furiosa, erezione.

La signora Tina intanto, che era devota di santa Rita e davanti alla sofferenza dimenticava i suoi pregiudizi, si ricordò di un giovane medico che abitava due isolati più avanti. Lo mandò a chiamare di corsa, dal nipote appunto, che in tal modo si rivelò utile proprio come la vecchia portiera aveva previsto sin dal primo momento.

Fu al dottore che Lucia raccontò di essere in cura da uno psicanalista, molto stimato a Parigi. Dal cassetto del tavolino da notte tirò fuori dei medicinali, tre o quattro preparati diversi. Prese quindi a parlare del sangue mestruale di sua nonna e di sua madre. Raccontava con una voce strana, pronunciando a volte le parole come se le schiacciasse con la lingua contro il palato. Andò avanti così fino alle cinque del mattino e il sangue mestruale tornava continuamente a riaffacciarsi nel suo discorso.

A un certo punto, senza minimamente preoccuparsi di chi ci fosse o non ci fosse in quel momento nel suo alloggio, Lucia si addormentò. Aveva un aspetto a metà tra una vecchia (più che pallida era bianca) e una piccola morta dolcemente ricomposta sul letto dell'eternità. Intorno a lei, oltre al medico e alla portiera, si muovevano altre tre o quattro persone. Curiosi, alzatisi apposta nel cuore della notte per partecipare a quello scandaloso (eh sì, scandaloso) festino del dolore.

A fine luglio, poi, Lucia si recò una settimana in Sardegna. Da una sua amica, o quasi amica, di nome Giusi. Passò invece il ferragosto a Roma, sola, abbronzata e bellissima. Stava quasi bene, nel senso che era così tranquillamente disperata da sembrare normale. A volte sorrideva, diceva di voler adottare un cagnolino nel prossimo inverno e il 16 agosto, in una Capitale relativamente fresca (c'erano stati un paio di temporali) e deserta, andò a cena con il medico che l'aveva assistita in quella brutta notte di giugno. La notte del lungo, interminabile vaniloquio sul sangue mestruale.

Mangiando spaghetti e lasciandosi cullare dalla musica di un posteggiatore, Lucia e il dottore decisero di rivedersi presto, di fare una gita a Capri ma non fecero quella gita e in realtà non si rividero più.

A novembre, mentre era a Parigi, Lucia fu assassinata da un tunisino.

Dire che fu assassinata non rende tuttavia il senso di come andarono in realtà le cose e di come quella morte fu molto più naturale, più inevitabile di quanto la violenza, l'orrore impliciti in un delitto possano far pensare.

Era il buio autunno del Nord della Francia. La notte non avrebbe potuto essere più ostile. Pioveva e pioveva come non dovesse più smettere e quella perturbazione sembrava estendersi fino ai confini dell'eternità. Lucia e il tunisino si trovavano insieme in automobile, dopo essere stati al cinema. Nel tardo pomeriggio, erano andati a fare la spesa in un supermercato, comprando bistecche, vino, salse piccanti e altro ancora. Avevano deciso infatti di cenare a casa di lei, dopo il film. Il sedile posteriore della macchina era coperto di buste di plastica.

Tutto, fuori dai finestrini, sgocciolava e Lucia guidava, guardando la strada e stando nascosta dietro una cascata di capelli biondi, morbidi, lavati non più di cinque o sei ore prima. Da qualche minuto aveva voglia di piangere ma non piangeva, aveva voglia di sfogare tutta la sua tristezza (o era depressione, insopportabile panico?) ma non poteva perché non trovava un motivo che le consentisse di farlo.

«Vai più in fretta, non vedo l'ora di essere a casa con

te!» sorrise a un tratto il tunisino, che aveva una trentina d'anni, grandi occhi e bellissimi denti.

«Più in fretta, dài! Ti prego» strizzò l'occhio il tunisino.

Lucia portava calze scure, quasi nere e guidando la gonna le si era arrampicata fino a mezza coscia. Attraente? Non avrebbe potuto esserlo di più. Veniva voglia di spogliarla senza spogliarla del tutto, di spogliarla dicendole «gattina mia»...

L'uomo, che era sul serio innamorato di Lucia e aveva i pantaloni gonfi d'un desiderio incontenibile, si volle assicurare (e fece male, ma in certi casi capita di sbagliare) una serata di paradiso. Con il letto tiepido, la pioggia sui vetri, un filo di musica e tutto quello che non è meraviglioso chiuso là, fuori della porta e della finestra. Così, anziché passare a vie di fatto più tardi, disse a Lucia che moriva dalla voglia di fare l'amore. Glielo disse meglio che poteva, con molto affetto e grande delicatezza.

Lei era triste e quelle avance trasformarono la sua tristezza in un capogiro di tristezza. Il tunisino intanto parlava e parlava con il tatto d'un ragazzo sensibile, d'un ragazzo del terzo mondo che legge e studia. Lucia, in quel momento, era tutto il suo orizzonte e il tunisino riteneva di poterglielo far sentire. Da uomo giovane, da amante pieno d'amore. Non era questa sua certezza una cosa carina, una cosa bella che le sue sorelle, per esempio, o le sue cugine avrebbero apprezzato moltissimo?

Lucia, una prima volta, rispose però scuotendo il capo e mordendosi il labbro inferiore. E irrigidendo il collo mentre guidava con lo sguardo sempre più fisso, pericolosamente fisso.

Il tunisino insistette, posandole una mano sulla coscia. Senza prepotenza. Lei rispose emettendo uno strano mugolio. Poi, concentrandosi perché questo le costava un notevole sforzo, disse che non poteva, quella notte non poteva assolutamente andare a letto con nessuno.

«Nessuno, capisci?!» disse in italiano.

Il pianto, che era anche un grido, si fece incontenibile. Il tunisino, improvvisamente spaventato da quello che si stava scatenando, la pregò di smettere. Le disse: «Smetti adesso, smetti!». Lucia, invece, continuò a singhiozzare. E singhiozzava a tal punto da avere gli occhi accecati dalle lacrime, così da vedersi costretta a fermare l'auto di colpo. In mezzo a una strada, sfortunatamente buia e deserta.

«Adesso basta, non è possibile che tu faccia così. Smetti, Lucia!» esplose il tunisino, pensando a che cosa sarebbe successo se fosse sopraggiunta un'altra vettura. Impaziente di proseguire. «Dobbiamo spostarci, rischiamo di venir tamponati! Su questa strada le auto vanno veloci. Dài, muoviamoci!»

Era come se Lucia non sentisse quelle parole, non capisse l'urgenza da cui muoveva quell'esortazione a ripartire. Al più presto. Era come non ragionasse, non potesse ragionare e intanto piangeva, piangeva e singhiozzava. A tratti dalla gola le usciva quello strano, terribile mugolio.

«Devi smetterla!» esclamò allora il tunisino esasperato, tirando fuori da chissà quale tasca un piccolo revolver, un'arma adatta alla borsetta di una signora.

«Basta adesso o ti sparo. Basta piangere, capisci!? Non sopporto questo casino.»

Non servì a nulla! Lucia singhiozzava, aveva il mento lucido di una saliva bavosa e il tunisino si sentiva impotente a fermare quella scenata. Non sapeva che pesci prendere e aveva sempre più paura. Sì, paura. Era come se le lacrime di Lucia, come se quella disperazione isterica lo accusassero di aver commesso chissà che cosa. Di essersi macchiato d'un comportamento aggressivo, terzomondista, macho e brutale nei suoi confronti.

«Basta!» tornò quindi a gridare con esasperazione, quasi che Lucia stesse incolpandolo ingiustamente di aver tentato di stuprarla. La bianca stuprata dall'africano. Chissà che cosa avrebbero pensato un paio di bravi agenti di polizia se, in quell'attimo, fossero passati di là e avessero visto una simile scena!

«Ti prego, Lucia, non fare così! Calmati o va a finire molto male. Ti supplico, basta» ripeté ancora, ripeté inutilmente il tunisino, una o forse due volte prima di premere il grilletto, senza peraltro volerlo fare. E senza quasi rendersi conto di farlo.

(*E fu settembre*, 2005)

L'inquilino misterioso

Dora aveva molto insistito, ripetendomi più volte in quegli ultimi giorni:

«Carlo, ti prego, portami con te a Torino!».

Alla fine, titubante, avevo acconsentito, permettendo a mia moglie di seguirmi in quello che, non a torto, prevedevo sarebbe stato un viaggio ancora troppo faticoso per lei, reduce da quello che i medici avevano genericamente definito "un forte esaurimento".

Nel mentre ci avvicinavamo a Torino, immergendoci gradatamente in un autunno già avvolto nei bui e smorti colori invernali, notavo in mia moglie i segni di una crescente impazienza. Con i pretesti più tenui, da quando il treno aveva affrontato la monotona pianura piemontese, era andata evocando episodi, anche trascurabili, della sua infanzia. Mi ripeteva, quasi non ne fossi al corrente, di aver trascorso i primi anni della vita in un grande appartamento "profumato di antico", non lontano dal luogo dove Pietro Micca nel 1706 si era sacrificato, "salvando la città dall'invasione francese".

La sottile inquietudine, destata in me dall'insolita loquacità di Dora, si mutò in vera e propria apprensione allorché, giunti alla Stazione di Porta Nuova, mi pregò di condurla subito, prima ancora di esserci sistemati in albergo, a rivedere i luoghi dove era cresciuta. Provai inutilmente a obiettare che il clima, il pomeriggio ormai avanzato sembravano consigliare prudenza.

«Non ti sei ancora ripresa del tutto, Dora. E fa un gran freddo, quasi fossimo già in gennaio.»

«Il taxi ci riparerà.»

«Sarebbe preferibile, in ogni caso, attendere domattina. Che fretta hai, dopotutto?»

«Fretta? No, non è certo questa la parola. Tra poco saprai, Carlo. Abbi solo un po' di pazienza.»

Guardai Dora. I suoi occhi grigi, abitualmente malinconici, erano colmi di una luce così intensa, febbrile, che mi mancò il coraggio di sollevare altri dubbi, di esprimere altre perplessità.

«Segui il mio dito, Carlo. Vedi? Da bambina abitavo lassù. La seconda a destra, partendo dal balcone, era la finestra della mia camera da letto. Accanto dormivano i miei poveri genitori.»

Dora, visibilmente commossa, mi prese una mano. La strinse e vi posò un bacio.

«Quanto sto per raccontarti, non l'ho mai rivelato a nessuno.»

«Ti ascolto. Tu, frattanto, cerca di calmarti. Sei troppo tesa.»

«Promettimi che, prima di esprimere un qualunque giudizio, aspetterai che abbia finito il mio racconto.»

Rassicurai Dora senza bisogno di parole, affidandomi all'eloquenza della mia espressione incuriosita e affettuosa. Allora, superando un'ultima esitazione, lei diede inizio alla sua storia.

«A quel tempo, durante gli ultimi mesi di guerra cioè, non avevo più di cinque o sei anni.

«Ero magrissima, sempre un po' pallida e viziata quanto basta. Ricordo che, a causa della salute cagionevole e dei continui bombardamenti aerei, mi veniva accordato solo raramente di uscire. Ogni volta poi, nel mentre indossavo un mio paltoncino rosso pallido, udivo la mamma raccomandare con insistenza alla tata di tornare presto e di non allontanarsi. Quanto a me, non saprei spiegarti perché, ero tentata di mettere tutti quegli avvertimenti in relazione a una frase, oscuramente minacciosa, che avevo per caso sentito pronunciare da mio padre. Ricordo ancora quelle parole: "È orribile. Stiamo assistendo impotenti a una vera e propria caccia all'uomo!".»

Dora si fermò un attimo, quasi a richiamare la mia attenzione. Quindi, dopo aver cercato il mio sguardo, disse con ostentata naturalezza quasi dovessi capire il senso delle sue parole senza altre spiegazioni:

«Fu allora, sai, che vidi quel tale salire le scale senza appoggiare i piedi ai gradini».

"Che cosa intendi dire?"

L'intuito mi suggerì di trattenere quella domanda, che pure avevo sulla punta della lingua.

Avrei capito più avanti. Al momento dovevo lasciar proseguire mia moglie.

«Non so dirti bene, Carlo. Era, almeno per me che lo guardavo, come se le suole delle scarpe di quello sconosciuto, pur piegandosi e ubbidendo ai consueti movimenti di chi si arrampica per una scala, non toccassero il marmo. Era come lo sfiorassero cerimoniosamente: anzi, pareva che sorvolassero i gradini di qualche millimetro con educata circospezione. Non ti pare molto strano?»

«Sì che è strano, molto strano quello che mi racconti. Ma tu, angelo mio, non agitarti così. Sai meglio di me quello che il medico ti ha raccomandato.»

Tentai ancora di calmare Dora, che era impallidita e mo-

strava ben visibili i segni di una profonda emozione. Lei
però, ansiosa di riprendere il suo racconto, non sembrava
darmi ascolto.

«Concedimi ancora qualche istante, Carlo. Come posso
farti capire? L'umidità fredda dell'aria, il pomeriggio così
buio e nebbioso, ogni cosa sembra volermi riportare a quei
giorni, alla loro angoscia.»

«Come puoi parlare così? Eri una bambina dopotutto, e
per di più molto coccolata.»

«Eppure angoscia e mistero sono le sole parole che rendano giustizia alla realtà di quel periodo.»

Dora, sopraffatta per un attimo dai ricordi, lanciò uno
sguardo inquieto, attraversato da una profonda malinconia, alla casa che aveva accolto la sua infanzia.

«Rivedo tutto con chiarezza, come fosse successo
mezz'ora fa. Non appena ebbi varcato la porta di casa, con
quel tipo misterioso e il suo straordinario modo di salire le
scale ancora negli occhi, corsi in cerca della mamma. Come
mi fu davanti, le riferii quanto avevo appena visto. Mia madre, e solo più tardi seppi apprezzare l'importanza d'un simile particolare, mi ascoltò con crescente apprensione. A
un tratto, ne sono certa, fu sul punto di piangere. Mi am-
monì severamente, in ogni caso, insistendo che, in futuro,
non avrei più, mai più, dovuto raccontarle certe frottole.»

Dora che nel frattempo, scivolando sul sedile del taxi, si
era fatta più vicino a me, quasi cercasse, insieme con un po'
di protezione, il conforto del calore umano, volle ancora
aggiungere al suo racconto qualcosa che riteneva di vitale
importanza:

«Quel tipo, e non l'ho più dimenticato, sembrava vestito così da potersi confondere con la nebbia, da riuscire a
nascondersi nel grigiore dell'autunno. Mentre le sue scarpe, non potei fare a meno di pensare, parevano aver viag-
giato più della vecchia valigetta di cuoio marrone, la "piccola valigia" dei grandi viaggi la chiamavamo in casa, che

mio padre usava, prima della guerra, per le sue rare trasferte a Roma».

Posi delicatamente una mano sulle labbra di Dora, invitandola con un sorriso a interrompere la girandola dei ricordi. Ma lei si liberò per aggiungere:

«È come se un sogno, anzi un incubo continuasse a stingere sulla realtà di allora».

Poco più tardi, nel tepore d'una camera di albergo ancora fedele a un confortevole stile Liberty, venni a conoscenza di altri particolari. Proprio nei giorni che Dora andava rievocando, aveva preso alloggio, nello stabile dove lei viveva con i genitori, un nuovo inquilino.

Era uno scapolo sulla quarantina e portava un cognome forestiero: Salzman, o qualcosa del genere.

Il signor Salzman aveva occupato il grande appartamento del quinto piano. Lo stesso, mi riferì la mia sposa come se quei dettagli potessero avere un senso per me, dove era vissuto durante sessant'anni e oltre, in pratica fino alla morte, il vecchio professor Sacerdote. Un gran brav'uomo, un filantropo molto stimato dai vicini, nonostante la sua appartenenza alla religione ebraica, perché in svariate occasioni si era prestato a curare gratuitamente gli ammalati più poveri.

Del signor Salzman, portato a Torino probabilmente dalla guerra e dalle sue burrasche, non si sapeva nulla però. Meno di nulla, anzi. Un giorno Fanny, la vecchia portiera, si era intrattenuta a lungo con la mamma di Dora per pettegolare. Le aveva raccontato che in due mesi, da quando cioè aveva preso possesso dell'appartamento del povero Sacerdote, Salzman non si era lasciato sfuggire una sola parola, una sia pur minima confidenza. Si era limitato, passando davanti alla guardiola o incontrando qualcuno al portone, a levarsi cerimoniosamente il cappello o ad accennare un sorriso.

La piccola Dora, che era rimasta ad ascoltare le chiacchiere di Fanny nascosta dietro un trumeau, l'aveva sentita aggiungere:

«Ha dei modi così strani quel Salzman: apre bocca solo per chiedere scusa. Si scusa con tutti, per qualunque sciocchezza. Ieri, nell'androne, ha sfiorato soprappensiero una foglia dell'aspidistra e le sue labbra si sono mosse: poco ci mancava che chiedesse scusa anche alla pianta. Ma di che cosa ha paura quell'uomo?».

L'anziana portiera aveva aggiunto, ma senza dare importanza a quello da lei considerato evidentemente come un dettaglio, che Salzman doveva essere ebreo, proprio come il professor Sacerdote. A impensierirla era ben altro, comunque. Come mai quel tipo era arrivato senza fare alcun rumore, proprio come avesse "le ali ai piedi"? Fanny si era espressa proprio a quel modo e le sue parole avevano avuto alle orecchie di Dora un suono allusivo, nemmeno fossero state una conferma di quanto la bambina aveva creduto di vedere giorni prima. Non era normale, insisteva la vecchia portiera, che un giorno tutti si fossero trovati davanti il signor Salzman così, di punto in bianco, quasi il nuovo inquilino avesse preso corpo dal nulla, pronunciando una delle sue giaculatorie preferite: "Mi perdoni!" oppure "Scusi di cuore!" e simili!

D'un tratto, guardandosi intorno con aria maligna, Fanny aveva domandato alla mamma di Dora:

«E il bagaglio di quel tipo, eh? Nessuno l'ha visto!».

Si era dilungata quindi a riferire che non erano passati, davanti alla sua guardiola, un solo facchino né un solo trasportatore. Certo, nell'alloggio del defunto professor Sacerdote erano rimaste al loro posto, insieme con i mobili, molte suppellettili. Alle finestre, poi, pendevano ancora le vecchie tendine ricamate. «Benissimo, d'accordo» ripeteva Fanny in tono conciliante. Come mai, però, il signor Salzman non aveva sentito il bisogno, la necessità, il desiderio di portare nell'appartamento qualcosa di proprio suo?

«È la prima volta che succede. Non ho visto arrivare un solo quadro, un solo tappeto, niente di niente. Il signor Salzman è il primo inquilino a presentarsi qui, in questa casa, nudo. Nudo, intendo dire, come se fosse scappato a gambe levate dalle fiamme dell'Inferno.»

Il mattino seguente mia moglie, quantunque il suo umore non fosse più allegro del cielo ancora ostinatamente livido e chiuso, aveva un aspetto più riposato. Così, morso da una curiosità che avevo tenuto a freno anche troppo lungamente, mi azzardai a chiederle se avesse rivisto, dopo la prima volta, il signore che saliva le scale senza appoggiare le suole al marmo dei gradini. Volli inoltre conferma di quanto credevo d'avere capito senza bisogno d'aiuto: lo sconosciuto e Salzman dovevano essere la stessa persona.

Trasalendo leggermente, quasi avessi senza volerlo toccato la corda dolente della sua sensibilità, Dora mi rispose con un filo di voce:

«Sì, l'ho rivisto!».

Poi aggiunse in tono assorto:

«Il fatto che lo sconosciuto si facesse chiamare Salzman, non aiuta certo a sapere qualcosa in più su di lui, sulla sua vera identità e sul suo passato!».

Quindi, parlando nel tono trepido che le avevo sentito per la prima volta il giorno avanti, Dora aggiunse un altro breve capitolo alla sua strana, quasi incredibile storia.

Mancavano pochi giorni a un cupo Natale di guerra. La bambina, destinata a divenire più tardi mia moglie, si trovava sola nell'androne. Era in attesa della sua mamma, attardatasi in casa, per cercare qualcosa: forse gli occhiali che lasciava negli angoli più impensati. Approfittando di quei pochi momenti vuoti, Dora stava probabilmente fantasticando in quel modo assorto e fervido che nei bambini traduce l'immaginazione in gioco, allorché si era sentita rivolgere queste parole:

«Buongiorno, cara. Posso sapere come ti chiami?».

Non c'era, a rigor di logica, motivo alcuno di aver paura. Eppure la voce cerimoniosa del signor Salzman, il suo accento straniero terrorizzarono Dora. Proprio come si terrorizzava allorquando, trovandosi sola in una stanza, pensava alla parola "carbonaio" e dalla sua mente chissà perché saltava fuori qualcosa di orribile. Un mostro così sinistro, pallido e agghiacciante che nessuna illustrazione, nessuna favola fra quelle conosciute, pareva abbastanza grande, abbastanza tremenda da poterlo contenere, da potergli dare forma completa. Così una parte piuttosto cospicua di quell'essere rimaneva indefinita, inesplorata e dunque tanto più terrificante.

«Ti ho fatto paura?»

«Sì, è così, signore!»

Mia moglie tacque, aveva le labbra che tremavano. I ricordi, che aveva appena evocato, dovevano dunque far da cornice a qualcosa di più incisivo, di più inquietante. Qualcosa che, emergendo dal passato, era ancora capace di turbare prepotentemente Dora.

«Che cosa c'è? Perché non prosegui?»

Nell'udire la mia voce, Dora si scosse e riferì che il signor Salzman, dopo averla sentita ammettere il suo timore, si sporse a osservarla attentamente. Meglio, le lanciò uno sguardo che lei, la bambina di vent'anni prima, non avrebbe più dimenticato, custodendolo amorosamente in un angolo ben protetto della sua mente. Al punto che ora, ritornando a quel drammatico momento dell'infanzia con consapevolezza e intelligenza di donna, non poteva fare a meno di dirmi e soprattutto di dirsi:

«Erano occhi, quelli del povero signor Salzman, che imploravano e si raccomandavano: "Non mi cancellare dalla tua memoria, Dora. Almeno una persona, una, deve ricordarsi che è esistito un uomo con il mio nome, con la mia faccia..."».

Dora scosse il capo, parlando ormai solo per sé:

«Perché non ho capito prima? Salzman voleva farmi sentire di non essere stato sempre quello che avevo davanti, il misterioso inquilino del quinto piano cioè: l'uomo che, silenzioso e grigio come la nebbia da cui sembrava provenire, doveva persino guardarsi dal lasciare l'impronta del proprio passo!».

Mia moglie non mancò di aggiungere che, prima di congedarsi, Salzman le aveva ancora detto con il suo vocione da preside o forse da dentista:

«Chissà se sono stato proprio io a farti paura o qualcosa che hai visto dietro di me, nel mio passato!».

«Non ho sognato, capisci? Anche se non escludo che negli anni, giorno dopo giorno, qualcosa abbia alterato i ricordi e "sporcato" la realtà!»

«Non è questo che importa, Dora. Dimmi, piuttosto, come è finita.»

Mia moglie allora mi ha raccontato che, qualche settimana dopo l'incontro con Salzman, fu svegliata da un insolito trambusto. Alzatasi dal letto, a piedi nudi e cercando di non farsi sentire, era corsa a vedere che cosa stesse accadendo. Giunta in prossimità d'un piccolo arco, che separava il corridoio dalla stanza d'ingresso, si era trovata davanti a una scena inaspettata: i suoi genitori in piedi e al buio, con le vestaglie indosso, sembravano ascoltare, trattenendo il fiato, quanto accadeva oltre la porta d'ingresso. A un tratto, trascorsi che ebbero in quell'immobilità almeno dieci minuti, la bambina udì la sua mamma sussurrare queste esatte parole:

«Hai sentito? Lo stanno portando via!».

«Ne sei proprio sicura?»

Senza curarsi di rispondere a quella domanda, la mamma aveva mormorato, facendo balzare il cuore di Dora, perché confermava quanto anche la piccola aveva visto senza quasi credere ai suoi occhi:

«Povero diavolo! Era così a modo, così discreto. Per il timore di dar fastidio, sembrava persino camminare in punta di piedi, a volte anzi pareva addirittura sfiorare il pavimento!».

Fu in quel preciso istante che la mia futura moglie, come volle d'altronde spiegarmi minuziosamente, intuì in modo confuso quanto stava accadendo: ebbe la sensazione che il signor Salzman fosse vittima di qualcosa di terribile e immaginò che non l'avrebbe più rivisto.

«C'è un punto che non mi è chiaro. Perché, Dora, hai tanto insistito per tornare a rivedere i luoghi di un così triste ricordo? Che cosa ti ha spinto?»

«Il bisogno di chiedere perdono a Salzman.»

«Tu, chiedere perdono a lui? E di che cosa?»

«Della paura che ebbi, quel giorno, nell'androne. Paura tanto più ingiustificabile, sebbene fossi solo una bambina, perché suscitata dalla cerimoniosità di cui quel poveretto vestiva il proprio spavento di uomo braccato. Non so assolvermi, a distanza di tanto tempo, della reazione ostile, diffidente e ostile, che mostrai davanti a quella creatura leggera come l'ombra e insondabile come la discrezione in cui cercava di rifugiarsi, tentando di sfuggire all'odio dei suoi persecutori.»

(*Racconti naturali e straordinari*, 1993)

Call center

«Chiunque lei sia, caro signore, è certo la Provvidenza ad averle suggerito di formare il mio numero telefonico» ha detto senza altri preamboli una voce femminile subacuta, rispondendomi al secondo squillo.

«Pronto?!» l'ho subito incalzata, desiderando riassaporare quella che mi era parsa la musica di un'ugola tenera tenera, capace di suoni lucidati, resi tersi e squillanti dalla giovane età.

«È la Provvidenza ad averle suggerito di chiamarmi proprio in questo momento!»

«La Provvidenza? Pronto! Ho sentito bene, ha parlato proprio della Provvidenza?»

«Sì, è così. La prego, signore, la scongiuro non interrompa la comunicazione. Ho assoluto bisogno del suo aiuto!»

Sono bastate queste poche parole perché sentissi il sangue rimescolarsi, bollire. "Ci siamo! È la mia grande occasione!" ho subito pensato. Quel tono accorato, quella preghiera avrebbero fatto trasalire chiunque. Figurarsi un "ascoltone" come me. Sì, proprio così, un "ascoltone" cioè l'equivalente, passando dall'orecchio all'occhio, di un guardone.

Mi spiego meglio. C'è chi, favorito anche dall'andazzo

dei tempi, privilegia la vista e le sue seduzioni. Il voyeurismo ormai dilaga, si diffonde a macchia d'olio incoraggiato dal cinema, dalla tivù, dalle continue offerte visive delle nostre città-mercato, delle nostre strade bordello. Sederi esposti persino svogliatamente come prodotti-offerta per degustazioni etero, omo e bisessuali. Sederini, sederoni e sederotti vestiti di jeans scolpiti direttamente sulla carne, minigonne appena coprinatiche con tanto di pieghette e piegone che gridano: "Mettimi la mano sotto, palpa la ciccia fresca!". Eppoi t-shirt spalmate su pettorali maschili in rilievo scultoreo (leggi lavorati con scalpello michelangiolesco), calze-donna infilate su ipercosce da centometrista nera e così via. Senza contare corpi e fianchi, modellati direttamente dagli anabolizzanti a uso e consumo di una caleidoscopica orgia di materialismo scopofilo, dal greco *skopéo* (io guardo) e *philia* (amicizia, amore), maledetti ignoranti!

Alla luce d'una tale realtà degradata, mi domando come mai si sottovaluti l'udito. Perché nessuno parli dei fratelli chic dei guardoni e cioè per l'appunto degli "ascoltoni". Di noi, degustatori morbosi di dittonghi e monosillabi, di noi cui basta una zeta addolcita per farcelo venire duro, più duro d'un manico di ramazza. Per non dire, poi, di certi cocktail di sibilanti e gutturali! "Sgrauso", termine gergale romanesco di origine giovanilista, per fortuna già caduto in disuso anche fra il popolo delle due ruote, poteva avere su di me effetti devastanti. Anni fa udendo emettere uno "sgrauso" (trascinato come una lunga e fetida scorreggia) in una carrozza particolarmente affollata della metro (con la "e" larga) da una iperchiappata irrorata di deodorante dal profumo di frutto un po' marcio, sono stato colto da quella che definirei "una dolorosa erezione allergica". Con digrignamento di denti, sudore, aggressività a stento tenuta sotto controllo. Mi sono limitato cioè a qualche spintarella, a "panza" protesa.

«Che fai, encefalitico, ce provi?» se n'è uscita lei a voce bassa, piena di disprezzo e compassione, puntandomi contro le labbra grasse di rossetto, d'amore coniugale...

«Adesso che mi ha trovata non può lasciarmi» è tornata a farsi sentire la ragazza al telefono, richiamando imperiosamente la mia attenzione. Le davo, a giudicare dall'ottimo stato delle corde vocali, venti, forse venticinque anni. L'angoscia, che traspariva dalle sue parole, non era simulata. Senza contare che coglievo in lei un tono mille volte diverso da quello distratto o ruvido, o persino litigioso, degli altri utenti. Di quanti raggiungo ogni giorno, formando uno dopo l'altro, praticamente alla cieca, decine di numeri telefonici. Figurarsi! Lavoro, ingegnoso complice del mio destino di merda, in un call center. Sono pagato per mettermi in contatto con degli sconosciuti, facendo loro delle offerte commerciali. Blabla, e riblabla. Un paio di frasi preconfezionate, un invito a investire il denaro in qualcosa di superfluo e via. Volete la verità? Qui, da noi, si parla con la bocca e si tace con l'anima. È una routine che, specialmente per chi sia dotato di una sensibilità come la mia, rischia a volte di riuscire intollerabile. Immaginarsi, dunque, che festa è stata sentirmi dire d'un tratto, come mi trovassi a pagina tre d'un palpitante feuilleton: «Mi dia una mano, la scongiuro, credo di essere in gravissimo pericolo!».

«Volentieri, certo. Ma che posso fare? Non so...»

«Da dove mi parla?»

Domanda insidiosa. Non potevo certo rivelare, per le ragioni che presto o tardi verrò chiarendo, il luogo in cui realmente mi trovavo. «Be', dove può immaginare» ho risposto in modo vago. Evasivo.

«Al lavoro, intende dire?»

«Già, certo. Tocca a me, adesso, farle una domanda.»

«Mi dica, l'ascolto.»

«Afferma di trovarsi in pericolo, senza dirmi tuttavia il

perché. Non è solo la curiosità, vista la sua richiesta di soccorso, che mi spinge a domandarle che cosa le sta capitando.»

«Credo che un ladro, dio non voglia un assassino... con quanto si legge ormai ogni giorno... stia entrandomi in casa.»

«Ah!»

«È tutto quello che ha da dirmi?»

«Capisco, ha ragione di sentirsi delusa dalla mia reazione. Il punto è che sono nell'imbarazzo. Il punto è che non so proprio come venirle incontro, in che modo soccorrerla. Il punto è...»

«Non le chiedo niente di speciale. È sufficiente che mi parli, tenendomi compagnia con il suono della sua voce. Qualunque argomento va bene. Non le sto chiedendo molto, cazzo!»

Magnifico! Quell'esclamazione triviale, il tono insieme impacciato e quasi sorpreso con cui l'avevo sentita pronunciare, tradivano un'adolescenza privilegiata. Con capricci, snobismi, qualche eccesso nello stile tipico dei nuovi ricchi. Un collezionista di voci come me, che è riuscito a mettere insieme una nastroteca con oltre mille registrazioni schedate di "parlachiacchiera" femminile, anche dalla pronuncia d'un monosillabo può risalire a un tipo. La mia interlocutrice, a questo punto sarei stato pronto a scommetterci, doveva far uso di deodoranti dal profumo delicato, perfettamente intonati a una biancheria priva di patetici fronzoli feticistici. Avrei giurato, sentendola parlare, sulla rassicurante pulizia dei suoi piedi, senza ombre neppure (è cosa rara) all'altezza del calcagno.

«Allora? Non la sento più! Pronto, signore? Mi dica una cosa qualunque, la prego!»

«Mi autorizza a farle una domanda non so se cretina o indiscreta?»

«Prego!»

«Di che colore ha i capelli?»

«Tutto qui? L'accontento subito, ho capelli color biondo rame.»

«Come li pettina?»

«Con lo chignon, raccolti sulla nuca. Qualche volta, però, li sciolgo.»

«Quando? Può essere più precisa?»

«Boh, non c'è una regola. Diciamo che li sciolgo se sono appena lavati, faccia conto quando vado a cena fuori o a teatro.»

«Mi figuro che dallo chignon, quando cammina in fretta e c'è un po' di vento, si vedano spuntare un paio di grosse forcine tartarugate.»

«Ho la Smart, con la mia auto arrivo ovunque ed è difficile perciò incontrarmi mentre cammino a piedi e ancor più difficile che questo accada in una giornata ventosa.»

«Avrei dovuto immaginarlo.»

«Che cosa?»

«Che faceva uso di una city car.»

«Immaginarlo? E perché?»

«Così, lasciamo perdere. Mi dica, adesso, i suoi capelli assomigliano alla sua voce?»

«Questa, poi! Non so, non capisco.»

«Già, dovevo aspettarmelo. Se avesse saputo rispondermi, forse...»

«Ho paura, sono fuori di me. Se almeno non piovesse. Il tamburellare delle gocce sulle finestre e laggiù, sui vetri della serra, certo non mi aiuta. Ho tanta, davvero tanta paura!»

«Si calmi.»

«Sono terrorizzata.»

«Mi dispiace. Adesso, comunque, devo salutarla.»

«Impossibile, non può farmi questo.»

«Spiacente, il mio lavoro non prevede conversazioni del tipo di quella che stiamo facendo. Il capoturno potrebbe fare rapporto. Non me lo posso consentire. Niente rischi, capisce? Vivo dei quattro soldi che mi vengono da questo call center.»

«Non si preoccupi del capoturno, mio padre è un uomo potente. Qualunque cosa succeda, potrà aiutarla. Lei aiuti me, però. Non mi abbandoni.»

«Ah no, non la metta così. Se ci fosse una rivoluzione saprei da che parte stare.»

«In che senso?»

«Non sono uno che cerca o accetta raccomandazioni. Le raccomandazioni costituiscono un modo di scavalcare gli altri, i meritevoli, con mezzi illeciti. Vergogna, borghesia ca...!» Stavo per dire "cagona", "borghesia cagona", ma mi sono trattenuto. So, da bravo "ascoltone", fin dove si può spingere il lessico quando si parla con voce dal suono colto però comunicativo. Il lessico (per intendersi) degli avvocati e dei giovani medici ospedalieri, quando fanno i simpatici (il sabato, in pizzeria) mescolando con apparente naturalezza reminiscenze colte (da liceo classico), giornalese da prima pagina e citazioni gergali. Il tutto calcando su una pronuncia centroitaliana (umbro-laziale), con rassicuranti inflessioni tipiche del romanesco della classe media dei Parioli o di Prati.

«Che le frega delle raccomandazioni e dei raccomandati? È la vita. Non faccia il moralista!»

«Non lo faccio, lo sono. Almeno in un certo senso.»

Ho avvertito, dal tono leggermente alterato delle mie parole, che avrei potuto arrabbiarmi. Mi sono, perciò, rivolto un perentorio invito alla calma. Quindi, dopo essermi passato la lingua sui denti, ho chiesto alla mia interlocutrice: «A proposito! Perché adesso non chiama in soccorso il suo potente padre?».

«È in viaggio, lontano da qui, all'estero.»

«Capisco!»

«Mi dia un consiglio. È un'emergenza! Come mi difendo?»

«Chiami la polizia, è l'unico consiglio che posso darle. Adesso mi perdoni, devo congedarmi da lei!»

«Non voglio chiamare la polizia, potrei essermi sbagliata. Magari mi prenderebbero per matta!»

«Non vedo perché.»

«Se tutto fosse frutto di autosuggestione? Succede a volte. Ci sono stati davvero quei rumori in giardino o li ho solo immaginati?»

«Quali rumori?»

«Le interessa davvero saperlo?»

«Sì... abbastanza. Mi aiuterebbe a capire.»

«Ho sentito la ghiaia scricchiolare, come se qualcuno stesse camminandoci sopra. Prima ancora il cane ha abbaiato.»

«Ha un cane? Dove lo tiene? È grosso?»

«È un dobermann.»

«Non mi dica! È aggressivo?»

«Povera bestia, non ha mai fatto male a una mosca. Ormai poi...»

«Ormai, che cosa? Finisca, non lasci le frasi a metà!»

«È vecchio, credo che abbia quindici anni. Dicono che sia cieco o quasi. Non potrebbe far paura nemmeno a un bambino!»

«Adesso riattacco, mi scusi, signorina. Sono proprio costretto a lasciarla.»

«Prima, però, mi racconti qualcosa di lei. Mi pare quasi di averne il diritto dopo quanto ci siamo detti.»

«Che cosa ci siamo detti?»

«Guarda tu, rischio quello che rischio... Sono disperata e lei... Lei mi rivolge queste domande assurde!»

«Calma. Non si spazientisca. Non mi sembra proprio il caso!»

«Ha ragione, sto perdendo la testa. Vorrei vedere un'altra al posto mio, però.»

«La sua voce, quando si altera, è quella di una bambina

che rimprovera la bambola. Posso essere sincero? È terribilmente eccitante.»

«Eccitante? Non la seguo.»

«Meglio così!»

«Insisto. Perché eccitante? Mi ha incuriosito. Non può più sottrarsi, voglio assolutamente sapere qualcosa di lei, adesso. Subito.»

«Brava, le studia proprio tutte per tenermi inchiodato al telefono. In ogni caso, se le interessa, mi chiamo Cesarino Rolla.»

Ovviamente non è questo il mio vero nome. Sarei un pazzo se, considerata la situazione, rivelassi chi sono e come mi chiamo. Mi compiaccio dell'inventiva, in ogni caso. Sono proprio bravo! Rolla è un cognome perfetto, suona reale pur portandosi dietro un sospetto di romanzesca irrealtà. Quello che ci vuole, proprio quello che ci vuole. Complimenti!

«Posso chiederle, signor Rolla, di descriversi?»

«Brava, l'ha trovata giusta! L'idea di descrivermi mi sembra comunque assai divertente. Sono un tipo piuttosto fine, forse un po' d'altri tempi. L'estate scorsa, a Cattolica, una signora di Forlì mi ha chiesto addirittura se ero di famiglia nobile.»

Forse ho esagerato, a volte in situazioni come la presente (non è la prima volta che mi ci trovo) sono portato a strafare. L'eccesso meccanico di fantasia è sempre pericoloso, però. Precede, d'abitudine, un improvviso calare della tensione e la fine del gioco. Non posso permettermelo, io. Se rinunciassi a un'interpretazione ludica dell'esistenza, non avrei altro che il mio schifoso lavoro e la mia tana. Vivo in un monolocale, al nono piano d'un palazzone della Roma sud, alla periferia della periferia.

«Non mi vorrà far credere, signor Rolla, di avere del sangue blu nelle vene. Non la bevo.»

«Io non voglio farle credere niente, cara signorina.»

«Via, non si sarà offeso? Vada avanti a descriversi, piuttosto. Lei è un tipo interessante.»

«Sono alto, un po' curvo di spalle. Ho il viso lungo, le guance scavate. Tre anni fa mi sono lasciato crescere un paio di baffi che ora nascondono, folti, una bocca dalle labbra sottili. Eleganti e crudeli. Sono decisamente miope e porto occhiali dalle lenti molto spesse. Dalla testa mi spunta, indomabile, un ciuffo di capelli ferrigni. Ho le orecchie a sventola, tanto che da ragazzo mi chiamavano Dumbo come l'elefantino di Walt Disney.»

«Che buffo, mi piace il suo tipo!»

«Troppo buona.»

Le orecchie, quelle sì, le ho davvero grandi. Per il resto sono totalmente diverso da come mi sono appena descritto. Di statura appena inferiore alla media, ho il tipico aspetto degli uomini forti e corti, che suggeriscono in chi li guarda l'idea d'un rimbalzare elastico. Sono anche un po' stempiato e dispongo della vista d'un falco. Perché ho mentito? A pensarci, è stata una precauzione del tutto inutile. Visto che...

«Aiuto!»

«Che cosa c'è? Che cosa le succede?»

«Ho sentito distintamente un tonfo. Non posso essermi sbagliata, stavolta! Signor Rolla?! Dico a lei, Rolla!»

«Si calmi, non abbia paura.»

«Si fa presto a dire non abbia paura!»

«Via, su, buona! Adesso tocca a lei descriversi. Cominciamo dal nome. Come si chiama? Ancora non me lo ha detto.»

«Il mio cognome lo saprà, l'avrà letto nell'elenco telefonico. Non vedo come avrebbe potuto mettersi in contatto con me, altrimenti.»

«Perché? Potrei benissimo aver composto il suo numero a caso.»

«Già, non ci avevo pensato. Ha fatto così? L'ha composto a caso?»

«Mi sembra ovvio.»

«Nell'elenco figura mio padre, Gino Giuliani. Io mi chiamo Lucilla.»

«Mi piace, è un nome che promette bene. Lucilla Giuliani, perfetto! Adesso, però, mi perdoni. Devo proprio congedarmi.»

«Mi tenga ancora compagnia, la prego, signor Rolla. Mi parli ancora della sua vita. Sia gentile, non mi lasci!»

«Davvero? Posso ancora parlarle di me?»

«Sì, certo. Può parlare di tutto quello che desidera.»

«Voglio rivelarle un mio piccolo segreto.»

«Un segreto?»

«Ho un hobby, raccolgo e studio le voci come un entomologo raccoglie e studia gli insetti.»

«Interessante. Non sono sicura, tuttavia, di aver capito.»

«Partendo dalla voce di un uomo o di una donna, che non ho mai visto né conosciuto, s'intende dopo averla registrata e riascoltata due o tre o anche dieci volte, a seconda, sono in grado di farmi un'idea dell'aspetto fisico di chi ha parlato. In certi casi, prendendo foglio e matita, potrei persino spingermi a farne il ritratto.»

«Sul serio? Come è possibile?»

«Sono i prodigi misconosciuti dell'udito, quelli che fanno appunto di me un "accoltone" di prima grandezza.»

«Non la seguo, non ci sto capendo più niente.»

«Cercherò di spiegarmi, portando degli esempi. Prima di parlare con lei, ho incontrato... per telefono, naturalmente... una quarantacinquenne, una chioccia dei quartieri alti che, seduta stante, dandomi del rompiscatole, mi ha invitato ad "andare a morire ammazzato". Nel mentre così mi gratificava, ho avvertito, ho avuto la netta sensazione (sensazione visiva, trasmessami però dall'udito) che a quella voce fosse assortito uno splendido deretano. Un'opera d'arte naturale. Dopo una pausa quella pariolina palestrata, con marito casa in montagna e amante (potrei quasi giurarci), ha dato nuovamente sfogo al suo nervosismo mestruale (certe situazioni le colgo al volo), incitandomi per la seconda volta ad "andare a morire ammazzato". Ha aggiunto, dopo una pudica esitazione, quale epiteto riepilogativo anche un "brutto stronzo"!».

Come ovvio, mi sono guardato bene dal riferire che l'ingiuria mi era stata rivolta mangiando (non posso essermi sbagliato) un gianduiotto perché solo quel particolare cioccolatino avrebbe potuto produrre nella bocca di lei uno sciacquare denso, morbido e dolce. Né ho potuto rivelare che, eccitato da quanto il mio orecchio andava decodificando, ho eiaculato. La bocca morbida e golosa, le labbra tumide e il culo ferrigno. Che cosa si può desiderare di più?

«Lo sa, signor Rolla, lei è un bel po' strano.»

«Perché? In che senso?»

«Be', se devo essere sincera, ha delle piccole morbosità.»

«Morbosità? Che idea!»

«Forse è la paura a confondermi. Come può immaginare, non sono e non potrei essere obbiettiva. Mi parli, però, mi parli ancora. Non smetta!»

«Che cosa devo dirle?»

«Mi dica, signor Rolla, qualcosa del suo lavoro. Le piace? Signor Rolla... Pronto? Rolla!»

«Eh, sì, sono qui!»

«Il suo respiro si è fatto più svelto, affannato. Nemmeno stesse camminando. Come mai? Sta camminando o non si sente bene così all'improvviso?»

Si trattava di domande pericolose. Le risposte, se non stavo attento, avrebbero potuto mettere Lucilla sulla buona strada. Era troppo, troppo presto. Avrebbe scoperto tutto, si capisce, ma più avanti, al momento opportuno. Dovevo perciò tenerla buona, lusingandola e mentendole.

«Lei, Lucilla, è una detective nata. Complimenti. Comunque la ragione del mio respiro lievemente affannato è più banale di quanto lei pensi. Un attimo fa, parlandole, mi ero chinato a raccogliere gli occhiali.»

«Ah, sì, capisco.»

«Desidera ancora che le parli del mio lavoro?»

«Desidero soprattutto che lei continui a parlarmi, non importa di chi o di che cosa.»

«Immagino sappia come funziona un call center.»

«Be', lo intuisco.»

«A una massaia incolore, passando da una telefonata all'altra, può far seguito una vecchietta sorda, poi un pensionato arteriosclerotico. Peggio di tutto sono, però, i bambini. Li ho nelle orecchie. Terribili. Rispondono "pronto!" poi, senza darti il tempo di parlare, lanciano un grido disarticolato e corrono a chiamare la loro mamma senza trovarla e lasciando, intanto, la cornetta staccata. "Mamma" continuano a gridare da stanze sempre più lontane e la parola "mamma", col suo saltellare, finisce col riportarmi remoti ricordi di febbre, di svogliatezza, di compiti da finire e mai finiti. Mi segue? A volte, perciò, sarei tentato di mollare tutto. Mi pare di non poterne proprio più. Ma Roma è Roma, con le sue straordinarie risorse umane...»

Mi sono fermato, incerto se continuare. Il buon senso mi diceva che dovevo ancora attendere, essere più vicino al raggiungimento del mio scopo, prima di mettere in sospetto la piccola Lucilla. Certo, quando fosse venuto il momento, una calcolata quanto micidiale dose di inquietudine, persino di paura, avrebbe potuto avere i suoi effetti positivi. Avrebbe potuto, in altre parole, rendere Lucilla meno padrona di sé, ammorbidirla (nel senso di frollarla) dentro e toglierle quella che immaginavo fosse una certa sua corazza comportamentale.

«Avanti, su! Che cosa voleva dirmi del suo lavoro e di Roma?»

«Be', vede, la nostra sta diventando una città multietnica. Così, prima o poi, può succedere di mettersi in comunicazione telefonica con un'extracomunitaria.»

«E allora?»

«Può capitare di sorprendere, nella sua calda e ambrata identità, una brasiliana rimbambita dal sonno in pieno giorno. Oppure può succederti di interrompere il sonno fuori orario e tutto speciale di una hostess o di una entraineuse. La troietta...»

«Come ha detto? Spero di aver sentito male. Ripeta!»

«La poveretta, destata dalla suoneria del telefono, solleva la cornetta, tenendo ancora la testa affondata nel cuscino. Non sa bene in quale lingua esprimersi e intanto va in cerca del proprio corpo indecentemente sparso sulle lenzuola. Quando finalmente dice qualcosa la sua voce suggerisce, in chi l'ascolta, l'immagine dell'ancheggiare d'un corpo al ritmo del samba...»

«Accidenti, Rolla, lei non sarà uno di quei maniaci che passano la notte telefonando alle donne sole?»

«Che va pensando, Lucilla. Un maniaco, io? Sto cercando di distrarla, tutto qui.»

«Silenzio. Stia zitto un attimo, per favore! Sì, non posso essermi sbagliata. Pochi secondi fa qualcuno ha urtato una sedia. Ne sono sicura. C'è un estraneo in casa, forse un rom. Ho la quasi certezza che uno sconosciuto sia entrato e stia avvicinandosi alla mia stanza.»

«Perché dice così? Potrebbe trattarsi del suo cane cieco o più semplicemente di un topo. Magari è successo fuori, in giardino e le sedie di casa non c'entrano. Mi descriva la sua casa, signorina Lucilla.»

«Abito in una villa, quasi fuori città.»

«Questo lo so.»

«Come fa a saperlo?»

«Be'... ecco...»

«Che ne sa di dove è o non è la mia casa? Risponda!»

«Via, non si scaldi. L'ho capito da alcuni particolari. Si ricorda quando mi ha parlato della ghiaia? Mi ha detto dei vetri di una serra...»

«Già, è vero.»

«Visto che ci siamo, signorina Lucilla, mi dica qualcosa in più del luogo dove vive. Mi incuriosisce.»

«È stato mio padre a scegliere il terreno, isolato ma facilmente raggiungibile dalla città, dove costruire la villa. C'è un torrente, ci sono dei prati. Roma, di notte, è una cupola luminosa, laggiù, oltre una fila di alberi.»

«Se ho capito bene, siete in una località isolata.»

«Per trovare qualcuno, bisogna arrivare a una stazione di servizio. A piedi ci vogliono almeno sette o otto minuti. A quest'ora però Dino e Luca, il gestore e suo figlio, sono sicuramente rincasati. Abitano in una frazione a otto chilometri di qui.»

«Lo immaginavo: proprio il luogo ideale.»

«Come ha detto?»

«Non ho detto niente di importante, mi creda.»

«L'ho sentita parlare di luogo ideale.»

«Boh, chissà a che cosa stavo pensando. Non so più, non ricordo.»

«Sarò sincera, signor Rolla. Ho come l'impressione che lei mi nasconda qualcosa.»

«Andiamo, su, perché dovrei nasconderle qualcosa? Fino a pochi momenti fa ignoravo persino la sua esistenza!»

«Eppure!»

«Basta, chiami qualcuno a tenerle compagnia. Così mi lascerà in pace e non avrà più tutte queste ridicole paure e questi ancor più ridicoli sospetti.»

«Magari potessi farlo. Proprio non so a chi rivolgermi!»

«Chi abita in una villa di solito non è solo. Da quanto ho potuto arguire, poi, lei appartiene a una famiglia senza problemi finanziari. Avrà al suo servizio, dunque, una domestica. Ci sarà pure una persona che possa darle una mano! Possibile che sia là, completamente abbandonata? Non posso crederci.»

«Lei ha visto giusto, signor Rolla. D'abitudine c'è qualcuno con me. Questa notte, però, sono tutti via. La cuoca è all'ospedale e Nello, il domestico, ha chiesto un permesso. Torna domani. Ci fosse stato lui, non avrei certo avuto nulla da temere.»

«Nello è un bel ragazzo?»

Alla mia domanda, ha fatto seguito un silenzio rotto da un improvviso, per me inatteso, ciabattare di pantofole.

«Pronto, Lucilla? Pronto?»

«Sì, eccomi. Ero andata per chiudere a chiave la porta della mia stanza ma inutilmente.»

«Perché inutilmente?»

«La chiave non c'è. Mi sono ricordata di averla riposta, non so più per quale motivo, in un cassetto. Giù, nell'ingresso.»

«Perché non va a prenderla?»

«No, impossibile. Ho paura di aprire la porta della mia camera.»

«Questa poi!»

«Mi terrorizza l'idea di uscire di qui e di essere investita dal buio del corridoio.»

«Sciocchezze! Piuttosto, non le ho ancora chiesto nulla di sua madre. Non vivete nella stessa casa? In fin dei conti lei è ancora una ragazza, in età comunque da avere tutti e due i genitori.»

«Figurarsi. La mamma è morta quando avevo appena sette anni.»

«Ah, è così! E mi dica, Lucilla, non ci sono altri che la possono sentire? Le ripeto, mi sembra strano che lei viva abbandonata in una grande villa di campagna. A meno che... No, sono superstizioni ridicole.»

«Superstizioni? Ho sentito bene, ha parlato di superstizioni.»

«Basta, finiamola. Dove sono gli altri abitanti della casa? Perché ci sono, debbono esserci degli altri abitanti.»

«Le ho già detto che Nello non c'è e la cuoca è all'ospedale. Il giardiniere e l'autista dormono fuori, in famiglia. Arrivano qui il mattino molto presto e la sera, salvo eccezione, ci lasciano. Vede, signor Rolla, che ho ragione di essere spaventata?»

«Povera cara, vorrei evitarle tutto questo. Come faccio però, come posso a questo punto tornare indietro? Il più è fatto.»

L'ultima frase, molto compromettente, mi è in pratica sfuggita di bocca. Per fortuna Lucilla, troppo presa dai suoi problemi, non l'ha colta.

«Rolla?»

«Presente!»

«Mi crede se le dico che sto tremando come una foglia? Un po' è la paura e un po' il freddo. Non sono più padrona di me. Dovrei almeno coprirmi le gambe e buttarmi qualcosa sulle spalle. Sono mezzo spogliata, stavo per andare a letto quando ho cominciato a sentire dei rumori sospetti e subito dopo lei mi ha telefonato.»

«Cicciottina!»

«Cicciottina!? È pazzo, ha detto proprio "cicciottina"?»

«Non si formalizzi, via! Sarebbe del tutto inutile. Adesso le dimostrerò fino a che punto possano spingersi le facoltà di un "ascoltone". Ha appena fatto cenno alle sue gambe e io posso descrivergliele.»

«Sentiamo, sarà sempre meglio che starsene qui in compagnia del buio e... di uno strano silenzio!»

«Le sue, Lucillina, sono gambe giovani, solide, ben fatte. Con qualcosa, forse, di un po' mascolino. Una voce, a saperla ascoltare, rivela un'infinità di particolari sulla persona cui appartiene!»

«Vada avanti.»

«Prima, però, sono curioso di sapere se ho colto nel segno. Provi lei, perciò, a descrivermi le sue gambe. Sia sincera, mi raccomando.»

«Non credo che dovrei darle retta ma la sua voce, le stranezze che dice, mi distraggono.»

«Allora, Lucilla, come sono le sue gambe? Avevo ragione definendole solide?»

«Ho gambe forti, piuttosto grosse e muscolose tanto più in rapporto alla mia corporatura.»

«Miao!»

«Come ha detto?!»

«Niente, non ci faccia caso.»

«Ha detto "miao" o sbaglio?»

«Bambinate! Mi dica ancora di lei, piuttosto, di come è fatta e non pensi a chissà che cosa. Va tutto bene, tutto bene.»

«Lei sta approfittando di me, del mio stato d'animo. Non è così?»

«Pensi che io sia il suo medico, consideri la mia una terapia d'urto. Allora? Aspetto di sentirla parlare del suo corpo.»

«Del mio corpo?»

«Sì, esatto.»

«Perché dovrei?»

«Perché desidera che io le parli, perché questo è un modo di portare avanti la nostra assurda conversazione. È quello che vuole, o sbaglio? Tenga presente che non abbiamo molti altri argomenti da spendere.»

«Be', se devo essere sincera, ho un fisico notevole. Sa, ho fatto danza classica e anche molto sport: atletica leggera, tennis, un po' di nuoto.»

Mentre mi veniva sempre più duro, il tono della mia voce si andava ammorbidendo e la mia lingua si scioglieva. Adesso, comunque, era venuto il momento di tirar fuori dalla voce di Lucilla i sapidi umori della paura quando diventa terrore.

«Mi perdoni, cara. Lei si è, in qualche modo, affidata a

me. Così sento, per onestà, di doverle fare una piccola confessione.»

«Una confessione?»

«Niente di così importante, le assicuro.»

«E cioè?»

«In altri tempi ho subìto una piccola condanna penale.»

«Perché? Che cosa aveva fatto?» ha domandato lei, parlando come soprappensiero. Non potevo sbagliarmi a questo riguardo. Le parole, infatti, le uscivano dalla gola fredde, livide, dure e inespressive come sassi.

«La sentenza parla di atti osceni in luogo pubblico. Il luogo pubblico era, per la precisione, un vecchio e puzzolente cinematografo del centro storico. Un luogo, in realtà, semideserto e in qualche modo privato come può esserlo un vecchio salotto abbandonato. Se ci ripenso... Vuol sapere una cosa, Lucillina? È difficile, anzi difficilissimo, far capire come la vittima a volte sia la vera colpevole. La vena responsabile di tutto.»

«Ah ah!»

«Da come ha detto "ah ah", sarei portato a pensare che non si sente bene. Che cosa c'è?»

«Sto impazzendo, non resisto. Ho sentito altri rumori sospetti. Lo sa? Non ho nemmeno capito che cosa mi stava dicendo. Chi è stato condannato? Per che cosa, per quale reato?»

«Io sono stato condannato, io! Mi ha sentito adesso? Tutto, quella volta, è nato da uno stupidissimo e crudele equivoco. La sala era quasi vuota e proiettavano un film comico che, però, non mi faceva ridere. Una matrona, seduta accanto a me, non smetteva un attimo di muoversi. Si spostava leggermente, trovava una nuova posizione e dopo poco la cambiava. "Che scemenze!" non faceva che ripetere, divertendosi, ridendo a crepapelle senza motivo e pronunciando la "sc" di scemenze come fosse quasi una "sg", "che sgemenze!".»

«E con questo? E allora lei che cosa ha fatto?»

«Tenga ben presente la situazione. La gonna della mia vicina, per effetto delle continue risate e delle conseguenti ginnastiche, continuava ad arrampicarsi su per le cosce. Quella sguaiata, intanto, mi assestava continue spallate. Pensavo che intendesse, in tal modo, significare un suo caloroso interesse nei miei confronti. Ero arrivato a immaginare che volesse, fra una risata e l'altra, trovare il modo di bagnarsela un po'. Avrei resistito a quello che ritenevo un palese invito se, a un certo punto, quella tale non avesse detto con riferimento al film "che panzane!", pronunciando la zeta di panzane come quella di zanzara. Dalle orecchie la scossa, posso definirla così?, è passata al basso ventre e non ho resistito. Aggiungo che eravamo seduti, unici e soli, in penultima fila. Ho ritenuto perciò, sbottonandomi senza tante cerimonie i calzoni e mettendole a disposizione i miei attributi virili, di venire contemporaneamente incontro alla prepotente erezione titillata da quella zeta accarezzatimpano. "Non si vergogna!" ha viceversa sussurrato quella rimbambita, accorgendosi della mia manovra. Credevo, dal volume di voce, che intendesse darsi un tono prima di saziare sul posto i suoi e i miei appetiti. Così, guardandola senza vederla, le ho preso la mano ruvida di massaia lavapanni, lavapiatti, lavatutto e l'ho portata prepotentemente sul mio salcicciotto. "Non si vergogna, mascalzone!" ha berciato allora, col collo gonfio, richiamando l'attenzione del personale. È facile immaginare che cosa sia successo dopo.»

«Lei... lei... ha fatto questo?» è stato l'interrogativo, pieno di sgomento, suscitato dalla mia confessione. «Mi dica, Rolla, quando quella povera donna ha reagito, lei si è o non si è sentito un lurido verme?» è stata la chiosa in forma interrogativa.

«No, in nessun modo. Un uomo libero, allorché si sia definitivamente emancipato dai sensi di colpa instillati dall'autorità famigliare e dal padre padrone, smette di vergognarsi. Un cazzo, dopo un'adeguata quanto indispensabile autoanalisi, deve andar fiero dei suoi appetiti. Quali che siano. Mi capisce, Lucilla?»

«Stavolta è sicuro, stavolta non posso sbagliarmi. C'è qualcuno che sta salendo le scale, ne sono persuasa. Ancora pochi attimi e sarà nel corridoio... Che cosa faccio, adesso?»

«Stia calma, non gridi. Per favore, non gridi. Qualunque cosa succeda lei non... Mi segue? Non gridi.»

«Non so che cosa fare, signor Rolla. Sono terrorizzata, ecco perché continuo a parlarle nonostante quanto mi ha appena raccontato. Meglio le parole di un depravato, quale immagino lei sia, che il silenzio e quei rumori... sempre più vicini, sempre più indecifrabili e agghiaccianti!»

«È proprio sicura, Lucilla, che non ci sia nessuno in casa con lei?»

«Sicurissima. Che cosa mi accadrà, adesso? Colgo distintamente un rumore di passi, avanzano in direzione della mia porta...»

«Ha una pistola?»

«Macché! Come le viene in mente di chiedermelo? Una pistola, io, figurarsi!»

«Meglio così, in ogni caso!»

«Meglio perché? Lei ha delle uscite... chissà, non saprei proprio come definirle.»

«Non fraintenda quanto sto per dirle.»

«Cioè?»

«Vede, a volte è meglio non esasperare uno stupratore di passaggio. Un'accoglienza non troppo ostile potrebbe renderlo meno brutale, potrebbe persino addolcirlo. Di sicuro, anzi, lo addolcirebbe. Lo stupratore nostrano, italico, non ha la rabbia del rumeno, la prepotenza dell'albanese o l'esuberanza del marocchino.»

«Si rende conto di quanto sta dicendo?»

«Perfettamente. Accetta un consiglio da me, signorina Lucilla?»

«Sì, no, non so. Non ci sto con la testa! Deve capirlo.»

«Lei è vergine?»

«Questi sono fatti miei, accidenti!»

«Al punto in cui si trova, può anche rispondermi. Gliel'ho già detto, provi a immaginarmi come fossi il suo medico.»

«Ho perso la verginità l'estate scorsa, a Forte dei Marmi. Un ragazzo di Milano... Ma che cosa mi fa dire! Lui...»

«Lui, chi?»

«Lo stupratore, quello che lei ha definito lo stupratore, adesso è fermo davanti alla mia porta. E se fosse un russo sifilitico? Un libico impestato dall'Aids? Lo sa quello che dicono degli extracomunitari? Ho tanta paura.»

«Vedrà che l'uomo, l'intruso è italiano come lei e me. Magari cerca, attraverso il pisello pisellino, solo un po' d'affetto. Sa che cosa le dico? Può darsi che, sotto sotto, cerchi solo un po' di solidarietà umana. Ci pensa? In fondo quel tipo, chiunque sia, fa anche un po' tenerezza. Sapesse quanto male fanno i pregiudizi.»

«Ancora un attimo, lo sento, entrerà... È orribile!»

«Le do un ultimo suggerimento, Lucilla. Si faccia trovare in una posa provocante, metta in evidenza le sue cosce ben tornite. Mi ha detto lei che sono piuttosto muscolose e dunque ben tornite. Esibisca il loro nudo... il nudo delle cosciotte... fino al gluteo, lasciando però quest'ultimo coperto. Mi raccomando, co-per-to. Il gluteo nudo, materico e nudo, sa troppo di gabinetto medico, di anfiteatro anatomico. Insomma, non mi piace!»

«Ma che cosa sta dicendo? È matto?»

«No, cara. Le sto dando dei consigli preziosi. Li segua perciò.»

«Sto perdendo il controllo, sto per mettermi a gridare.»

«A che servirebbe? Animo, non è la fine del mondo. Dunque, ricapitolando. La camicia da notte che indossa, oltreché corta come usa oggi, è leggera e molto scollata?»

«Ma sì, certo che sì.»

«Allora faccia in modo, non ci vuole molto, che uno dei suoi seni, delle sue tettine... La parola "tettine" mi eccita, sta ai miei appetiti sessuali come la caciotta primo sale sta... verso l'ora di pranzo... agli stimoli della fame. Sfoderi la mammella con naturalezza, come fosse rimbalzata allo scoperto per effetto dell'intrinseca, giovanile e beata elasticità. Capisce che cosa intendo?»

«Sono terrorizzata e lei è completamente pazzo. Dove vuole arrivare con i suoi consigli da porcone?»

«Porcone? Ah, meraviglioso! Non c'è parola più... più... afrodisiaca. Almeno in bocca sua, Lucilla. La voglio aiutare, perciò. Può darsi, anzi è molto probabile che vedendola, nella posa che le ho appena suggerito, lo stupratore raggiunga l'apice dell'eccitazione. Gli basterà così, per godere dico, un niente. Capisce? Un niente. Se ne verrà ancora prima di penetrarla. Se poi, come immagino, è un tipo che non vuole seccature, immediatamente dopo batterà in ritirata.»

«Ho visto la maniglia della porta muoversi, girare... Ecco sta entrando.. Mi sento svenire, è terribile. Ha il volto coperto con una calza da donna, come nei film... Si avvicina... e... e... ha un telefonino in mano. Già, sì, pazzesco! Quella che sento... Come è possibile? Quella che sento come un ronzio, attraverso il microfono del cellulare in mano allo stupratore, sembra... è... la mia voce. Dunque...»

«Già, mia cara Lucilla, è così. Sono proprio io! Lei, senza saperlo, mi ha accompagnato durante gli ultimi venti minuti, conducendomi dal cancello della villa fino a qui, al suo letto.»

«Non capisco più niente, mi gira la testa... Come è possibile? Che infamia, proprio lei che mi consolava... Che merda!»

«Non abbia paura, Lucilla. Posso spiegarle, vedrà che tutto è molto ragionevole.»

«Ragionevole?!»

«Mi segua. Ascolto ogni giorno decine di voci simili a quelle dei volpini quando abbaiano, dei cavalli quando nitriscono, delle galline che chiocciano. Ogni tanto, però, mi raggiunge un suono irresistibilmente femminile. Da quel suono, in virtù delle mie già citate facoltà di "ascoltone", riesco a risalire alla persona. La immagino e arrivo, come mi conferma il vederla, molto vicino alla realtà. La Lucilla che sono venuto immaginando era una copia quasi perfetta della Lucilla che adesso ho davanti. E veniamo alla mia visita qui, adesso. Lei, forse, ha dimenticato che, qualche giorno fa, l'avevo contattata. Due parole, un messaggio commerciale e via. Due parole svogliate, un nulla di cui lei, diversamente da me, non ha trattenuto memoria. Io, però, ero rimasto conquistato, addirittura sedotto dalla sua ugola. Così, dopo una rapida ricerca, dal numero telefonico sono risalito al suo indirizzo. Ho aspettato la sera giusta, la sera in cui... secondo attendibili informazioni... lei sarebbe rimasta sola in casa e...»

«Non sia tanto sicuro di sé. La polizia, mascalzone che non è altro, potrà subito rintracciarla!»

«Attraverso il telefonino? Calma. C'è un trucco ma... ma... capisce bene... non le dirò niente di più, in proposito.»

«L'acciufferanno, stia sicuro, in quattro e quattr'otto!»

«Lei pensa al call center, a un'indagine che risalga a me dal mio posto di lavoro. E se avessi inventato anche quello? Se fosse tutta un'invenzione?»

«Lei è completamente matto!»

«Forse, non oso escluderlo. Comunque, cara Lucilla, non sono quello che lei immagina. Non sono, cioè, uno stupratore di donne ma di voci. Sissignore, mi innamoro dei suoni, delle inflessioni, delle sfumature che colorano le parole, le solite parole del linguaggio quotidiano. Le isolo, le spoglio, le fotografo, le analizzo. Arrivo a desiderare con prepotenza incontenibile la creatura che, attraverso un certo apparato vocale, emette quelle particolari musiche, quelle determinate fonazioni capaci di raggiungere il mio cervello per poi scendere, per poi trasferirsi e giungere ai miei testicoli. Il corpo delle prescelte diviene, a questo punto, uno strumento attraverso cui saziare un desiderio tormentoso, assoluto perché di natura eminentemente spirituale. Il corpo è solo, glielo ripeto, il veicolo, il tramite con cui giungere alla soddisfazione d'un desiderio metafisico.»

«Stronzo, va' via! Lasciami, carogna!»

«Non dica la parola "stronzo", ha su di me un effetto ritardante che finirebbe con lo scontare proprio lei. Dovrei, per giungere all'eiaculazione, accanirmi, dimenarmi, sudare. Dovrei forse brutalizzarla. Io, cara Lucilla, sono invece l'ultimo dei sibariti. Mi piace venire con estenuata dolcezza, a occhi socchiusi. Comprende?»

«Porcone!»

«Non dica quella parola, non ancora. Non vorrei venirmene nelle mutande. Già, proprio così. Adesso si metta in posa, nel modo che mi sono permesso di suggerirle poco fa. Tettine e cosce ben in vista e dica... nel modo che le ho appena sentito ripetere... porcone! Pronunci... È nel suo stesso interesse... Pronunci la "o" come avesse sangue siciliano. La sua, mia piccola Lucilla, è una "o" esaltante. Almeno per le mie orecchie. Vedrà, cara, se farà come le dico... proprio come le dico... vedrà che tutto sarà molto rapido e indolore! Al mio via! Porco...»

«Porcone!»

«Da brava, ripeta: me lo faccia assaporare di più quel porcone e mi raccomando soprattutto quella "o"!»

«Por-cò-ne! Por-cò-ne!»

«Sì, così. Cò-sì!»

(*In due*, 2008)

Cara signora Wilma

Le imposte sono socchiuse, un piccolo ventilatore muove l'aria ma non basta a rinfrescare l'ambiente. Nella stanza, anche a causa dell'inutile penombra, si avverte più che mai l'assedio di un'accecante giornata estiva. L'uomo, un anziano dal cranio lucido e imperlato di sudore, si toglie la camicia. Dopo averla stesa sul letto con cura, carezza la stoffa colorata. La sua grossa e ruvida mano di vecchio artigiano si posa con gentilezza affettuosa sui quadretti rossi, gialli e neri del colletto, poi delle maniche. Prima di staccarsene, guarda un'ultima volta la camicia. Nei suoi grandi occhi, un tempo celesti e ora d'un colore stinto nella stanchezza, c'è lo spasimo che nasce dall'attesa d'un miracolo che non avverrà e la ragione sa benissimo che non avverrà, eppure qualcosa dentro di lui continua a dire no, non può essere. Vedrai che si tratta di un incubo, solo di un incubo. Dietro i suoi occhi, nella sua mente, c'è quel pazzo e ostinato non voler prendere definitivamente atto dell'accaduto.

Adesso l'uomo, rimasto a torso nudo con i suoi peli bianchi e la sua pelle slentata dall'età, si siede davanti a un tavolino. Sfoglia un giornale vecchio di qualche settimana, cerca una pagina e un nome. Finalmente trova quanto lo interessa, si concentra qualche attimo e incomincia a scrivere velocemente su un foglio già preparato. Scrive senza fermarsi, scrive senza rileggere. E come avesse già, lui che pure non ha studiato, ogni parola nella mente e ogni frase nel cuore.

Roma, 2 agosto 2005

Cara signora Wilma,
non mi permetterei di importunarla se oggi fosse, per me, una giornata come tutte le altre. Invece è una giornata diversa, molto difficile e molto diversa. Dal momento che la stimo immensamente, confido che lei possa darmi una mano. Non voglio un aiuto materiale, stia tranquilla, non è questo che sto per chiederle.
Mi chiamo Osvaldo, ho sessantotto anni e sono un suo assiduo lettore. *La posta* è, a mio avviso, la più bella rubrica del suo giornale. La più umana e la più vicina alla gente. Ci pensavo un momento fa, tornando a casa, reduce da una lunga passeggiata nella città semideserta. Sono rimasto fuori fin quando ho potuto, sapendo che era meglio per me non rientrare. Era preferibile andarmene a zonzo, vagabondare. Adesso però l'aria si va infuocando e l'asfalto delle strade, in certi punti più esposti, si è fatto molle. Così molle che sembra di camminare su un tappeto.
C'è chi dice che tutta questa solitudine, tutto questo silenzio sono belli, io invece dico che non sono belli. Non so se anche lei la pensa come me, se anche lei preferisce la gente. Immagino di sì, però. In ogni caso le vacanze sono incominciate, chi può parte e ci aspettano giorni sempre più difficili. Le conseguenze del grande esodo estivo, come lo chiamano alla televisione, sono ormai riscontrabili ovunque. Strade spopolate, negozi

chiusi. Anche il sole sembra essersi preso le ferie, lasciando il posto, da questa mattina, a una luce bianca e afosa. Una luce che fa sudare appena ci si muove.

Sto cercando, come credo risulti dalle mie parole, di fare il bravo e di mantenermi calmo. Mi sono ripetuto dieci, cento volte che devo essere ragionevole e organizzarmi dal momento che la prossima settimana andranno via proprio tutti. Guai a farsi sorprendere impreparati dall'esodo di mezzo agosto. Per noi che rimarremo in città, fare la spesa diventerà più difficile. Chissà se saprò cavarmela. Sa, per me è la prima volta.

Il vecchio si ferma, posa la penna. Le sue labbra tremano. Adesso è proprio il silenzio, intorno a lui, a far sentire l'urgenza d'un grido, ma quel grido non prende corpo. L'uomo però lo sente dentro di sé, lo avverte come una forza devastante che tuttavia non riesce, non sa tradursi in un suono. In un ruggito, in un lamento, in un singhiozzo o in qualcosa che abbia a che fare, che sia l'espressione del suo dolore. Così solleva il mento, apre la bocca come cercasse l'aria. È un attimo, poi riprende a scrivere.

Per essere più sicuro, cara signora Wilma, ho deciso di fare una lista di quello che mi serve. Pasta, olio, caffè... Un tempo mi piaceva il deserto di ferragosto, adesso mi fa paura. Ho letto sul suo giornale, comunque, che l'assistenza sanitaria è garantita. La morte non va in vacanza, l'hanno capita finalmente!

A tale proposito, sembra che nelle prossime settimane rimarrà attivo anche un pronto soccorso veterinario. Sarebbe giusto, dopotutto! Non è d'accordo anche lei? I cani, non si fa che ripetere, sono i migliori amici dell'uomo e immagino sia vero. Due anni fa, proprio il quindici di agosto, mi è capitato di notare un vecchio, anche più vecchio di me. Era seduto su una panchina insieme con il suo piccolo bastardo. Avevano gli stessi occhi, molto grandi e spaventati. Sembrava che tutti e due avessero paura di una stessa cosa: l'uomo aveva paura di morire prima del cane e il cane prima dell'uomo. Entrambi sapevano che chi fosse sopravvissuto se la sarebbe vista brutta, proprio brutta. Capisce, signora Wilma? Per chi dei due fosse rimasto, il mondo si sarebbe fatto troppo grande, troppo maledettamente grande e pieno di facce sconosciute. Di odori estranei e irriconoscibili, diversi dai soliti odori che si sentono nei cortili delle nostre abitazioni di gente qualunque.

Non le è mai capitato di sentirsi sola, davvero sola, cioè sola con l'assoluta certezza, la certezza fatta sangue e respiro, che non ci sia nessuno in tutto il mondo, in tutto l'universo che le voglia bene? Nessuno che abbia voglia di guardarla e guardandola la carezzi con gli occhi? Non le è mai capitato di fermarsi all'improvviso mentre cammina per la strada e di chiedersi adesso dove vado? Non c'è nessuno che mi aspetta, nessuno che mi apra la porta di una casa che sia anche la mia casa. A me è capitato questa mattina, è capitato poco fa. Ogni faccia che incrociavo camminando la sentivo corrispondere a un recapito ignoto, a un recapito di persone sconosciute e indifferenti. Mi spiego, signora Wilma?

Anche i gatti possono dare un grande affetto ai loro padroni ma non voglio parlarne, non oggi. Non voglio parlarne perché anche noi abbiamo avuto un gatto, fino all'autunno scorso. Poi è morto ma a me pare di vedermelo venire incontro, ogni volta che torno a casa. È come lo sentissi miagolare mentre giro la chiave nella toppa. Entro e vedo il suo piccolo muso rossiccio e dietro quel muso mi pare di indovinare la sua coda rivolta in su, dritta. Lo sa, signora Wilma? Passando per Villa Borghese, meno di un'ora fa, ho adocchiato uno scoiattolo. Sapevo che poteva succedere anche se non mi era mai capitato prima. Quando si dice la natura. L'aspetto di quel roditore, perché lo scoiattolo appartiene alla famiglia dei roditori, era gentile e grazioso. Come si fa a tirare i sassi, dico io, a molestare una creatura così timida e innocua? Eppure c'è chi lo fa. Persone del genere andrebbero punite senza nessuna indulgenza. Vuol sapere come la penso? Chi uccide senza necessità gli animali più vicini all'uomo, come le cosiddette scimmie antropomorfe, andrebbe condannato alla pena di morte. Esagero? Può darsi, se è così mi perdoni, signora Wilma.

Non esagero però affermando che la pena di morte, nel caso di certi reati contro gli anziani e i bambini inermi, andrebbe senz'altro ripristinata. Mi piacerebbe, in ogni caso, conoscere la sua opinione in merito. Scusi se glielo dico, ma credo che sarebbe, in certo senso, un mio diritto. Chi, come lei signora Wilma, scrive su un giornale e si rivolge al grande pubblico, chi come lei ha migliaia di lettori affezionati e fa opinione dovrebbe, scusi se mi permetto, sentirsi obbligato a vuotare il sacco. Sarebbe tenuto a spogliarsi, mettendo a nudo il suo animo. Non le sembra logico? Le brutte sorprese sono sempre possibili e il lettore deve potersi tutelare. Per quanto mi concerne, non vorrei scoprire, dopo averle dato tanta fiducia, che lei è abortista e non crede nella famiglia eccetera eccetera. Mi sono spiegato?

Spero, in ogni caso, che lei non sia comunista. Quei serpenti sono ovunque. Proprio come gli ebrei. Vuole un esempio? Poco fa, sempre a Villa Borghese, ero andato per bere alla solita fontanella. È stato allora che mi sono sentito guardare da due occhi falsi, acquosi e un po' gialli come i sassolini della ghiaia. Quegli occhi, quello sguardo disturbavano il mio imminente diritto di saziare la sete. "Che vuole questo ebreo?" mi sono perciò chiesto. Sarebbe stato peggio, lo ammetto, se invece di un ebreo si fosse trattato di un albanese o di un rom.

Sa come succede. «O la borsa o la vita» ti intimano quelli con in mano una siringa dall'ago sporco di sangue infetto. L'Aids è la loro cartuccia. Non scherzano neppure i rumeni, a quanto si sente sempre più spesso!

L'uomo che mi scrutava non era, fortunatamente, un albanese e nemmeno un rumeno. I miei timori non erano infondati, però. Quello che mi fissava era infatti un tizio che conosco da sempre, un ebreo appunto. Abbiamo fatto il servizio militare insieme, verso la fine degli anni Cinquanta. L'avevo poi rivisto allo stadio, non so più quando. Pur avendolo riconosciuto, ho aspettato a salutarlo.

Mi dà fastidio, mi ha sempre dato fastidio perché è un tipo molto, molto fortunato questo ebreo. Pur avendo la mia stessa età, basti dire, ha una moglie appena cinquantenne. Il che significa, in parole povere, che quella donna, quella bellona (conoscendolo, sono sicuro che s'è preso una bellona), non morirà prima di lui e potrà accudirlo fino alla fine. Le mogli sono una gran cosa, le mogli sono tutto a una certa età. È così, assolutamente così. Non faccia finta di non saperlo, signora Wilma. Non è facendo finta di niente, non è mentendo, che potrà aiutarmi. Perché lei vorrà aiutarmi, o sbaglio?

Credevo, fermandomi alla fontanella, di avere una gran sete ma sbagliavo. Quando si hanno certi pensieri, quando si vivono certi momenti, la voglia del cibo e dell'acqua passano. Così, dopo due sorsate ero sazio. Ho fatto per andarmene alla chetichella ma l'ebreo, che intanto si era ricordato dei vecchi tempi, mi ha bloccato, prendendomi sottobraccio. Senza informarsi, senza chiedermi niente, se n'è uscito in un sorriso pieno di simpatia, affermando di essere contento d'avermi rivisto dopo tanto tempo. «Ti vedo in splendida forma» continuava a mentire con spudoratezza giudaica, poiché sono pallido come un cencio dal momento che, la notte scorsa, non mi sono steso neppure un secondo e che ho scritta in faccia tutta la mia pena. La mia giusta disperazione. «Non sei cambiato quasi per niente» insisteva con stupida sfacciataggine, non sapendo nulla di quanto mi è appena successo e di come io possa perciò sentirmi in seguito alla terribile disgrazia che m'ha colpito. Quel porco gonfio di felicità! Finalmente, dopo avermi informato di sé e della sua vita, l'ebreo mi ha invitato al bar. «Per festeggiare l'incontro» ha detto. Quando ho sentito la parola "festeggiare", mi è venuto un nodo in gola. Era come se un gomitolo di lacrime fosse sul punto di soffocarmi.

Per non dare spiegazioni mettendo quel miscredente a parte dei miei sentimenti più sacri, ho accettato l'invito come fosse un giorno qualunque della mia vita. L'ebreo avrebbe tuttavia dovuto intuire dalla mia espressione, da quanto vi si poteva leggere, che qualcosa non andava. Invece niente, non gli faceva comodo, e la ragione c'era. Eccome! Tutte quelle feste, ho capito presto, avevano uno scopo ben preciso. Voleva un piacere. Aveva bisogno d'un lavoretto in casa, una libreria molto particolare. «Lo so che sei un ottimo artigiano, un vero artista nel tuo campo» insisteva a ripetermi, pensando anche allo sconto che avrei potuto fargli. Capisce, signora Wilma?

Per colmo, poi, l'ebreo è andato a offrirmi proprio un caffè. «Ti va un caffè freddo?» Quando si dice il destino. Il caffè, cara signora Wilma, io ce l'ho. È qui, nel solito thermos. È quello buono, fatto ancora da Lella. Non ne berrò mai più uno così, mai più. Mi segue? Ieri alle tre, tutto d'un tratto, quella povera donna di mia moglie si è sentita male, malissimo. L'ho ricoverata, sono venuti subito dal San Giacomo ma alle diciotto non c'era più. Finita.

L'uomo si ferma. Guarda verso la porta della cucina, come si aspettasse di scorgere una sagoma famigliare. «Cristo, non può essere vero. No, non può essere successo!» esclama, scuotendo la testa. Riprende, poi, a scrivere.

Eravamo sposati da trentanove anni. Rendo l'idea? Domani ci saranno i funerali. Rendo l'idea? Nel cassetto del comò, queste le cose che mi fanno più male, ho rivisto proprio stamattina, prima di uscire, le camicie che Lella mi ha stirato la scorsa settimana, e nel frigo, in un piatto, c'è l'avanzo dell'arrosto tagliato a fettine da lei. Ne avevamo mangiata una parte insieme, non sono nemmeno ventiquattrore. Rendo l'idea? La morte non può arrivare così, non può!

L'uomo fissa il vuoto, lungamente e senza accorgersene. Poi si scuote e torna alla sua lettera.

Lei, signora Wilma, non è più una bambina. Scusi se mi permetto di notarlo. Nella fotografia pubblicata sul giornale accanto al suo nome, si vedono un'ombra grigia al posto del naso e i suoi molti capelli. Una foresta di capelli arricciati, direi rossicci, o meglio tinti d'un colore rossiccio. A quanto posso immaginare, comunque, lei deve essere solo un po' più giovane di mia moglie. Avrà magari una sessantina d'anni.

Fatto sta che all'improvviso, poco fa, ho sentito che solo lei, signora Wilma, poteva essere in grado di dirmi come si fa ad accettare la morte della persona che abbiamo più cara al mondo, della persona che è la nostra vita. Che cosa posso fare, me lo dica lei. Non so, non so assolutamente dove battere la testa. Non so come tirare avanti i prossimi cinque minuti, le prossime cinque ore, i prossimi cinque giorni. Mi segue? Sia buona, signora Wilma, mi dica qualcosa, non mi lasci nel silenzio. Sento di potermi rivolgere a lei come fosse Lella a suggerir-melo, proprio così. Come fosse la mia Lella a dirmi: "Chiedi a Wilma, vedrai che lei ti darà una mano!".

È brutto essere vecchi e trovarsi in una situazione co-sì. È terribile, anzi. Non ho più nemmeno il conforto della televisione perché, davanti al video a cristalli liqui-di (è stato l'ultimo regalo che le ho fatto, che mi sono fatto per l'anniversario del nostro matrimonio), ci sono appunto due poltrone dalla fodera verde, quella di Lella e la mia. Con che cuore potrei adesso sedermi accanto al posto vuoto di mia moglie, vuoto d'ora in avanti e per sempre? Non avrò dunque neanche più la compagnia della televisione, neanche quella. Come passerò le sera-te? La tivù, per noi vecchi, è tutto o quasi tutto. Mi abi-tuerò a guardarla senza Lella? Senza divertirmi con lei, bevendo un goccetto o mangiando una cosuccia, alle gaffe dei presentatori? Senza commentare le bugie dei politici?

Mi risponda qualcosa, signora Wilma, mi dia un sug-gerimento. Il dolore è il dolore e qualche volta sembra proprio di non potercela fare. Domani, dopodomani, la settimana che verrà...

Grazie,

suo Osvaldo

Una volta finito di scrivere, il vecchio guarda la lettera sen-za rileggerla. La guarda, e basta. Poi la strappa e scoppia in lunghi singhiozzi senza lacrime, dal suono simile al latrare d'un cane.

(*In due*, 2008)

In due

Lo sciacallo

«Hai sempre fatto le cose come volevi tu!»

«Non sempre.»

«Se preferisci aggiungi un quasi, quasi sempre come volevi tu.»

Si imbarcarono sul traghetto delle quindici, il più veloce e il più costoso. Portava fino a sessanta passeggeri. Quel giorno però, a causa della stagione ancora alta, sarebbe partito sgombro e leggero. Tutti volevano ancora godere del sole e del mare, i giovanotti arrivati in piccole comitive e le vecchie signore.

I tre uomini di bordo fumavano, ai piedi della scaletta d'imbarco. Lei pensò alla scia di quel battello, che aveva visto ogni dopopranzo sedendo al tavolino di un piccolo caffè. Sapeva di aver osservato con struggimento quella coda bianca e morbida, mentre lui la guardava. Anzi la fissava, quasi tastando la leggera cellulite all'apice delle cosce infilate dentro i pantaloni troppo stretti. Perché lei accettava di portare quei pantaloni così stretti? Lui intanto teneva d'occhio il molo e si preparava a quello che avrebbe dovuto fare tra poco. In camera. «Oggi no, oggi vogliamoci bene e basta» era stato il ritornello di lei per tutti quei giorni. «Oggi sì» era stata la risposta di lui.

Sul molo passavano molti bagnanti, le ragazze e le donne giovani avevano un'abbronzatura particolare. Sembrava fossero arrivate molto prima degli altri, anche perché camminavano in modo particolare. Muovevano le mani, oppure si giravano compiendo delle mezze piroette, come stessero facendo gli onori di casa.

Da quanto tempo non parlavano, lui e lei? Lui faceva l'amore, ossia la spogliava e la usava, dopo dormiva o diventava impaziente. Da quanto tempo, dunque, non parlavano?

Lei guardò in direzione del piccolo caffè. L'ombra, mescolandosi alla penombra del locale, un lungo tunnel scavato nella calce, formava a quell'ora una luce grigia ma anche blu. Proprio di quel blu che c'è nel grigio della cenere e nelle scaglie dei pesci appena pescati. Ricordava, adesso, con intensità tutti i particolari. I traghetti appunto, che prendevano il largo, lasciando sull'acqua la loro lunga coda malinconica. Un gatto rosso, non del tutto cresciuto, che dormicchiava all'ombra della buca postale. Quel piccolo gatto, gli sarebbe piaciuto portar via almeno quel piccolo gatto.

«Sei sicura di aver preso tutto?»

«Sì.»

«Anche il rasoio, che era rimasto in bagno?»

«Quante volte lo debbo ripetere?!»

Come erano passati in fretta quei giorni, li aveva sentiti consumarsi ora per ora, minuto dopo minuto. Si era svegliata all'improvviso, di notte, pensando alla loro fine. Una volta tornati in città, lo sapeva, sarebbe ricominciata l'attesa. Ma, di che? Di che, ormai?

«Combini sempre pasticci, tutte le volte rimane qualcosa di mio nella tua valigia.»

«Non parlare, ti prego. Ti prego» chiuse gli occhi, lei.

Salendo a bordo, poco prima, era inciampata nella passerella. Qualcuno l'aveva sorretta, all'ultimo. Lei, arrossendo nello sforzo di sorridere, aveva annotato scrupolosamente in qualche angolo del cervello: «Colpa dei tacchi troppo alti, che mi costringe a portare. Come avessi ancora diciott'anni».

Possibile che, lui e lei, fossero finiti così? In altri tempi, lui era stato un giovane molto promettente. Lei aveva avuto relazioni, così chiamava i suoi amori senza fidanzamento, che avrebbero dovuto o potuto aprire strade importanti. Proprio in quegli anni d'oro, per caso una sera, si erano incontrati. Avrebbe dovuto essere un diversivo a termine il loro, calcolato come una scampagnata.

«Fino all'estate» aveva detto lei, in quel dopocena di febbraio.

«Fino all'estate» aveva fatto eco lui, che le aveva passato un braccio sulle spalle, a ripararla dal freddo della passeggiata notturna. Quando il tempo era scaduto, avevano scoperto di essere ormai troppo legati e impigriti. Come dormissero al calduccio, sotto una piacevole coperta di reciproche adulazioni. Che tempo faceva fuori, laggiù, dov'erano rimasti tutti gli altri?

Così avevano rimandato, e adesso stavano come stavano. Nel silenzio, fingendo che quel silenzio fosse un modo tutto loro di volersi bene. Eppure, anche in quel momento, lui avrebbe potuto trovare le parole adatte. Sarebbe bastato le spiegasse, con piccole frasi simili a linee nere, che cosa li aspettava. Piccole frasi che avessero un senso nelle loro esistenze sempre più livide. Da troppo tempo, ormai, aveva smesso anche di farle delle promesse.

Strinse le palpebre, si sentiva debole e condannata. Aveva sempre quella sensazione, quando tornavano, dopo un periodo passato fuori città.

«Non voglio» gridò dentro di sé, con la stessa voce delle sue giornate solitarie. Una voce, che saliva dalle viscere, ferendola: perché contro di lui, anche quando era disperata, non osava fare o pensare nulla. Oltre tutto lo aveva giurato sulla mamma, che non gli avrebbe mai fatto niente. A quel tempo lui era innamorato di lei, con gelosia, con esasperazione.

Sarebbero arrivati in città troppo presto, prima del tramonto. Avrebbero fatto meglio a prendere la nave più tardi, evitando per di più il caldo. Ma, lui, si era intestardito.

«La vacanza è passata» aveva ripetuto irremovibile, chiuso in quella sua aria mortificata e nevrastenica. Da viziato, da sconfitto, o da che altro?

Tutto bruciava di eccessiva trasparenza, il sole ardeva molto lontano e molto luminoso. Presero ugualmente posto in coperta, sulle panchine a prua. Scottavano. Erano dipinte di un'oleosa vernice celeste.

I suoi sentimenti, lei intuì all'improvviso, lo avrebbero offeso mortalmente. Così avrebbe dovuto continuare a tacerli, a nasconderli. Eppure erano fatti solo di ritegno, di dolcezza e di pudore. Perché, si chiese allora con rabbia, doveva portare quei pantaloni così attillati? Perché non poteva indossare la gonna celeste? Aveva tanto sperato che gli piacesse. Sarebbe stato un segno di... di... interesse.

Naturalmente toccò a lei trovare un asciugamano, sistemarlo sul sedile: per proteggere lui dalla vernice surriscaldata. Al diavolo quelle attenzioni, quelle schiavitù. Avrebbe voluto, invece, fare un lungo salto nel tempo: staccarsi comunque di lì, da quel lungo attimo.

Mancavano pochi minuti alle tre, da un'eternità mancavano pochi minuti alle tre. Cercò di leggere l'ora, ancora una volta, sul campanile dell'isola.

La sirena del battello fischiò, e fischiava per la seconda volta. Il comandante fece cenno, un giovanotto ritirò la scaletta. Le eliche cominciarono a girare, scostando.

Aveva riposto tutto, proprio tutto, in quella vacanza. «Come una bambina» si rimproverò con stanchezza, vicina alle lacrime. Se stava per piangere, ancora una volta, era a causa di sua madre. Per tutto quanto sua madre, che l'aveva allevata con tanta cura e che un giorno sarebbe morta, aveva inutilmente sperato per lei.

Suo padre era morto come andasse in ferie, lasciandola bambina. Da allora aveva scoperto, convincendosene a sue spese, che gli uomini debbono sempre fare qualcosa. Una cosa qualunque, che si rifletta e si ripercuota sugli altri. Devono agire. Per questo forse, prima di conoscere lui, aveva dedicato tante energie a combattere la metà maschile della specie.

Lui credeva, però, che lei dedicasse un'attenzione particolare alle donne. Lo aveva confessato senza mezzi termini, una volta. Limitandosi, in seguito, a qualche allusione. Come mai, lei, si sforzava di perdonare anche una simile cattiveria?

Appena uscita dal porto, oltre il faro, la piccola nave fu investita dalla brezza. Riflettè vagamente sulle bugie, che avrebbe inventato per far tranquilla la mamma. Quando si sarebbero incontrate, il giorno dopo magari. Purché quell'odore di cane pechinese non fosse ancora aumentato nella vecchia, dopo l'ultima volta. Che cosa diceva esattamente quell'odore? Per quale ragione, ripensandoci, toccava ferro?

Il sole, prima a specchio sull'acqua piatta, mostrava ormai a perdita d'occhio gli affreschi frastagliati delle correnti. Tra poco l'isola sarebbe stata un punto più bianco sulla linea ultima del mare.

Su una panchina, che i riflessi dell'allegra schiuma sollevata dal battello avvolgeva d'una fragile aureola iridescente, sedeva una ragazza. Le sue mani, quasi una danza, risalivano continuamente ai capelli. Le dita, instancabili, riportavano senza soste le ciocche sparpagliate dalla brezza nel disegno preciso dell'acconciatura.

Guardò la ragazza con tenerezza, come stessero soffrendo insieme. Quindi nascose gli occhi, perché lui la stava spiando.

«È stato buono con te?» avrebbe chiesto la mamma, come lei fosse una sposina.

«Lo sai, è tanto intelligente» sarebbe stata la risposta, anche quella volta.

«Gli è piaciuta la tua gonna celeste?» sarebbe andata avanti a chiedere la mamma, che aveva cucito quella sottana con la vecchia Singer a pedali.

Eppure lei aveva quasi quarant'anni, lui quasi cinquanta e non avevano figli da allevare. In città, senza una ragione precisa, abitavano appartamenti separati.

(*Ancora un bacio*, 1981)

Amarsi male

«Le vuoi molto bene?»

«Sì, moltissimo. Non so nemmeno io dirti quanto. Lei è così dolce, così meravigliosamente disinteressata. Non credevo, prima di incontrarla, che potessero esistere persone del genere.»

«Perché, che cos'ha di così speciale?»

«Ha tutto quello che tu non hai.»

«Ossia?»

«Sa farti sentire il suo affetto, sa starti vicino.»

Erano appena rincasati. Il tailleur della ragazza aveva un odore speciale, l'odore di quell'azzurro pomeriggio di aprile. Lei, comunque, non si era ancora tolta il cappello e questo la faceva sembrare ancora più graziosa.

«È molto strano, a pensarci. Non mi avevi mai parlato di questa persona.»

«Come possono essere stupidi gli uomini, certe volte. Non capite come siamo fatte, il nostro pudore!»

«Perché non mi hai mai detto niente di lei? Più ci penso e meno riesco a spiegarmelo.»

«Quando avrei dovuto parlartene?»

«Prima che ci sposassimo!»

«Perché avrei dovuto farlo?»

«Diciamo che a me sarebbe venuto naturale. Al tuo posto non avrei potuto tenermi dentro una cosa così importante, così diversa da tutto.»

«Tu no, non avresti potuto ma io sì, posso. Sono una donna, non dimenticarlo e le donne sanno essere migliori custodi dei loro sentimenti!»

«Sarebbe bastato mettermi al corrente della situazione, non avrei chiesto niente di più.»

«Dici così adesso perché hai voglia di me!»

«Che cosa te lo fa pensare?»

«Hai sempre voglia di me, dopo avermi portato fuori e aver visto come mi guardano.»

La ragazza si mise a sedere sul letto, sfilandosi le scarpe. Esitava ancora a togliersi il cappello, però. Sapeva che lui la stava guardando e sapeva anche che il cappello le donava. Questo non le impedì anzi la spinse, solo qualche istante più tardi, a parlare con voce beffarda. Ostile.

«Va bene, visto che ci tieni tanto, ti accontento. Ho un'amica molto cara, si chiama Laura, ha ventisette anni e mi fido di lei più che di me stessa. Sei soddisfatto?»

«È bella?»

«Non vedo che cosa possa importartene.»

«Curiosità.»

«La risposta è sì, Laura è bella. Secondo me, anzi, è bella in modo superlativo. Ha dei grandi occhi sognanti, il volto appena un po' scavato. E che cosa dire delle sue mani? Sottili, eleganti... Basta, non voglio aggiungere altro.»

«Perché?»

«Non mi piace, anzi mi dà molto fastidio l'espressione che ti è venuta un attimo fa, ascoltandomi.»

«Che espressione mi è venuta?»

«Da far paura. Hai l'espressione di chi si aspetta chissà quali soddisfazioni dalla sua capacità di scandalizzarsi!»

«Pensala come vuoi, non mi importa. Una cosa devi dirmela, però.»

«Non devo dirti proprio niente. Anzi, se vuoi farmi un favore, vattene e lasciami in pace.»

«Chi viene prima per te, Laura o io? A chi dei due vuoi più bene?»

«A te non posso più voler bene, sei troppo cattivo.»

Maria Giulia, questo era il nome della ragazza, non aveva ancora venticinque anni. Era scura di carnagione, nera di capelli e veniva da una provincia fino a non molto prima infestata dai briganti. Aveva un carattere aspro e un corpo snello, flessuoso. Un corpo da cui era sul serio difficile staccare gli occhi. Il suo sogno era fare del cinema.

«Ti piacerebbe vivere insieme con Laura?»

«Questo non ti riguarda!»

«Perché stai con me? Questo mi riguarda, eccome. Allora, che cosa mi rispondi?»

«Sto con te perché sono una donna. È semplice.»

«Altro che semplice, è un pasticcio. Un terribile pasticcio.»

«Come sei infantile. Non sai pensare, non sai vivere che una cosa alla volta. Tu vorresti la vita diritta, senza sorprese come una rotaia.»

«Non mi va che tu mi dia lezioni.»

«Non ti sto dando lezioni» rispose Maria Giulia con un tono tutto particolare, che stava a indicare in lei il sopraggiungere improvviso d'un acuto bisogno di dormire o di mangiare o anche di star sola e basta.

«Anche Laura vuol lavorare nel cinema?»

«No, lei fa la modella. È molto ricercata dai pittori.»

«Posa nuda?»

«Fa la modella, ti ho detto.»

«È curioso. A volte, mentre rispondi alle mie domande, sembra che ti manchi l'aria. È come se un improvviso disprezzo, non so se disprezzo per me o per il mondo, ti togliessero il respiro.»

«Siamo sposati da quasi un anno ma tu non sai ancora da dove si incomincia a trattare con una donna come me.»

«Perché ci sta succedendo tutto questo? Anche tu, in fondo, mi vuoi bene!»

«In fondo? E questo ti basta? Ti bà-sta?»

Lui si chiamava Corrado e non poteva certo dirsi brutto. Faceva il maestro di ginnastica e scriveva poesie. Gli si davano trent'anni ma era difficile immaginare che ne avesse avuti prima diciotto o ventidue. Qualcosa, in lui, sembrava escludere anche il ricordo dell'adolescenza, comunque d'un tempo precedente. I suoi occhi azzurri e freddi facevano pensare a qualcosa di inossidabile. I suoi capelli biondi, fini come lino e attraversati da qualche precoce filo d'argento avrebbero potuto essere così da sempre e per sempre.

«Ci sono cose che racconti a Laura, cose di te, intendo, che a me non diresti mai, per nessuna ragione al mondo?»

«La questione è diversa, la domanda è mal posta.»

«Perché?»

«Ci sono cose che Laura, il suo modo di comportarsi con me, mi invitano a dire mentre quando sono con te, quando siamo insieme, non mi vengono neppure in mente. Non c'è niente di preordinato. La mia con lei non è una confidenza che nasce dal desiderio di escluderti, di tenerti fuori.»

«Sei gentile e cerchi di non ferirmi» non poté fare a meno di dire Corrado. Lei gli guardò le mani. Erano lunghe, forti, sproporzionate alla persona e imbruttite da dita legnose, con le nocche sporgenti. "Sono gentile" avrebbe voluto rispondergli, "perché in certi momenti, in questo preciso istante ho paura di te, del tuo modo maschile e bambinesco di reagire a quello che è più forte di te e che non puoi cambiare." Ecco, sì, queste sarebbero state le parole giuste ma lei non aprì bocca, scommettendo in cuor suo che qualcosa di quel pensiero sarebbe comunque arrivato a Corrado.

«A questo punto, visto che ci siamo, diciamoci tutto.»

«Non ho proprio, niente da dirti.»

«Come vuoi. Ti prego, in ogni caso, di voler rispondere a questa domanda.»

«No, basta!»

«Sì, invece. C'è un limite, c'è un punto oltre il quale non andresti? O ti sembra che con lei, per lei potresti fare tutto?»

Maria Giulia, anziché disporsi a rispondere magari con il silenzio, fece finta di niente e si tolse la giacca del tailleur. Poi, ancora vestita, con indosso anche le calze, si infilò a letto, ben bene sotto le coperte. Erano stati a un banchetto nuziale, avevano mangiato e soprattutto bevuto più del necessario. Prima del dessert Corrado si era esibito in uno dei suoi numeri di forza, suscitando un applauso. «Che tristezza» non poté fare a meno di sussurrare lei, ripensando alle manone del marito pallide e larghe come pesci degli abissi.

«Perché hai detto "che tristezza"?»

«Niente, un pensiero senza importanza.»

«Allora non mi ami?»

«Che cosa c'entra!»

«In ogni caso, Maria Giulia, non sono assolutamente disposto a restituirti la tua libertà.»

«Non te l'ho chiesto, non ti ho chiesto nulla e vorrei solo che tu la smettessi.»

«Comodo!»

«Chissà, forse più per te che per me!»

«E se quella...»

«Si chiama Laura, La-u-ra!»

«E se Laura morisse?»

«Sei un uomo. Fai delle domande da uomo, cioè astratte.»

«E se morissi io?»

«Una donna può quasi sempre fare a meno del suo uomo, magari soffrendo disperatamente ma può. La vedovanza è una condizione prevista dalla natura. Io, puoi starne certo, non farei eccezione alla regola.»

«La separazione da Laura, viceversa, non rientrerebbe nella sfera delle cose naturali?»

«Uffa, adesso stai cavillando e io sono stanca. Ho sonno.»

In camera era ormai quasi buio e quell'oscurità faceva venir voglia di infilarsi sotto le coperte in cerca di tepore. Oltre la finestra, alta sui tetti della vecchia Roma, lo spettacolo del tramonto si avviava alla conclusione. Il rosa del cielo, dietro il Gianicolo, stava lasciando posto a un verdino slavato e quest'ultimo a un blu-viola pieno di notte.

"Sono già i colori dell'estate" si disse distrattamente Corrado, tornando a guardare Maria Giulia che, quasi di colpo, si era addormentata. Anche lui si sdraiò ma senza assopirsi. Sfogliando il giornale del giorno prima lesse che Galeazzo Ciano si sarebbe recato in visita da Hitler. "È solo un altro gradino, quell'uomo salirà ancora molto" pensò, avvertendo un'improvvisa simpatia nei confronti del genero di Mussolini. Poi, senza una ragione precisa, quella simpatia lasciò posto a un'idea tormentosa. Maria Giulia non pensava mai a lui come a un poeta, si fermava alle apparenze il che voleva dire, in primo luogo, alle sue mani così forti da riuscire a piegare una moneta. Ecco sì, lei pensava a quella forza e al gesto da fiera che di quella forza era espressione. O adesso era troppo pessimista, ingeneroso e pessimista? "A questo punto, in ogni caso, non c'è proprio niente che io possa fare." Urlò ma quell'urlo rimase sepolto nel suo cervello.

Lei, intanto, non avrebbe potuto essere più bella. Aveva la bocca socchiusa. Dormiva con la beatitudine di chi sta volando leggero sul proprio sonno e non ha nulla da temere. Perché è nel giusto, perché vuole in modo da farle sembrare giuste anche cose che giuste (forse) non sono.

"Non posso nemmeno darti della puttana. Quello che provi per Laura non è da puttana. Io lo capisco perché sono un poeta anche se tu non vuoi ammetterlo" pensò lui, senza sapere se quel pensiero si faceva anche parola. Si fece certamente parola allorché chiese: «Ho ancora una possibilità, una sola?».

«No, nessuna. Mi dispiace» rispose a tono Maria Giulia mentre, destata all'improvviso dalla voce di lui, cercava di riprendere sonno.

(*Amarsi male*, 1998)

La compagna dell'intellettuale

Anche R., come tutti si aspettano (parla troppo, beve troppo, dorme a ore comunque sbagliate), finisce col morire prima del tempo (e in modo atrocemente indiscreto). A Roma, dopo quella di Malaparte, ci sono state altre prolungate e strazianti agonie in pubblico. Si sono consumate tutte là, in quelle solite tre o quattro cliniche di lusso (a nominarle tutti fanno gli scongiuri). Proprio quando la catena dei decessi lugubremente salottieri sembra interrompersi, lui comincia a star peggio (era già malato di fumo, di nervi, di rovinosa vitalità). In pochi mesi è al lumicino. Così ricomincia il funebre minuetto degli amici cineasti, letterati, giornalisti, editori, mogli e amanti. Attorno alle sofferenze sempre più evidenti del povero R. (nell'udirlo respirare con quel rumore di carta spiegazzata Milly deve talvolta conficcarsi l'unghia laccata del pollice nel polpastrello dell'indice), si rinsaldano amicizie, si approfondiscono irriducibili rivalità e si riannodano relazioni (etero, omosessuali e miste). Con la scusa di andarlo a trovare, come la morte fosse un fatto privato di R. e non riguardasse il futuro dei suoi visitatori, negli immediati dintorni del capezzale di quel poveretto si combinano film, si manovrano premi letterari, si decidono successi e insuccessi. E le chiacchiere sono tali e tante che, il giorno dei funerali di R., tutti appaiono allegri (oltretutto la temperatura cambiata proprio quella notte consente di indossare abiti freschi di tintoria o appena recapitati dal sarto).

Un funerale? L'aria è piuttosto quella della commemorazione d'un amico scomparso da molti mesi o, magari, da anni. E Milly? Lei è già dimenticata, anzi dice qualcuno «dimenticatona».

Suona il telefono, parla la banca: il conto è in rosso. Succedeva anche prima, quando c'era lui ma il tono... quanto poteva essere diverso nel pronunciare le stesse parole (o quasi)! Allora quello scoperto era, come dire? una cosa divertente, quasi un segno di distinzione o un capriccio d'artista.

Da quanto tempo? Da quanto tempo, ormai, Milly vive sola con il suo fox terrier? Il cane si chiama Cik abbreviativo di Cicca. Come mettersi a gridare però, con i nervi a pezzi e la bocca cucita dalla solitudine, un nome così ridicolo e voluto? In quel quartiere, oltretutto, dove cento, mille occhi sembrano spiarla con ostilità? Non hanno mai visto, dunque, una come lei? Frattanto Cik, che non sente più chiamare il suo nome (né Cik né Cicca), da quando hanno lasciato la Roma pigra e indifferente dei ricchi, ha imparato: risponde anche a un fischio debole, talvolta a un semplice brontolio stanco e indecifrabile della voce di lei.

Milly adesso sa anche che R., la primavera in cui è mancata per venti giorni da Roma (tanto ha impiegato suo padre a lasciare questo mondo), l'ha tradita con la Emanueli: un'attrice, per definirla così, che s'è fatta largo recitando i classici con le tette al vento. Per questo, quando Milly è ancora in lutto, R. affronta con grande fatica e mediocri risultati la traduzione delle *Trachinie* di Sofocle. E Milly cretina, oltreché ignara, lo aiuta e insiste per farlo (anche vincendo certi dinieghi, per lei allora inspiegabili, di R.).

Povera Milly! Quella strada troppo nuova, dove adesso abita con il cane, proprio non le piace: così bianca, senza ombre e quasi senza negozi (salvo una tabaccheria e un minuscolo bar con pasticceria secca). Ci sono giorni in cui, per poter uscire di casa e portar fuori Cik, deve fare appello a tutte le sue forze, passandosi in fretta sulla fronte una mano un po' umida e imperlata di sudore. Un freddo sudore nervoso che basta, in ogni caso, a guastarle l'acconciatura, incollandole i capelli in piccole ciocche vicino agli zigomi e sulle tempie. Non che ci tenga ancora, anzi: solo che, essendo stata molto bella e interessante ("una tra le dieci più belle donne di Roma" l'hanno classificata una volta), le spiace farsi torto a tal punto. Eppoi il suo antico e inevitabilmente chiacchierato fascino adesso sarebbe un'arma di difesa. Qualcosa da gettare in faccia a quel vicinato (gentaccia però lisa, spaurita e senza grinta), che la osserva da dietro le finestre: una sì e una no, dal momento che metà degli appartamenti sono e resteranno ancora a lungo sfitti in quella "landa". Come non avvertisse quegli sguardi, figurarsi! Quando porta fuori Cik, sono tutti là a pensare che mantenere un cane costa soldi e lei, anche quel mese, ha pagato la pigione con molto ritardo.

«Che sfacciata!»

«Si dà tanto tono ma è una poveraccia.»

«Quel tizio, certo, non deve averle lasciato molti quattrini.»

«Quale tizio dici?»

«Quello che la manteneva. Sai, pare che fosse piuttosto famoso e considerato.»

«Dove l'hai sentito?»

«Non so, in giro.»

«Erano sposati, dico lei e quel tizio?»

«Sposati? Fammi ridere, gente di quella specie!»

Milly, che immagina simili chiacchiere (anche se non può dire d'averle mai udite), si tuffa a capofitto nella prima ventata. Attraversa la strada quasi senza guardare per non sentire. Nessuno dei suoi vicini crederebbe mai, assolutamente mai, che fino a non molto prima lei era in grado di scegliere tra i due migliori alberghi di Venezia, i due migliori di Cannes e altre cose del genere. (Non vuole o non sa? Probabilmente non sa, proprio non sa come far vedere a tutti gli inquilini del numero 9 le fotografie che la ritraggono a cena tra R. e un celebre attore americano, allo stesso tavolo di Moravia e di Pasolini. Oppure quella che la mostra, dopo uno spettacolo, mentre chiacchiera con un Vittorio De Sica sorridente e cordiale...)

«Sarà vero che lui, l'amante... chiunque sia... è morto?»

«Pensi che sia una scusa? Credi che l'abbia lasciata e lei non voglia farlo sapere?»

Darsi un contegno. Quello che conta ormai è solo darsi un contegno. Per questo, uscendo dal portone e tenendo dietro a Cik, Milly si finge completamente presa dal difficile equilibrio tra la sua eterna fretta (un tempo era la fretta della ragazza anche troppo attraente, che sguscia via per paura di venire in qualche modo acchiappata) e la sua invincibile miopia (dovrebbe mettersi gli occhiali più forti, ormai da un'eternità). E così facendo (e contenendosi), lo sa benissimo, riesce ancora a entrare in quella che lui avrebbe definito l'altra dimensione. Quella dei "rari e insoddisfatti" contrapposta all'altra dei "mediocri e sazi".

Dopo l'operazione (alla prostata, in R. un po' precoce), durante i venti giorni di vacanza a Losanna (lui l'ha battezzata "una convalescenza dalla virilità"), Milly crede e vuole illudersi che possa incominciare per loro una vita diversa (un pomeriggio però R. scompare, sta via quasi tre ore e lei sa che è andato a fare un esperimento di "guardone"). Una vita, lei spera, da allora in avanti più distesa, meno competitiva e un tantino rassegnata (fino a un certo punto, si capisce). Già all'aeroporto però, sulla via del ritorno, R. scopre d'aver bisogno di bere più ancora di prima, in particolare champagne "allungato" con vodka ghiacciata. E i guai, una volta a Roma (quelli derivati dai nervi, dalle abitudini impossibili, dalla lucida coscienza d'un imminente disastro fisico) ricominciano a velocità e con frequenza persino raddoppiate.

Certe volte Milly sente che, se volesse, sarebbe ancora in grado di prendere quell'aria come d'inquieta provvisorietà, quasi fosse tirata da due parti: il qui e ora e un invisibile, più eccitante altrove. Quanto è stata brava un tempo, sentendo che lui ne aveva bisogno o era assillato da uno scocciatore, a fare quella faccia trasparente (pallida per troppi ricevimenti, viaggi in aereo e simili) e attraversata da un'impazienza capace di scoraggiare chiunque. Una faccia che fa subito intendere, a chi deve intendere, che lui e lei sono attesi a un ricevimento esclusivo. In realtà, ma questo Milly non può saperlo, loro sono entrati abbastanza per caso nell'indirizzario di qualche press-agent costretto a rendere accettabili le vacanze romane di scrittori di film ridotti da non poterti offrire tutt'intera la loro espressione prima d'un paio di ben azzeccate bugie complimentose o di cugini di ex re adesso naturalizzati newyorkesi o, ancora, di discutibili "casi editoriali", di columnist ormai al tramonto dell'attendibilità e così via. E sono serate noiosissime, altro che esclusive, tra tappezzerie d'albergo e finte buone cene sempre un po' indigeste. E con troppe signore sopra la cinquantina un tantino brille che erano il ritratto di come lei è diventata adesso.

R., in fondo, ha solo vent'anni più di lei: sembrano però, sono sempre sembrati tanti di più. Grassoccio (nel senso d'un po' gonfio), ha i capelli radi eccessivamente lunghi e unti di brillantina. Chissà perché gli intellettuali possono essere così goffi, s'è chiesta Milly tante volte, anche dopo aver passato anni a leggere e rileggere Fitzgerald e a fingere di leggere e rileggere Proust. (A proposito di Fitzgerald, come è stata fiera di far vedere a R. l'edizione economica di *Tenera è la notte* con la dedica del suo professore di italiano: «A Milly oggi che lascia il liceo, con tanti auguri per la sua vita. Cesare L.». E se fosse cominciato tutto di lì per lei? Cioè da quella dedica, da quel romanzo e dalle settimane che erano seguite? (Ecco che ha di nuovo nostalgia della provincia, di quello che avrebbe potuto essere...)

«Smetti di fumare!»

Milly non può immaginare che quella sua frase diventerà un lugubre ritornello quando, tre giorni dopo averlo conosciuto, dice a R.: «Smetti di fumare, così ti uccidi!».

«Non posso smettere, Milly. Oltre a essere il mio undicesimo dito, la sigaretta è la parte visibile della mia anima.»

R. ha cominciato con le Nazionali da ragazzo, quando per vincere quelle che definisce enigmaticamente le "correnti contrarie" e arrivare a Roma, aveva quali unici punti di forza i libri e i gesti del fumatore.

Già da molti anni, quando lei lo conosce e si mettono insieme, R. si porta addosso una notorietà piuttosto rumorosa con ironia e insieme con vago moralismo da laico irriducibile. Prima è stato nel Partito d'Azione, poi con i socialisti infine ha preso a frequentare solo le idee senza le ideologie. Un intrattenitore o, come stava venendo di moda dire proprio allora, un "entertainer?". Una mattina, per telefono (dormono in case "separate"), le dichiara: «Non mi faccio illusioni, Milly. Dietro Oscar Wilde c'è l'impero britannico, dietro di me solo l'avanspettacolo. E, se vuoi, le battute da bordello d'una provincia disperata!».

Adesso che è morto, ripetendo come una sentenza senza appello quella sua frase (resa di dominio pubblico da un'intervista), molti dimenticano, e con intenzione, la parte riguardante Wilde.

Milly, l'autunno prima, s'è rotta una gamba. Come? Preferisce non ricordarsene. Già da qualche tempo, comunque, dopo i primi due o tre bicchieri di vino bianco freddo (una volta era champagne), le viene da camminare in quel modo buffo e come un po' ostentato. Quasi stesse andando, e non senza averne precisa percezione, in senso contrario alla rotazione terrestre.

Che stupida, mille volte stupida! Perché continua a buttar giù tutta quella roba? Perché non riesce a considerare i dieci anni trascorsi con lui come un punto laggiù, ormai molto lontano nella sua vita?

Pur senza finire ogni volta a gambe levate, sempre per colpa del vino, Milly urta "indecorosamente" contro i mobili del soggiorno (e si fa male con quell'espressione un po' troppo fissa e passiva con cui un tempo riceveva i complimenti dei suoi ammiratori). In ogni caso i grossi lividi che si procura, la costringono a zoppicare talvolta per giorni. E quel trascinare ora una gamba ora l'altra, lo sa benissimo, è il segno tangibile della decadenza, dell'ultima rovina (oltreché l'immagine di quello che c'è in lei di scostante per gli altri). E tuttavia bere, così si giustifica tra sé e sé Milly, non vuol solo dire stordirsi: significa anche sentirsi fedele a R. Mostrarsi solidale con un certo modo, che lui ha sempre avuto, di gettare sprezzantemente al vento vita e talento.

Perché lo ama così? Perché è giunta a tanto, lei che in fatto di uomini avrebbe avuto solo l'imbarazzo della scelta? A letto, due volte su tre (anche nei primi e più roventi mesi), R. non ce la fa. Allora Milly lo accarezza, come fosse un bambino, dicendogli: «Guarda che la colpa è del tabacco, ho letto che produce proprio di questi effetti!».

Così R. pian piano si assopisce, riposa un paio d'ore o anche meno: poi si sveglia, la sveglia e riesce a fare quello che prima non gli era riuscito. E Milly solo quando è ubriaca, dopo due Negroni, s'accorge di domandarsi: "È giusto, è sul serio giusto sacrificarsi a tal punto?".

Che cosa è diventata lei, si chiede certe volte Milly con imbarazzo, per gli amici di R.? Un'impressione da cui scappare, come si fugge dalla iettatura? No, non si sta sbagliando. Qualcuno di quei chiacchieroni, potrebbe metterci la mano sul fuoco, la chiama sicuramente "l'angelo della morte".

Perché stupirsene? Perché? È stato proprio R., una sera a cena (i loro comuni ricordi hanno quasi sempre come scenario trattorie, caffè, alberghi) a battezzare "angeli della morte" le donne non sposate, giovani e belle (o non più giovanissime ma ancora piacenti), che accompagnano nell'ultimo tratto della vita un vecchio artista, un glorioso istrione (come lui), un uomo anziano e famoso, un piccolo signore del mondo. «Gli angeli della morte, leggendoti la fine in faccia, scendono a volo, calandosi su di te con le loro effimere, un po' notturne consolazioni» queste le esatte parole di lui.

Loro sono stati insieme dieci lunghi anni, si sono fatti a pezzi (anche per amore) durante centoventi mesi. Ma la gente dimentica o ricorda quello che gli fa comodo. Cioè che R. è morto stando accanto a lei anziché alla sua legittima moglie. Perché dovrebbero farsi degli scrupoli, allora? Perché non dovrebbero considerare anche lei, Milly, un "angelo della morte"?

Come rimane sempre lucido, quasi elettrico il ricordo di quella sera. Milly va a rifarsi il trucco, stremata da una cena interminabile, a cui l'ha condotta un corteggiatore senza speranze. Appena entrata in una stanza tutta specchi e lavandini, che precede le tolette di quel lussuoso ristorante, si vede accanto R. L'ha seguita, quando l'ha vista alzarsi da tavola. Non s'è sbagliata allora, sono proprio due settimane che gli occhi di lui la seguono ovunque. Capita infatti che frequentino gli stessi teatri, le stesse trattorie, gli stessi dopocena...

Accade così, in quella specie di bagno, qualcosa d'imprevedibile: senza dire una parola, si scambiano quello che R. più tardi esalterà come un bacio profumato "di cannelloni, di ragù, di acqua corrente e di merda. Forse il più bello, certo il più indimenticabile che la vita possa concedere a un uomo".

R. ha pubblicato una raccolta di racconti (molto letterari), due deliziosi pamphlet (Roma, la nuova e la vecchia borghesia, la politica, eccetera), scrivendo quindi (oltre a un paio di divertenti ma troppo effimere commedie), innumerevoli, spiritosissimi e talvolta quasi geniali articoli di costume.

Quando Milly gli dice teneramente, dopo venti giorni che stanno insieme, quasi come augurio: «Adesso aspettiamo tutti il tuo capolavoro!», R. perde il lume degli occhi. Le dà di puttana e tenta di schiaffeggiarla.

Milly deve assolutamente far sparire dal balcone, dove sono ormai fitte come alberi in un bosco, le bottiglie vuote. Sono certamente, agli occhi dei vicini, la sua definitiva condanna. Hanno infatti l'aria di essere state scolate in silenzio e in solitudine da una pazza o da una viziosa o da una pazza e viziosa.

Un pomeriggio, apparentemente di buon umore, R. le dice: «Non scriverò mai un capolavoro, Milly. Alla prima riga sono ruffiano, alla seconda spiritoso, alla terza agrodolce, alla quarta non ho altro da dire! Così mi amministro: faccio diventare la prima riga un pensiero, diluisco la se-

conda in tre o quattro periodi, idem la terza e alla quarta...
firmo praticamente l'articolo. I miei elzeviri nascono così».

Ci sono (e ci sono sempre stati), a tener sveglio in R. un invadente senso di colpa, una moglie e due figli. Vivono, sono vissuti tutto il tempo in provincia. Ogni sera per dieci
anni, in qualunque parte del mondo si sia trovato con Milly, R. ha fatto loro una telefonata. Tre o quattro minuti occupati dalla costante incapacità di dire qualcosa, qualunque cosa a parte le solite domande inutili.

«Come state? Come va la scuola (o simile)?»

Nella natia Romagna, ancora ragazzo o quasi, R. ha sposato una maestrina caratterialmente entusiasta, che è riuscita a
conquistarlo attraverso l'uso d'una tecnica astutissima (talmente astuta che poi, per tutto il resto della vita, come moglie è rimasta "a guardare" pressoché sfinita dal quel primo,
risolutivo e insperato colpo d'ingegno). All'apparire di ogni
racconto, che R. riusciva a farsi pubblicare da un piccolo
quotidiano locale, lei (non ancora proprio fidanzata) gli si
concedeva in un loro nascondiglio, dietro una porticina verde, che si apriva discreta su una vecchia scala buia. Lei lo
guardava e si lasciava prendere con occhi scintillanti di ammirazione. Solo però, solo e esclusivamente se era uscito il
racconto (e uscivano di rado).

«È il mio modo di dirti grazie!»

Milly, che incontra la maestrina una sola volta all'inizio
della relazione con R., ha una strana reazione: si offende,
trovandola una rivale troppo brutta e indesiderabile. Ossi-
genata, praticamente senza età, la maestrina è riuscita pro-
gressivamente a fare della sua magrezza ossuta una ancor
più ossuta espressione di malcontento totale. Per il resto,
vive di nicotina e di bridge. I due figli (maschi), a furia di
darle ragione (senza, poverini, poter pianificare il loro consenso vista l'imprevedibilità del carattere materno), hanno
acquistato un'aria vagamente ritardata: si capisce inoltre

che, qualunque cosa possa loro accadere, rimarranno in provincia, decisi anzitutto a dimenticare papà (i torti da lui fatti alla mamma, di cui restano innamorati fino alle nozze con nuore scelte da lei).

«È come fossero figli di una vedova, capisci Milly? La colpa è solo nostra!»

«Tua, vorrai dire. Solo tua, mio caro.»

«Sei spietata.»

«Perché? Come altro ti potrei rispondere? Se non avessi incontrato me, lo sai benissimo, saresti andato dietro alla prima mignotta capace di starti a ascoltare quando parli di te cioè sempre. Preferisci ti dica questo? O vuoi che ti ricordi come, quanto e perché detesti tua moglie?»

Questi discorsi avvengono di notte, quando lui è stato particolarmente brillante e riaccompagnandola a casa si immusonisce. Teme di essere, esclusivamente e solo un conversatore irresistibile, un grande "numero" mentre i suoi amici fanno film, pubblicano romanzi, vincono premi e guadagnano denaro.

«Non ho saputo amministrarmi. In niente.»

Lui è cupo, lei angosciata e infelice. Eppure solo un'ora prima, pensando di essere la sua compagna, Milly ha provato un grande orgoglio mescolato d'euforia. Nessuno sa infatti essere più pronto, più sprezzante, più creativo di R., quando la conversazione prende a correre veloce, chic e estremamente intellettuale (citazioni dotte, aneddoti relativi a vite esclusive, giochi di parole, parodie e paradossi...).

A volte, ancora adesso, Milly odia R.: riesce a odiarlo (se pensa a certe cose), come fosse ancora vivo. No, non sono solo quelle insopportabili telefonate che faceva a moglie e figli. C'è un episodio, in particolare, che lei non sa, non può e non riesce a cancellare. Risale al terzo anno della loro relazione (ma quanto soffre quando lui la chiama così, relazione). Una sera R. le porta in dono, tutto sorridente e soddisfatto dell'idea, Cik: un cucciolo, a quel tempo. In Milly, dopo i primi istanti d'incredulo stupore ("come può, come? aver mancato così di sensibilità"), insorge il furore. Non ha, dunque, cuore? Non sa di che è fatta una donna? Come può, un uomo della sua intelligenza, non avere capito? Milly, infatti, non più d'una settimana prima ha chiesto disperatamente a R. di darle un figlio. Ne hanno discusso, se quello è stato discutere, fino all'alba. R. che, quando si tratta di fatti personali non conosce l'ironia, ha preso tempo, nascondendosi dietro una siepe di dubbi e di confuse obbiezioni.

«Ragioni come un cattolico, poi dici di non esserlo. Che accidenti sei?»

«Non lo so e non sono responsabile, soprattutto, di quanto rimane in me dell'educazione cattolica e del collegio salesiano.»

Tutte quelle parole per che cosa? Per offrire alla drammatica richiesta di maternità di Milly quell'assurdo surrogato animale? No, proprio no! Nemmeno la morte di R., il rimpianto a volte struggente di lui ("sapeva tenermi compagnia dentro!"), è riuscito a attenuare l'offesa di quella volta.

Cik, si capisce, non c'entra. Anzi! Milly ha cominciato a volergli bene (poco a poco adorandolo), proprio per l'ingiustizia crudele del suo primo, impulsivo rifiuto. Tanto che coccola ancora il suo cagnolino, dopo tanto tempo, con la tenerezza d'un tenue, imbarazzante rimorso.

Perché, se lei è ubriaca e gli parla con quella voce da vecchio grammofono alla fine della carica, perché Cik abbaia? Le vuole, sul serio, così bene da preoccuparsi?

Gli animali sono meglio, molto meglio degli uomini. Non è così? Milly è abbastanza intelligente da giudicarsi cretina quando lo pensa, ma che farci? Che farci se quel pensiero, traducendosi nell'immagine d'un cane o d'un gatto abbandonati, le fa spuntare le lacrime? Tutte, proprio tutte le volte!

Non vanno mai a letto prima delle tre di mattina.

«Non facciamo tanto tardi, ti prego. Se vedo la luce del giorno non mi addormento più.»

«Prendi un sonnifero, Milly.»

«Andiamo a letto appena passata la mezzanotte, almeno una volta.»

Non c'è verso, però. Bisogna comunque guadagnarsi un risveglio a ora impossibile. Lui non vuole (dice "non riesco") mai alzarsi prima d'avere la sensazione, tormentosa sensazione, che la giornata sia quasi completamente perduta e occorra far tesoro delle briciole, cioè degli ultimi e febbrili quarti d'ora. Solo così, incalzato dalla fretta e dal troppo tempo perduto, riesce a produrre qualcosa, a scrivere e pensare qualcosa.

«Che cosa ti costa lasciarmi andar via un po' prima?»

Abitano in appartamenti diversi, a pochi isolati l'uno dall'altro. Perché tenerla in piedi, anche quando non ha più voglia di parlare e sfoglia cupo i giornali? La risposta è che, fin dai primi tempi, R. fa tutti gli sforzi possibili perché l'esistenza di Milly (come la sua) si trasformi in una scommessa tormentosa contro la puntualità e la normalità.

«È un trucco, anche questo, per farmi più tua? Per non lasciare niente, in me, che non sia stato manipolato e condizionato da te?»

Dieci, cento volte Milly è sul punto di rivolgere questa domanda a R., ma all'ultimo tace. E pensare che se lui rispondesse anche un mezzo sì, tutto sarebbe (e sarebbe stato) più semplice o un po' meno inaccettabile.

Nemmeno le esistenze più infelici sono sempre, ogni giorno e ogni ora infelici. Così Milly ha imparato, da molto tempo, a sognare. Sì, proprio, imparato: riesce infatti a centellinare le sue fantasie, che oltretutto non vuole e non ha bisogno di considerare in qualche modo realizzabili.

Quando è in forma, allorché sente di poter resistere alla tensione e alla fatica d'un lungo sogno a occhi aperti, Milly riempie le ciotole di Cik, chiude le persiane, indossa la vestaglia e fa altri minuziosi preparativi. Quindi si tuffa fra i suoi meravigliosi fantasmi.

Se non fosse stata una fuori classe, nell'arte del fantasticare, come avrebbe fatto con lui? R. infatti, alle richieste d'affetto di Milly, si è sempre abbandonato sfacciatamente, senza esitare ai capricci della sua immaturità sentimentale. Quando lei gli ha chiesto calore e tenerezza, immancabilmente lui si è trincerato nel narcisismo, nell'instabilità psicologica o in una puerile megalomania. E così a Milly, in quei momenti, non è restato che aggrapparsi ferita alle consolazioni dell'immaginario, cercandovi calore e sollievo.

Prima di aggravarsi, quando sta già parecchio male, R. dice e ripete a Milly: «È come avessi cercato di imitare, fin dalla giovinezza, il più disperato e il più bravo. Adesso il più disperato e il più bravo sono io: non ho più, però, il tempo di dimostrarlo. Non ho più il tempo, intendo, di dimostrare né la disperazione né la bravura. E allora? Possibile che finisca così?».

Qualche volta, in autunno o nelle buie giornate d'inverno (quando il cielo sul mare diventa d'un grigio gonfio, qua e là sporcato di tonalità plumbee), vanno a passare un'ora sulla spiaggia di Fregene. (Specialmente se lui ha lavorato molto, e controvoglia, per il giornale.) Milly, vedendo R. giocare con il cane, pensa che avrebbe anche potuto essere un uomo diverso e migliore. Infagottato nei maglioni, con i calzoni di velluto (la goffaggine lo rende più dolce), lui lancia un bastone e Cik qualche volta lo riporta indietro. Altrimenti gli abbaia intorno e gli fa festa. L'importante è che per tutto quel tempo, e anche dopo guidando verso casa, R. non si sforza di dire niente di speciale, di memorabile, di caustico o di inquietante. Così più tardi, nascosta in cucina, Milly dice all'orecchio del cane: «Grazie Cik, sei stato bravo. Ti ringrazio tanto!». E lo accarezza, temendo di sentire suonare il telefono. Perché R., appena parla con qualcuno riprende quel suo tono arrotato, spavaldo. E Milly ha imparato a riconoscervi l'ansia di perdere la battuta, di mancare l'uscita dispettosa e brillante.

«Adesso non andare più dal padrone, Cik. Lo sai che, quando ci viene a trovare e si chiude di là, allora è meglio non andargli intorno. Lo sai, no?»

Perché non l'ha mai presa a abitare nella sua stessa casa? Perché non ha mai scritto un libro (dopo quella prima raccolta di novelle), un vero libro che lo mettesse sul serio in discussione? Perché lei dovrebbe capire, avrebbe sempre dovuto capire le ragioni che lo costringono a rinviare sempre e comunque ogni vera decisione?

R. incontra persone di successo, legge libri e vede spettacoli di successo. Tutti lo trattano come una persona di successo. C'è solo un problema e molti sembrano esserne silenziosamente al corrente: R. non ha mai fatto nulla, nonostante il tempo stia passandogli addosso, che possa meritargli una vera, duratura affermazione. È questa una delle spiegazioni del suo disastro? La verità, comunque sia, è ancora più atroce: R. continua a avere, nonostante tutto, l'impressione di essere più intelligente della notorietà che "vizia, adula e volta le spalle".

E frattanto disprezza, facendo orribilmente soffrire Milly, qualunque regola. Offende i fornitori, tratta con supponenza i giovani scrittori.

Arriva a tavola in ritardo anche quando ci sono ospiti.

Dimentica di pagare le tasse, facendosi pignorare i mobili.
Non può entrare in un hotel senza immediatamente protestare, talvolta alzando la voce, per qualunque sciocchezza.
È una tempesta ininterrotta. Anche quando tutto sembra
andare secondo buonumore, R. deve a un certo punto
creare rapporti molto tesi con il personale, qualunque sia
(questo personale) e dovunque presti servizio (navi, aerei,
treni, grandi alberghi...).

Perché Cik da un paio di giorni mangia meno e spesso
sta seduto a guardare uno stesso punto, fra il tavolo e la
poltrona?

«Che cosa c'è cagnino? Perché fai così? Perché?»

Non vanno più nemmeno a Cortina (dieci giorni a fine luglio) e a Capri (una settimana agli inizi di settembre). R.
prenota due stanze in una casa di salute, dove dovrebbero
disintossicarsi (fumo, alcol, eccetera) e invece accumulano
un'indicibile quantità di incubi. ("Le nozze della chimica
farmaceutica con la memoria generano mostri" tenta di ridere R., forse spaventato dalla faccia e dall'angoscia di
Milly.)

La moglie di lui prosegue, frattanto, nella sua vendetta:
consiste nel tentativo, condotto con molta tenacia, di rovi-
narlo economicamente.

Che ha Cik? Che può avere? Sono cinque giorni, ormai,
che non è più lui.

Milly non compra più i giornali. Non sopporta di veder de-
gradare R. a semplice "critico del costume". Non accetta
di leggerne come d'un ingegno brillante e caustico ma senza profondità e spessore. Perché, se questo è il giudizio della storia, hanno sofferto tanto insieme (lui e lei)? A quale
scopo?

...l'ultima è una studentessa, una certa Marcella. Bionda, vent'anni, dice di dover fare uno studio su R. Lui la riceve (trattenendola per ore), le parla (senza rendersi conto d'eccitarsi in modo ridicolo) e di stancarsi (sta sempre peggio con il cuore).

Milly sa benissimo che, appena lei esce, R. telefona a mezza Roma (senza pudori) per sistemare Marcella in un giornale.

È la sua immagine quella lì? Milly vorrebbe quasi gridare. "Non mi hai lasciato niente, assolutamente niente". Sì, quella immagine riflessa nella vetrina del tabaccaio (o più avanti nello specchio del bar Enzo) è tutto quanto rimane di lei. Come può essere diventata così? Con quella pancia leggermente a punta che, attraverso gli anni, sembra esprimere, disperatamente esprimere, l'insulto e la pena della sua forzata sterilità. Come può essere lei? Lei che oltretutto ha imparato, per intelligenza più che per gusto innato, a essere così chic!

«Guardati! È stato lui a prenderti tutto e a ridurti così!»

La chiusura lampo della gonna, facendosi largo nella stoffa un po' andata, dà idea d'una decadenza fatta di piccoli, progressivi e irreparabili cedimenti. Eppoi i capelli... Ormai diradati, soprattutto sulla nuca, non vogliono tenere la piega, non stanno pettinati in nessun modo e non riescono a avere un colore definito!

Cik non ha toccato cibo, nemmeno un po' di carne tritata. Tiene la testa lunga sul pavimento, la bocca è appiattita sulle mattonelle. Intorno, per effetto del respiro, s'è formata una debole, sfocata aureola umidiccia.

«Cik!»

A sentire la voce di Milly qualcosa, che non basta a farlo muovere, corre lungo il pelo del cane.

Quando capisce d'essere vicino alla fine, quasi agli sgoccioli, R. si abbandona a uno scialo senza limiti di sé e della sua intelligenza.

Rifornisce di spunti quasi geniali sceneggiatori in crisi, scrive stupende lettere di presentazione a giovani narratori senza talento: non si sottrae (sia pure un attimo) alle frastornanti richieste della società romana, regalando a piene mani sentenze al vetriolo, soprannomi spietati e distruttiva comicità.

«A me non pensi?»

A questa domanda, che Milly terrorizzata dallo spettro del futuro osa finalmente rivolgergli, R. risponde con un sorriso misterioso e vagamente sprezzante. Quasi le voglia far intendere: "A te? A te basterà essere stata la mia donna!".

Da quanto tempo sa che nessun editore vuol ripubblicare i pochi libri di R.? Non è tremendo pensare che sia stato un illuso? Da quanto tempo, dentro di lei, si fa strada una parola anche più crudele di illuso, una parola senza scampo, terribile e impietosa?

Cik non muove più le zampe posteriori, o sbaglia? Milly che non vuole nemmeno dirsi di che cosa abbia paura per il suo cagnolino, prende la decisione forse più difficile della sua vita. Sì, lo porta dal veterinario. Con il taxi, ovviamente.

Quando la vettura arriva sotto casa, temendo i vicini ("Guarda quella, che non ha i soldi dell'affitto... Porta il cane in taxi, guarda!"), Milly si fa piccola piccola. Sale in fretta e dà l'indirizzo a voce bassa, come temesse di venir udita o di poter disturbare qualcuno.

È ridotta così, dunque? Co-sì? C'è stato un tempo che, quando R. andava a prenderla, molti occhi si fermavano a osservarla quasi con gratitudine. Come se la gente provasse un piacere inatteso, solleticante e inatteso, nello star lì a veder sparire prima lei, poi la luce della sua elegante bellezza e mondanità. Infine la coda splendente del loro taxi. (R. infatti, che aveva rapporti estremamente difficili con la guida e era attratto da ogni specie di abitudini costose, passava ogni sera sotto il portone di lei con un'auto pubblica...)

«Cik! Che hai piccolo?»

Lo chiede in un soffio (quasi avesse paura della risposta) e il cane drizza appena un po' le orecchie.

Quando si rende conto che R. sta morendo? Quando le viene in mente che, oltre ai guai del sistema cardiocircolatorio, c'è qualcos'altro? Forse capisce tutto quel pomeriggio, tornando all'improvviso in clinica dopo un'ora di sonno (a casa). La stanza è piena di gente, tanto che non riesce quasi a vedere R., coperto da una siepe di spalle e di schiene. Tutti bisbigliano. Un famoso coreografo, che non si è accorto di lei (o finge di non essersi accorto di lei), bisbiglia: «Sai la verità? Questo poveraccio sta morendo di disperazione. Strana disperazione d'essersi scoperto geniale e privo d'ogni vocazione».

Quando finalmente gli occhi di Milly raggiungono R., è come lo vedesse per la prima volta nella condizione di malato: i suoi zigomi sono lividi come pietre, la sua fronte pallidissima sembra voler gridare qualcosa e esserne impedita...

«Non ti farò avvelenare, Cik. Te lo giuro. Non possono farti l'iniezione, non possono!»

Stando un po' rattrappita sul sedile del taxi con Cik sulle ginocchia, Milly pensa frattanto a un'altra scia, al fruscio d'altri pneumatici: quelli del furgone che un giorno, neppure molto lontano (spera), l'accompagnerà al cimitero. E dietro? Avrà solo qualche sguardo frettoloso e un po' critico. Non le perdoneranno oltretutto la solitudine eccessiva, ai loro occhi colpevole, di quegli anni. O è troppo pessimista? Milly proprio non sa rispondersi mentre con la mano cerca il muso troppo secco di Cik.

«Ti prego, Cik, non morire. Rimani con me ancora un anno, mi basta un anno. Non credo sarà di più.»

Milly sa di non dover venire meno alla propria intransigenza di donna, di ex d'un grande intellettuale che le ha insegnato a usare le parole giuste al momento giusto. E dà un nome, che è il loro vero nome, anche alle cose più care. Per quella volta, però, solo per quella volta... sì, deve vincersi e dire quel che non vorrebbe. Se farà quel piccolo sforzo, lo sforzo di vincersi, la fortuna forse l'aiuterà. E poi, non ci sono scuse, lo deve a Cik, povero Cik! Così, chiudendo gli occhi, muove le labbra per mormorare: «Ti prego Cik, guarisci: tu sei anche un po' il mio bambino! Pensa se ti facessero l'iniezione e dovessi tornare a casa sola. Pensa alla nostra casa, tu sai come possa essere vuota e terribile! Ti prego, Cik: ho già perduto lui, Cik... Ora mi rimani solo tu, Cik!».

(*Spavaldi e strambi*, 1987)

Picchetto d'onore

Pochi, per fortuna, seppero dei gemelli d'oro e delle ultime volontà del generale. Fu comunque una morte memorabile, un grande evento nel diario delle vacanze. Era riuscito a schivare la pugnalata di una ragazza albanese, che aveva attentato alla sua vita: un pomeriggio, durante la guerra, mentre erano a letto. Il vecchio generale era di sicuro scampato a una mina, poi a un siluro nell'Egeo. Alla fine, però, era toccato anche a lui: in pochi, pochissimi minuti. Il medico nemmeno entrò a visitarlo, lasciando un biglietto scarabocchiato: «sentite condoglianze» e la firma. Il prete riuscì a benedire soltanto una salma.

Nessuno ricordò in tempo, nemmeno la vedova, che molti anni prima il generale era stato un bellissimo ragazzo meridionale. Alle due e quaranta del pomeriggio, così venne fuori dai primi resoconti in singhiozzi, l'intestino del vecchio ufficiale aveva ceduto. All'improvviso, un rumore prolungato nell'aria. La penombra della stanza, friabile come un guscio nel clima teso dell'anticiclone, parve andare in frantumi. La moglie del generale, seduta sul divano a sferruzzare, rise nel sentire: finì, anzi, con l'esclamare qualcosa. Non si accorse, come avrebbe detto poi, di quanto lui fosse pallido. Cera e terra.

Non si parlò, o si parlò pochissimo, del mancato intervento di un dottore. Tutti sapevano che il generale avrebbe retto, in qualunque caso, solo poche settimane o forse pochi giorni. Non di più. I conforti religiosi erano un'altra faccenda. Eh sì! Non gli sarebbero dovuti mancare, pensavano quasi tutti, passando davanti alla bara ancora aperta. Certo molti rimasero colpiti dall'aspetto gonfio e sofferente del morto. Appariva enorme e sconveniente nonostante la bella divisa lucida, il cinturone stretto.

Che fastidio, in quella fine estate, figurarselo all'inferno. Due o tre ex ufficiali, con la pelle arrugginita dall'abbronzatura, avvertirono nella giornata limpida e nel cielo alto una sensazione quasi di freddo. Dal verde degli ulivi, notò un comandante dalla brizzolatura d'argento, stringendosi alla moglie alta, lunga e quasi giovanile, sembrava levarsi un impalpabile spettro nero. Una rifrazione affumicata, anzi, che si stemperava nell'azzurro.

Il vecchio generale non era particolarmente religioso. Provava un'indifferenza spontanea quantunque inconfessata nei confronti della fede: pensava di avere, tuttavia, qualcosa da rimproverare alla propria carne. Quel peso, o come altro chiamarlo, se lo sentiva soprattutto durante la digestione. Era così da decenni. Almeno da quando aveva visto abbrustolire, durante la guerra, un soldato greco.

«Un anglosassone, uno di quegli inglesini asciutti come serpenti, avrebbe dimenticato. Lui sì!» ripeteva con accoratezza e con disprezzo alla moglie, soprattutto la sera. Quasi ogni sera. Ci fosse o meno un legame con quel ricordo, le guance del generale, durante la digestione, diventavano una porpora cardinalizia: il naso, appena ricurvo, rimaneva invece pallido e arido come un becco.

«È bruciato tutto, fin dentro l'elmetto» insisteva nel raccontare, grattandosi il dorso della mano.

E venne anche la sua ora. Il mare, lui lo credette, andava appena rinforzandosi. Lievitava, anzi, come una focaccia nell'umido leggero d'un sabato santo. Ecco, fu proprio questa la sensazione che passò, senza trovare precisi contorni, nella sua mente ormai prossima a fermarsi.

«Nemmeno una nuvola» aveva sospirato frattanto la moglie, allo stesso modo di quando diceva «noi due poveri vecchietti».

Lui aveva bevuto ancora un sorso, facendo ruotare il bicchiere panciuto del cognac. Ci sarebbero stati giudizi anche malevoli, dopo, in proposito. «Non sapeva moderarsi». Uno strano tremore, il bisogno d'alcool avevano appannato il bicchiere del Napoleon. Il tremore, anziché dai muscoli, partiva dai polmoni e dalle viscere. Chi avrebbe potuto dirlo, ormai? La mano sinistra del generale era corsa verso la camicia, all'altezza dello stomaco vasto e sporgente come un baule. E qualche goccia di cordiale era rimasta sui suoi baffi opachi come sono talvolta opachi i peli dei vecchi, imperlandoli.

Alle tre, infine, era morto. I suoi occhi grigi e acquosi di antico dongiovanni avevano compiuto una mezza giravolta. Aridi e duri, come non erano mai stati, si erano torti all'insù appena di sbieco, inchiodandosi al soffitto.

Lui, si sarebbe più tardi chiesta la vedova, mettendosi nella stessa posizione dell'estinto, aveva visto quelle screpolature dell'intonaco? E la ragnatela all'angolo? Oppure, quando aveva rovesciato le pupille, era ormai nell'aldilà?

La cagna dodicenne del generale, proprio negli attimi del trapasso, aveva cominciato a abbaiare. E, sempre abbaiando, s'era precipitata in giardino. Qualcuno avrebbe parlato di quella corsa come delle nuvole, che duemila anni prima avevano d'un tratto ricoperto il Golgota. Era inevitabile che la notizia di quel decesso suscitasse qualche stonata e fantasiosa chiacchiera da ombrellone. In ogni caso, pensando al generale, chiunque si sarebbe potuto aspettare una fine come quella: da grosso animale, che stramazza nella propria mole flaccida e ingombrante. Ai numerosi ospiti, che andavano e venivano dalla villa, aveva sempre suggerito infatti l'idea d'un gradevole errore e di una esagerazione della natura.

Generoso all'apparenza, contravvenendo a un temperamento abitudinario, il generale fingeva di apprezzare l'enorme e distruttiva prodigalità dell'esistenza. I suoi modi solenni quanto autoritari, di ascendenza borbonica, erano tali da sopraffare silenziosamente i sottoposti. Gli bastava, a muovere l'uomo più restio e più indolente, un leggero alzar del mento. Proprio per questo, forse, gli «umili» fingevano d'amarlo o di averlo in simpatia. Lui, anche in seguito a questa disposizione del temperamento, si era sentito sempre idoneo alle responsabilità del comando. E, parlando ai contadini, aveva l'aria di gettare pane secco alle bocche dei cani affamati.

«Voglio, alla mia morte, funerali militari» si commuoveva spesso, per effetto dell'arteriosclerosi, parlando alla moglie in piena notte.

«Al tenente, che guiderà il picchetto d'onore, darai in ricordo i miei gemelli d'oro» riusciva a completare faticosamente il discorso, con voce ogni volta soffocata dall'emozione.

Le tre d'un pomeriggio troppo azzurro, dunque, tra agosto e settembre. Una mina brillò, nella parete dell'ombrosa gola prealpina, alle spalle del mare. Il corpo del generale aveva appena incominciato a raffreddarsi. E l'esplosione riecheggiò, con l'effetto di una salve di cannone, due o tre volte. Fino a consumarsi, lontano.

La vecchia cameriera, drizzando il capo come intendesse bestemmiare, non si segnò. La mano, rimanendo sospesa accanto alla fronte, indurì l'espressione muta della donna. Oltre il povero generale, lei era la sola meridionale tra quei nobili e azzimati parenti di nobili. La vedova, nata contessa, invece urlò. Urlò tre volte, sapendolo e non sapendolo, come il gallo del Vangelo. Voleva fare qualcosa di sacro e di terribile, e le vennero solo quelle grida.

La notizia, com'era naturale, si sparse velocissima. Quasi subito, il giardino della villa cominciò a affollarsi. Le istitutrici, insieme con i loro bambini, s'ammassarono alla base del doppio scalone: dopo poco erano un ombrello colorato, che si allargava. I paesani, gli uomini in camicia bianca, formavano un altro gruppo: benché si fosse all'aperto, non osavano fumare. Solo ogni tanto, qualcuno si allontanava per accendere una sigaretta. Quanti potevano invece considerarsi amici del povero morto, dopo una breve sosta nella camera ardente, tornavano nell'uliveto. Nel crescere dell'alta marea, qualche lievissima increspatura rompeva sulla scogliera di ponente. Le signore nascondevano l'ampiezza delle scollature, quelle degli abiti estivi, sotto le ali dei foulard o degli scialli all'uncinetto. Qualcuna, non avendo portato dalla città altre scarpe, calzava leggerissimi sandali dorati dal tacco troppo alto. I mariti sfoggiavano pullover larghi e leggeri, da dopo tennis. Provenivano tutti dalla stessa bancarella del mercato: erano stati comprati durante i due giorni di pioggia, dopo ferragosto. Era venuta proprio allora quell'aria fresca, e l'estate non aveva più accennato a tornare.

Il generale era morto mercoledì. Adesso era venerdì e quella mattina tutti avevano fatto la grande spesa: erano stati ordinati i ravioli e il dolce della domenica. Non si poteva però, date le circostanze, parlare del taglio dell'arrosto o del prezzo dell'uva. Gli amici si scambiavano invece come primizia, ingannando il tempo e tenendo occupata la lingua, le solite indiscrezioni sul generale, sulla sua lunga giornata terrena.

A lui era sempre piaciuto, senza farne mistero, star dietro alle donne. Aveva anche avuto, evitando di dar troppo peso alla cosa, numerose amanti. Belle o meno belle, come capitavano. In Africa, durante la guerra, era persino stato contagiato da una malattia venerea. Per questo, malignava qualcuno, soffriva di pruriti e di arrossamenti alla pelle. Piccole e pittoresche miserie, certo, che il generale aveva sempre e solo considerato alla stregua di avventure o di «esperienze». In tal modo, rendendo merito ai propri principi, era riuscito sempre a amare la moglie con trasporto sensuale. Quelle infrazioni alla regola, d'altra parte, eccitavano la contessa. Eccitare era proprio il verbo giusto di fronte al volto teso ma inespressivo di lei, davanti a quel colorito particolarmente chiaro, addirittura trasparente all'altezza degli zigomi. Sangue antico, sensibilità un po' malata. Era così che stavano le cose?

Continuavano i preparativi per le esequie. Un colonnello, arrivato alla pensione poco prima dei gradi di generale, presidiava il telefono. Aveva l'espressione di chi si è assunto un compito e lo porterà a termine. A qualunque costo. Tanto che aveva preso a dare del tu a tutti i presenti di sesso maschile e di età inferiore ai venticinque anni. Quel colonnello, che aveva modi molto fermi e insieme diplomatici, era stato ufficiale di stato maggiore nell'esercito badogliano.

«Sì» urlava dopo ogni parola, nella cornetta del telefono, interpellando i comandi delle varie armi. Marina e esercito, con una scusa o con l'altra, avevano negato il picchetto d'onore. Dalla guardia di finanza era venuta una risposta interlocutoria.

Mancavano ormai pochi momenti al funerale. La contessa continuava a stringere l'astuccio dei gemelli d'oro. Quelli da consegnare, secondo la volontà del defunto, al comandante del picchetto.

Nessuno, adesso, pensava con pietà a lei: alla vedova. Forse c'era chi, senza confessarselo, assaporava e godeva la sua disperazione. Le guance tirate, assecondando una smorfia della bocca, finivano nelle orecchie lunghe e sottili come quelle di un gattino. Gli occhi erano, a loro volta, teneri, inespressivi e sensuali come ombelichi. Molta gente le passava accanto, stringendole la mano e abbracciandola.

Non c'era però, chi si fermasse a parlarle. Anche per un solo momento.

La contessa era stata prima un'elegante promessa dell'aristocrazia piemontese, poi la moglie d'un soldato.

Passando dall'uno all'altro ruolo, ragazza e poi sposa, aveva maturato il suo fascino ignorante e garbato. Quindi gli anni erano scivolati via, senza dar espressione a un'età precisa. La figura snella della contessa, un tempo fasciata d'uno sciocco chiarore, faceva adesso posto ai violenti contrasti dell'ombra. Quella che corre, talvolta, lungo lo spigolo di una porta. Solo i fianchi le si erano allargati, altro particolare, facendo spazio a un ventre leggermente convesso. E così le sue gambe risultavano ancora più sottili, gli stinchi simili a schegge. E, senza chiedersi per quale ragione, gli amici provavano un leggero fastidio nel vederla.

Il vento aveva preso a correre senza muovere le foglie degli alberi. Afferrava le cose, all'improvviso le lasciava. Eppure nulla si muoveva, ruzzolando o svolazzando. Anche il mare, che appariva blu come nei giorni di maestrale e di burrasca, di fatto ansava tranquillo o appena sciabordava.

Qualcuno avvertì sul serio, oltre la finzione imposta dagli avvenimenti, il vuoto lasciato dal defunto, dalla sua voce robusta e dalla sua persona invadente.

Invadente? Molti anni prima, per fedeltà alla monarchia e con l'avvento della repubblica, il generale s'era dimesso dall'esercito. A quasi cinquant'anni, aveva indossato il suo primo abito civile. E ne aveva sofferto, senza sapere nemmeno lui fino a qual punto. Era ingrassato, esasperando la sua naturale predisposizione verso i cibi e le storielle facete. Per reagire all'umiliazione, a mano a mano, aveva anche imparato a muoversi con solennità. Il suo ritmo vitale si era fatto pigro e appunto scandito da gesti sontuosi come vecchi velluti stinti nell'ombra. Tutto lasciava pensare che si sentisse, un po' a torto e un po' a ragione, il protagonista d'una storia araldica di splendore e di decadenza.

«I colori, se è colore l'infinita varietà degli azzurri, corrono sempre in questa stagione verso nord» pensò una ragazza, che aveva paura del mare. Ogni goccia del mare, legata a un'altra goccia, diventa infatti oceano: forma un'unica estensione scura di alghe e densa di profondità, fino alle acque delle notti polari. La ragazza rabbrividì, perché il mare poteva essere così nero e freddo, nascondendo una profondità terribile. Le rocce del fondo, i loro disegni, dovevano essere rimasti identici dall'alba del mondo.

Quella ragazza, l'anno dopo, non sarebbe tornata e nessuno avrebbe chiesto perché.

L'eternità! Tutta l'eternità, e cioè il tempo a venire, pareva dipendere per il defunto generale dal sopraggiungere o meno del picchetto d'onore. Quale ricordo sarebbe rimasto, altrimenti, di lui? La vedova del generale, che frattanto intravide quale gelido sipario sarebbe stata la lapide, dondolò la lunga testa. Suo marito avrebbe continuato a portare un grado importante, si chiese, anche nel ricordo della gente e nell'aldilà?

Gesù era morto sulla croce, perché tutte le creature potessero essere uguali davanti all'immensità del Padre suo. La contessa lo pensava, in modo semplice e elementare. Eppure era, e sapeva di essere, insensibile alla consolazione del Cristo, da quando non aveva avuto figli. E aveva ugualmente dato tutto di sé, proprio tutto, al marito.

All'improvviso fu investita dal problema della propria dignità poiché aveva ormai sessant'anni o quasi. E una volta ogni quindici giorni, quando era in città, usciva, anzi doveva uscire per un bridge. Pur odiando il gioco, in verità. Anche la cameriera prendeva il pomeriggio libero: andava, o così fingeva, dalle suore dei poveri. Qualche volta, in quei giovedì, la contessa e la cameriera s'infilavano in un cinema. Insieme. Quando tornavano, la padrona e la serva mostravano di non sentire i profumi rimasti nell'aria. Ogni due settimane, infatti, il generale riceveva. Venivano da lui delle donne sempre uguali e sempre diverse: erano delle meridionali piccole e avvenenti, quali aveva desiderato fin dall'adolescenza. E nonostante le pagasse, spendeva molte energie nel fare il galante.

Alla sua sposa bionda e elegante, due o tre giorni dopo quei pomeriggi, faceva un piccolo regalo molto garbato. Quindi esibiva, fino alla domenica successiva, una borbonica esuberanza. E durante la notte, in qualche modo, faceva ridere e ridere la contessa.

La bara era stata chiusa, poco prima. Gli sguardi di tutti cominciarono a ruotare verso l'alto, con sempre maggiore insistenza. Nemmeno il giovane tenente e il suo picchetto dovessero improvvisamente saltar fuori da quel colore celeste e adesso un tantino rosa, che continuava a scivolar via sopra il verde argenteo degli ulivi.

«Non verrà un picchetto. Il nostro colonnello, generale in pectore, s'è illuso: come sempre, dopo aver lasciato l'esercito. Che rimminchionito!» rifletté un maggiore del genio intervenuto alla cerimonia per pura cortesia. «Avrebbero dovuto tumularlo nella tomba di famiglia, giù nel meridione» borbottarono altri, che avrebbero ripreso quel discorso all'indomani.

Gli ultimi giorni dell'estate sarebbero stati interamente occupati da interminabili discussioni, rotte da piccole liti, sulle tombe di famiglia.

Il corteo doveva muovere, era ora. La vedova stringeva ancora, inutilmente, nella mano destra l'astuccio dei gemelli. Solo pochi istanti, una pausa della pietà, quindi il prete avrebbe fatto cenno. Il cimitero era a mezza costa sulla collina, dove il sole aveva ormai lasciato posto a un arabesco più grigio che verde.

(*Ancora un bacio*, 1981)

Cuccioli

Ivan

La nonna andava e veniva, fingendo di non essere stanca.
Era sveglia da tempo, si capiva benissimo. Provò a immaginare un'ora molto buia e insolita: le quattro del mattino,
forse. A un tratto venne dal piano di sotto quella voce inconfondibile, che sapeva di tè al latte.

«Il mio ometto ha ancora il cuoricino addormentato?»
Ivan non rispose. Le scarpe del nonno erano troppo lunghe, e troppo alte, intorno alle caviglie sottili. Guardò con
preoccupazione le loro punte impolverate. Avrebbe preferito le sue espadrillas, che stavano ormai disfandosi assieme all'estate. Il sorriso della nonna era stato però irremovibile. Ivan pensò anche alla giornata che lo attendeva: una
timidezza impacciata scacciò, all'improvviso, ogni traccia
di emozione. Come altro chiamare quel pozzo buio, lungo
e profondo, che sembrava nelle ultime ore aver preso il posto del suo stomaco? Le vacanze frattanto volavano via, sarebbe presto venuto il momento del distacco. Ivan, precipitandosi per le scale, gridò allora: «Nonnina!».

Il cioccolato rimase nelle grandi tazze a fiori, quelle di vera porcellana. Nemmeno furono toccati il burro e le tartine.

La villa deserta, dal poco mobilio ricoperto di allegre

stoffe estive, beveva a grandi sorsi una luce squillante quantunque incerta. Filtrava, in lunghi tagli, dalle stanze disposte a oriente.

«La vecchietta e il suo nipotino, dove avranno lasciato la testa?»

Se lo chiese, quasi con trepidazione, la nonna. Cercava la chiave nella piccola fessura del muro, vicino agli scalini. Spesso dimenticava o perdeva qualcosa. Allora pregava senza spazientirsi, fino ad aver ragione della sua «povera memoria».

Presero a camminare in fretta. Il nipotino, per star dietro ai piccoli passi veloci della nonna, doveva a momenti saltellare. Si faceva tardi. Uscendo dal buffo portico, che tutti definivano di stile «anglo indiano», neppure notarono il sole freddo e insieme sfavillante. Era appena sbucato dalla gobba del monte, sfiorava le foglie argentate degli ulivi infrangendosi sul mare verde. Duro, sotto le schiume rotte delle onde, e nero di alghe vicino alla costa.

«Nemmeno a farlo apposta, una giornata così» disse Ivan con la voce dei grandi.

Gli occhi della nonna si posarono, un attimo appena, sopra di lui. Ma non vide, e neppure sentì, il loro malinconico peso.

A Garavan, sulla strada di Mentone, la nonna e il suo nipotino presero l'autobus. Un vecchio e ridicolo «rapide de la côte» dai finestrini sporchi di nafta bruciata. Fece subito manovra, andando incontro a un punto imprecisato del cielo. Così parve a Ivan. Dal suo posto vedeva solo un azzurro sconfinato, oltre il berretto del conducente.

Un signore vicino a loro, probabilmente un olandese, portava l'impermeabile sulle spalle nude e abbronzate. Dal cestino della nonna sporgeva un elegante, vecchissimo, argenteo thèrmos. Nel vento a raffiche lunghe, si sarebbe detto molto alto nel cielo, l'impressione di interminabili corridoi misteriosi: giungevano, così avrebbe potuto fantasticare Ivan, fino alle isole dei pinguini e dei gorghi gelidi.

Un'ondata, mentre continuava la manovra dell'autobus, coprì di spruzzi i vetri: vibravano, specie quando il motore decelerava.

«Prenderò freddo!»

Ivan aveva appena sofferto un tenace raffreddore fuori stagione, per un'intera settimana s'era coricato con il berretto in testa.

«La nonna e il suo nipotino prediletto, che diventerà presto un uomo.»

La risposta, o come altro chiamarla, giunse così dolce e ferma, che ammutolì ogni ulteriore, possibile protesta.

La vecchia signora, sottile quanto una ruga dall'estremità appena ritorta, indossava un vestito blu a pois bianchi. Anche il golf di cotone era bianco. Ivan, che dimostrava tre anni meno dei suoi dodici, non riusciva a nascondere le orecchie rosse paonazze, da poco sfregate con acqua e sapone.

La nonna e il suo nipotino. Quello era il loro stile, il loro smalto così diverso. Un'aria rammendata, schiva persino nel chiedere scusa di tutto, che portava ovunque la propria nota. Sì, d'esclusività.

Il portamonete della nonna conteneva sempre, e solo, pochi spiccioli. Eppure i gesti delle persone, non soltanto di quanti definiva a mezza voce «gli umili», parevano certe volte dipendere da lei. Apparivano in qualche modo dominati dalla sua straordinaria sensibilità, che si posava lievissima sulle apparenze del mondo, appannandole.

L'appuntamento era a Nizza, nella mattinata, senza un'ora precisa. Sul presto, comunque, prima possibile: una regola, quella, di sempre. Quasi che, nel mettere a buon frutto il giorno appena fatto, si onorasse uno specialissimo comandamento.

Quando giunsero in città dalle strade, lavate allora allora, saliva l'odore del pesce. Sull'asfalto, qua e là, improvvisi luccichii di scaglie. Era, certo, effetto della luce: una trasparenza, che pioveva profonda, e quindi grigia, dalle grondaie. Il sole intanto, nascosto dai tetti, sbocconcellava lentamente quel cielo settembrino, lustrato da una frescura più estiva che autunnale.

Adesso Ivan avvertiva i sottili morsi della fame. Giunse fino a lui quel tiepido peso, non proprio un profumo, che annuncia una panetteria. Qualcosa gli rammentò le cipolle, i pomodori, l'olio. Si sentì perfettamente espresso dal proprio appetito come gli accadeva solo in Riviera. E pensare che presto, molto presto, sarebbe dovuto partire. Così strinse, quasi convulsamente, il polso della nonna.

Poi, come previsto, incontrarono oncle Nicolà: il fratello più «âgé» della nonna. Teneva le mani una sull'altra: la destra sulla sinistra. Quest'ultima poggiava sopra un fazzoletto piegato: un piccolo cuscino, per così dire, che nascondeva il manico d'avorio di un prezioso bastone. Davanti al bastone, a giusta distanza da oncle Nicolà e dalle sue grandi narici arrossate, il bicchiere del Pernod. L'aria, intorno, aveva un profumo di anice.

«Chère Olgà» si rivolse alla nonna, che vedeva di rado, dopo i lunghi anni trascorsi in Argentina. Aveva avuto una moglie, oltremare, Ines. Era morta poco prima dell'adorata figlia, Katia, sposa infelice e pazza d'amore d'un violinista gitano. A Nizza oncle Nicolà viveva solo con la nipote, Tatianne.

All'improvviso, quasi ricordandosi qualcosa, lo zio aggiunse in italiano malcerto:

«Allora, il mio piccolo ometto?».

Ivan si imporporò, più di paura che per timidezza. Oncle Nicolà era «malheureux», a sentire la nonna, perché nella vita «aveva mancato tutto».

«È stato tanto mal consigliato, preso nel suo orgoglio.»

Una frase volutamente vaga, a giustificare fallimentari speculazioni nelle ferrovie messicane. Quando era molto giovane, prima della rivoluzione russa, che li aveva spogliati.

Ivan guardò la nonna. Era pallida, protesa e insieme asciutta: faceva pensare a una preghiera. Oncle Nicolà, nonostante qualche somiglianza con lei, conservava invece l'aspetto invadente e distratto di un principe slavo.

Volgendosi a Tatianne, che gli sedeva vicino, allargò un sorriso, dall'uno all'altro zigomo della faccia larghissima. Forse dilatata dal riflesso della calvizie.

«Offri a questo scugnizze una delle tue Gitanes. Enfin.» Tatianne aveva sedici anni, profumava appena nelle mani di gelsomino.

«Solo una boccata.»

La nonna non disse nulla, strinse tuttavia le palpebre. Come sempre, quando era amareggiata. Usava proprio dire «amareggiata», mai altro. Qualcosa, rifletté Ivan, stava preparandosi. Forse la fine della villeggiatura era molto vicina, più di quanto temesse. Ma, perché, quel sospetto orribile?

La sigaretta s'accese. Quando gli accadeva qualcosa d'insolito, Ivan si chiedeva immancabilmente: che cosa ricorderò? E subito afferrava un dettaglio o un particolare, non importa quale, da nascondere e da conservare nel grembo delle proprie giornate. In quel momento, però, la sua vita appariva un punto lontano: perduto nel buio, oltre una siepe di lunghi giorni senza affetto. Crudeli, educati, eccentrici come la ricca casa paterna. Certo oncle Nicolà avrebbe odiato suo padre, un intellettuale troppo colto e troppo profumato. Forse un ebreo, Ivan non sapeva esattamente. Benché si sentisse, questo sì, meticcio e strano rispetto agli altri.

Avrebbe potuto piangere, sarebbe stato anzi naturale. Ma l'odore della sigaretta lo stregava, suo malgrado. Lasciava bruciare la Gitane stretta nelle dita. L'acre aroma faceva pensare a quei cessi delle stazioni di notte, dove si infilano assonnati i commessi viaggiatori e i soldati in trasferta. Frattanto parlando, oncle Nicolà si dondolava. Scuoteva la testa. Sembrava navigare, in tondo in tondo, sul fondale quasi bianco della brutta parete di mattonelle. Lì, nel caffè, che aveva chiamato spregiativamente «buvette». La sua lieve, immotivata euforia cresceva, si gonfiava, travolgeva ogni cosa. A cospetto, tutto figurava così insignificante, e così inutile!

Lasciandosi andare a quella sensazione, Ivan avvertiva di far torto alla nonna e di allontanarsi pericolosamente dalle ragioni del proprio dolore. Perché, adesso lo sapeva, la partenza era vicina. Avrebbe dovuto implorare per ottenere un rinvio, avrebbe dovuto abbracciare la nonna. Invece guardava stordito, impotente, il naso troppo sottile dell'anziana signora. Era ancora piccolo, dodici anni, per trarre da quell'immobilità appena adunca e tagliente l'orrore d'un giustificato presentimento.

Poco prima di mezzogiorno, allorché lasciarono la «buvette», si sarebbe detto l'ora del pranzo fosse passata da tempo. Il rumore delle onde giungeva distinto e chiaro fin là, nelle strade più interne, quasi la forza del mare fosse cresciuta. Anche il vento soffiava con rabbia pomeridiana. Nella via, davanti al caffè, un lieve riflesso rosato. Il sole andava due ore avanti, doveva essere proprio così, rispetto all'orologio. Il giorno correva, volava verso un'ora troppo tardi. La nonna strinse gli occhi, adesso, per trattenere le lacrime.

Una volta tornati a casa, Ivan avrebbe trovato la sua valigia pronta.

«Un piccolo segreto tra te e me» sarebbe appena riuscita a spiegare la nonna. «Per non far patire prima del tempo, il tuo piccolo cuoricino.»

All'ultimo momento si sarebbe avvicinata, parlando quasi nei vetri del wagon-lit:

«Sii coraggioso. Quando sarai triste, fra molto tempo, pensa a questa vacanza. Alla nonna, che tanto ha amato il suo nipotino».

Il treno si sarebbe mosso, quasi subito inghiottito dalla galleria, dopo la stazione. E la nonna avrebbe fatto qualche passo indietro, sul marciapiede, come per accompagnarlo ancora un attimo. L'ultima volta.

(*Ancora un bacio*, 1981)

Aria del 1943

Fino a pochi giorni prima, quando avevano chiesto qualcosa, i due bambini si erano sentiti rispondere:

«Vedremo».

E tutto sembrava dipendere dai grandi, e far seguito alle loro decisioni benevole quanto improvvise. Adesso però, guardando davanti a sé, la mamma diceva:

«Se sarà possibile, bambini».

Poi scappava, facendosi scudo della sua lunga schiena snella, verso le stanze alte della casa. Quelle stanze profumate di cera, dove i bambini non potevano proprio entrare. Anche se, da qualche settimana, gli ordini sembravano meno ordini. E le porte chiuse, chissà perché, parevano meno chiuse e severe.

«Dobbiamo metterci a contare» propose, anche per questo, la sorellina. «Quando avremo contato fino a un milione, anzi fino a cento milioni, questo momentaccio sarà passato» concluse la bambina con grazia trafelata, proprio come avesse giocato a nasconderella, facendo tana all'ultimo momento. E stesse lì, adesso, a gridare «tana libera tutti».

Frattanto pioggia e pomeriggio precipitavano insieme,

nel semibuio e sull'asfalto. Faceva brutto, sempre e solo brutto. Quel tempo umido e denso formava un lungo tunnel, che si perdeva alle loro spalle. Che cosa c'era prima di quella interminabile galleria? Erano passate tante domeniche, erano venuti tanti lunedì. Tutti quei giorni, in quel momento, parevano formare una massa buia: un grumo nero, nel fondo di un calamaio. La sera prima David, che tutti chiamavano Devid o Devj, si era messo addirittura a piangere.

«Perché piove, piove sempre» aveva confidato alla sorellina, mentre una lunga lacrima solcava ormai il suo mento. Devid teneva i piedi l'un sull'altro, si passava le mani l'una nell'altra. Eva, allora, approfittando di un'assenza dell'istitutrice, lo aveva invitato a sfogliare l'atlante geografico.

«Questa qui, Devid, è l'Italia. Vedi, sembra una gamba. Queste altre, marroni, sono le Alpi: quelle grandi montagne, lo sai, che si vedono dalla casa del nonno e della nonna. A Torino. E Torino è questo punto grigio. Questo qui.»

Il dito del bambino seguì quello della sorellina. La voce della sorellina era uscita fuori sottile, rompendo un nodo nella gola. Una bolla, avrebbe detto Devid ascoltando Eva, di saliva zuccherosa.

La sera prima, adesso, quel giorno, il giorno dopo. Che differenza faceva, un momento o un altro momento?

Il solito cielo basso, dai pesanti vapori quasi gialli, aveva reso duro e dolente il lievito della loro disappetenza! Quel grosso boccone soffice, che chiudeva lo stomaco. Quando si erano messi a giocare svogliatamente con i semi delle arance, facendoli saltare oltre le molliche del pane sparse sulla tovaglia, Mademoiselle si era abbandonata a un piccolo scatto. Dai suoi abiti, che parevano sciacquati nelle foglie secche, era volato fuori l'odore di chissà quale decotto. E subito, senza parlare, Mademoiselle aveva tirato a Eva una delle treccine bionde.

Sebbene gli zii di Torino sostenessero forse maligna-
mente il contrario, magari perché capitavano a Roma di rado, portando loro pacchi troppo grandi di caramelle Barat-
ti, Eva e Devid non avevano l'aspetto di due bambini dorati. Erano sì, in qualche modo, capricciosi: anche questo de-
rivava però, come molte altre cose, da una sensibilità eccessiva.

«Due corde di violino» ripeteva a ogni occasione il vecchio pediatra, raccomandando di sottecchi prudenza. La
mamma arrossiva a quegli avvertimenti come avesse qualcosa da rimproverarsi. Certo il dottore doveva saperla lunga perché dopo le visite, riponendo la sua severità nell'a-
stuccio dello stetoscopio, sorrideva a Eva e Devid. Quando
avevano la febbre molto forte, si sedeva addirittura sui loro
lettini. E li carezzava con dita appena incurvate, nemmeno
i suoi polpastrelli potessero trasmettere un influsso benefico. A un certo punto, era proprio così, le dita del pediatra
vibravano leggermente. Come a trattenere, e lui avrebbe
apprezzato quel termine, la salute «evanescente» dei bambini.

L'aspetto fragile non era tutto, però. La particolare fra-
granza dei ricchi, che portavano addosso, sprigionava attorno a Eva e Devid un'aureola. Se può chiamarsi aureola
una luce grigia e lucida, molto simile a quella della delusione. Che tipo di delusione? Ecco. Come avessero appena finito di lavarsi e vestirsi, sottoponendosi anche alla tortura
d'una stoffa rigida sulla pelle delicata, per andare a una festa. E poi, pochi secondi prima della grande e attesa merenda, l'invito fosse stato disdetto senza motivo. E tutto
questo genere di cose fosse già stato predisposto, da tanto
tempo, perché loro ne divenissero vittime innocenti. Vittime di piccole offese insidiose che venivano da molto lontano. E quella delusione e quelle offese erano anche il loro
tenero mistero.

A causa di tutto questo, probabilmente, qualcuno allungava talvolta una mano: e, senza nemmeno volerlo, sfiorava quelle due piccole facce sempre costipate.

Pioveva ancora. L'acqua batteva sui vetri, portata sempre dallo stesso vento. In casa faceva caldo: i termosifoni bruciavano. E l'unica cosa molle, un po' soffocante, era l'odore del linoleum.

Eva, che aveva passato la tonsillite a Natale, e si sentiva adesso una scheggia nel fondo della gola, immaginò un lungo pino molto carico e molto addobbato. Sfere, prismi di vetro soprattutto rosso ardevano alla luce delle candeline. Anche le sue guance ardevano, quel pomeriggio, esangui e insieme febbrili. Devid invece, senza bisogno, tirava sempre su col naso. Intanto gli informi pupazzi di plastilina, rimasti sul pavimento, impregnavano la stanza di un odore amarognolo. Dove, appunto, entrava anche l'odore del linoleum. E un tale sentore, in un modo o nell'altro, si intonava a quello delle braghette. Perché i due bambini avevano ancora l'età di quei pensieri, che cominciano identici ai sogni. Anzi, senza nemmeno diventare pensieri, trovano prima, sulla loro strada, siepi di braghette e di impressioni legate all'universo delle braghette.

«Che cosa significa ebrei?» chiese a un tratto Devid, che faceva sempre domande alla sorella, allungando quanto più poteva il collo sottile. Quasi volesse mostrare un estremo interesse e desiderasse arrivare prima alla risposta.

«Ebrei? non so, comunque non si deve dire» rispose Eva.

«Noi siamo ebrei?»

«La mamma, non credo. Papà, forse. Non si deve, però, assolutamente dirlo.»

«Perché?»

«Perché è proibito. Gli ebrei, infatti, hanno crocifisso e ammazzato Gesù» rispose ancora la sorellina, mettendosi un dito sulle labbra.

Ricominciarono a star zitti. Eva, inginocchiata sulla se-

dia di tubo nichelato e di stoffa, alitava sul vetro della finestra, disegnando quindi nel sottile velo appannato il proprio nome. Le lettere stampatelle, larghe quanto l'unghia
dell'indice della bambina, tagliata appena sotto il filo della
pelle, divenivano subito larghe sbavature e minuscole per-
line. E le pupille di lei non sapevano distogliersi da quei
fiori, da quei ricami d'acqua.

Devid ripassava con il pastello giallo chiaro, scelto non
senza voglia di rompergli la punta, un'illustrazione molto
vivace dell'enciclopedia. Lo avrebbe voluto azzoppare,
pensò con rabbia e con tristezza. Azzoppare, far saltare la
punta a uno dei suoi cari pastelli! Che i nonni gli avevano
regalato partendo, dopo quel Natale.

Spesso, almeno così era stato, la vita dei due bambini
correva dritta verso una grande uscita luminosa: ogni sera,
lo sapevano anche senza dirselo, quell'uscita si avvicinava.
Sarebbero venute le vacanze, sarebbero partiti e avrebbero
ricevuto molte coccole. Quell'anno però, a causa della
guerra, non si parlava di andare in Riviera né in altri posti.
E così, in quel brutto inverno, giorni e settimane finivano
regolarmente contro un muro. Dietro quel muro, aveva
detto approssimativamente Eva a Devid, ricominciavano a
correre giorni, settimane, mesi senza sfogo né uscita.

Che cosa stava succedendo, dunque? Perché succede
sempre qualcosa, sapevano benissimo i due bambini, proprio quando sembra non succedere niente.

I passi leggeri delle cameriere, che loro chiamavano «tata» Nina e «tata» Ada, si perdevano nel fondo dell'interminabile corridoio. Tra i due bambini e i loro genitori c'era
quel buffo e insuperabile fiume di mattonelle lustre, dove
si specchiavano alcuni paesaggi appesi alle lunghe pareti
semibuie. Attenzioni e bisbigli della servitù, loro segreta al-
leata contro l'istitutrice, costituivano un altro ostacolo. I
genitori erano comunque oltre quell'ostacolo, lontani, dove le voci di Eva e di Devid non giungevano.

Si fece l'ora del bagno. Da quasi una settimana, Devid aveva imparato a sfilarsi il pullover. Rimase perciò qualche istante, pieno di visibile soddisfazione, con il golf nelle mani. Era magro come uno scricciolo nella camicia bianca, troppo stretta e troppe volte lavata. La stessa che si era macchiata di sangue, quando gli avevano tolto le adenoidi.

«Bravo, adesso ti insegnerò anche a scrivere» disse Eva, che frequentava privatamente la terza elementare, ricordando quel particolare del sangue. Voleva bene al suo fratellino, sul serio troppo fragile per ogni sport. E gli dedicava, in cuor suo, spericolate prodezze sull'asse di equilibrio.

Come le altre sere, i due bambini presero un bagno molto, forse troppo caldo. Qualche istante prima delle diciannove, varcando la soglia della stanza dei giochi a maniche rimboccate, Mademoiselle aveva fatto schioccare le dita.

«Tac, Tac-tac».

Al solito, entrando nella vasca, Devid aveva strillato. Mentre, a dare il buon esempio, Eva si era calata intrepidamente nell'acqua. Perché Eva e Devid venivano lavati insieme, con energia quasi brutale.

Dopo il bagno, già in pigiama e vestaglia, i bambini presero a intingere lunghe striscioline di pane nell'uovo alla coque. Sentendoli succhiare e masticare, Mademoiselle pensò come altre volte nella sua testa alsaziana e bilingue:

«Verranno anche per voi, oh se verranno bambini, i tempi brutti!».

E senza riflettere, con uno strattone, allontanò la mano del piccolo Devid dalla strisciolina di pane. Mademoiselle, in simili occasioni, poteva incutere molto spavento e cambiare faccia. La pelle, intorno ai bitorzoli sulle guance, le si faceva ancora più pallida. Gialla addirittura, più che pallida, come per l'ira o per l'itterizia. Così, senza lasciar trascorrere un altro istante, Eva tentò di imitare sua madre. Sembrava più vecchia della madre, però, quando si rivolse con accento molto dolce a Mademoiselle.

«E poi mio fratello è molto malato» concluse protettiva, dopo qualche altra parola.

Devid ebbe ancora voglia di piangere quando, poco dopo, pensò all'abitino di piquet della sorella. E pensò anche, quasi un tempo sterminato stesse per dividerli, alle ginocchia sempre scorticate di Eva. Erano ginocchia lunghe e sporgenti: per lui avevano lo stesso profumo delle pietre, dove batte l'acqua delle fontane.

Mademoiselle fece un piccolo salto, sbatacchiando come un battaglio nelle proprie vesti. Quando fu vicina a Eva, le tirò una seconda volta, quasi ghermendola, la treccina. La bambina si indurì, anzi si indurì la sua espressione e si indurirono i muscoli della sua faccia, fino a formare due piccoli gnocchi. Due gnocchi che ruppero, chissà come, la rotondità del viso.

«Tutta suo padre» si incattivì Mademoiselle, che risentiva della pioggia e aveva conosciuto in altri tempi un rabbino dall'espressione lunare. Anche lui.

Tirò la treccina fino quasi a scomporla. Eva tuttavia non pianse, nemmeno versò una lacrima, guardando Devid con occhi tondi e spaventati.

«Se vivrà abbastanza, un giorno diventerà pazza» notò questa volta meccanicamente l'istitutrice.

(*Ancora un bacio*, 1981)

Che nome è Giò

L'animatore turistico Chicco Nardi non ha ancora varcato la soglia della stanza, dove è parcheggiata sua madre, che lei è già in allarme. Il suo vecchio bambino! La signora Tina sente a fiuto, come una cagna o un'orsa o una gatta, che qualcosa è intervenuto a cambiare, meglio a profanare, il suo cucciolo. Perché Chicco, nonostante l'età ormai sbocciata nei reticoli di rughe tipici degli anta e così sia, rimane il suo cucciolo adorato. Che cosa gli hanno fatto, dunque? Che cosa gli è capitato? La dolcezza, che subito si è dipinta sul volto di mamma Tina sentendolo vicino, diviene così la cera dietro cui nascondere l'ansia di sapere, la maschera sotto cui celare l'urgenza di capire.

«Eccoti, sei qui finalmente» dice dominando a stento l'emozione e guardando Chicco, anzi mangiandolo con quei suoi occhi di mamma che pure non vedono quasi più accecati come sono dagli anni.

«Mi dispiace di aver lasciato passare tanto tempo dalla mia ultima visita, scusami» se ne esce dopo un po' lui, quasi quelle parole fossero state pronunciate mettendone da parte altre. Più schiette, più rispondenti al suo vero sentire. Intanto fiuta l'aria e nell'aria fiuta la vecchiaia e nella vecchiaia fiuta l'odore di caffellatte e pipì che pensa abbia la morte quando passa a raccogliere un matusa.

«Sono tanto contenta di vederti, tantissimo. Sono stata un po' in pena ma adesso tutto è passato» si commuove con dolce semplicità mamma Tina.

«Non c'è niente per cui tu debba stare in pena. Non c'era nei giorni scorsi e non c'è adesso» spiega Chicco con gentilezza premurosa ma senza vero affetto. In un tono che lei non conosce, un tono che non ha mai usato prima.

«Chicco, piccolo mio.»

«Che cosa c'è?»

«Vorrei tanto sentirti dire la parola "mamma". Mi manca quella parola pronunciata da te, mi manca moltissimo!»

«Già, capisco!»

Nell'espressione della vecchia passa allora, veloce come un lampo, la nera nube d'un sospetto. Poi si riprende, forse ha deciso una strategia e dice: «La tua mamma ti vuole bene, anzi troppo bene. Sei tutta la sua vita. Ricordatelo sempre».

«Ecco il punto.»

«Non capisco.»

«Mi vuoi troppo bene, non dovresti.»

«Non dovrei volerti bene?»

«Sì che devi volermene, mammetta mia. L'errore è di volermene troppo. Non va bene per te e non va bene per me» risponde con spietata perché stupida serietà Chicco, *vieux garçon* in giubbotto di renna e foulard. Sul naso ha un paio di grossi occhiali scuri e dieci minuti prima, entrando, ha portato con sé l'odore leggero, ventoso di quell'azzurro venerdì di aprile.

«Oggi la tua mamma non c'è la fa, si sente debole. Promettimi però, promettilo solennemente Chicco, che prima dell'autunno» si ferma un attimo, inciampando nella tristezza suggeritale da quel riferimento temporale, «mi porterai fuori. Mi prenderai sottobraccio, mi farai camminare e mi inviterai a pranzo. In un ristorante. Promettimelo!»

«Va bene, ok» è la risposta di lui, fatta con la voce scontrosa di chi sta mentendo contro voglia.

Chicco Nardi si vergogna un po' di essere stato "il fidanzatino della sua mamma", come pure accettava di venir scherzosamente definito durante l'adolescenza. Da qualche tempo infatti è molto ma molto innamorato, anzi, è stregato dai piaceri dell'amore. Sorride senza una ragione. Sa di essere cambiato dentro e non potrebbe essere diversamente dopo quanto gli è successo e alla luce delle notti che trascorre con Giò. E come se i suoi sentimenti, prima un po' appesantiti dall'impigrirsi dovuto alla mancanza di vero esercizio, avessero subìto un intervento di chirurgia plastica. È come se quei sentimenti adesso fossero diventati più spavaldi, più asciutti e verniciati di crudeltà, come può essere crudele la giovinezza, senza tuttavia essere davvero ringiovaniti dentro. Nel loro intimo.

«Le suore sono gentili con te? Ti trattano bene?»

«Sì, questo sì. Vuoi sapere una cosa, però?»

«Dimmela.»

«Il fruscio delle loro vesti candide mi fa pensare, qualche volta, alla lievità dell'anima. Da vecchi si pensa spesso all'anima, si pensa al suo volarsene lassù con ali di farfalla. Succede spesso qui da noi che uno se ne vada, di notte senza far rumore» dice mamma Tina. Intanto guarda Chicco, con occhi sgranati ma ciechi, chiedendosi se quelle parole hanno fatto colpo su di lui. Se hanno avuto, per un attimo, partita vinta sulla sua distrazione. Ma no, macché! Le esperienze che Chicco sta vivendo rendono tutto il resto irrilevante. Noioso e irrilevante.

«Il tuo lavoro va meglio, adesso?»

«Va come sempre» è la risposta, comprensiva d'una scrollata di spalle.

«Sai, Chicco, avevo paura che tu passassi la Pasqua tutto solo in casa.»

«Altre volte è successo e non ti sei preoccupata.»

«È certamente come tu dici ma io non lo ricordo. Sono felice, in ogni caso, che stavolta tu abbia passato la festa con qualcuno che ti vuole bene.»

Tina, vedova da quasi quarant'anni e madre di quell'unico figlio, da otto mesi si trova ospite di una pia istituzione alla periferia della città. Non le piace quella dorata prigione per anziani, non le piacciono gli altri ospiti e nemmeno le suore. Anche per questo, forse, nei suoi occhi c'è adesso una luce che sembra filtrata attraverso il bianco di una garza. E spesso tossisce producendo un rumore aspro simile all'abbaiare d'un piccolo cane viziato mentre la sua testa trema ogni giorno di più.

«Proviamo a parlare di cose serie. Vuoi, Chicco, bambino mio?»

«Parliamo di quello che vuoi.»

«So che c'è una persona nella tua vita, adesso.»

«Come fai a saperlo? Non vedo chi possa avertelo detto.»

«Nessuno me lo ha detto. L'ho capito da sola. Vorrei saperne di più, però.»

A Chicco non piace vedere la sua mamma ridotta così. Con quello che gli sta capitando, nel mentre scopre quanto sia esaltante scavalcare i propri rimorsi con l'enormità dei propri peccati, trova ingiusto, superfluo e ingiusto, essere disturbato da malinconie e da pentimenti. Quel giorno, però, non ha saputo trovare scuse. Era dal tardo autunno che non faceva visita a Tina, da quando cioè era iniziata la storia con Giò e aveva scoperto le più gratificanti perversioni d'un erotismo quanto mai disinibito. Pensare a sua madre incontrandola, avrebbe significato sentirsi un po' meno padrone del suo corpo, avrebbe voluto dire imporre dei limiti alle emozioni proibite e meravigliose che quel corpo gli stava regalando.

«Non c'è molto da sapere, mamma. Ci vediamo quasi ogni sera, andiamo a cena e tutto il resto.»

«Dimmi almeno il nome di quella persona.»

«Si chiama Giò.»

«Giò, ho sentito bene? Hai detto proprio che si chiama così?»

Tina sorride, se può definirsi sorriso quel dolce, enigmatico, fugace allungarsi delle sue labbra. Poi, cercando di esprimere una incuriosita complicità, chiede: «Che nome è Giò? Un nome da uomo? Un nome da donna? Non so, non capisco bene. Si vede che sono troppo vecchia».

«Uffa, mamma, che razza di discorsi fai» svicola lui.

«Non mi fraintendere, Chicco. Non voglio essere curiosa. A parlare in me è solo l'affetto. Che cosa puoi temere, d'altronde? Il cuore di una madre è più forte, credimi, più grande e più forte di qualunque pregiudizio!»

«Preferirei cambiare argomento. Non ho niente da nascondere ma preferirei cambiare argomento.»

«Qualcosa devi concedermi, qualcosa devi concedere a una vecchia madre.»

«Tutto quello che vuoi» le strizza l'occhio Chicco, dimenticando che lei non può cogliere quel segnale perché non può vederlo.

«Mangi abbastanza? Giò sa prepararti dei buoni pranzetti?» chiede Tina.

"Lascia perdere, non essere stronza. Lo so che hai capito" vorrebbe tacitarla Chicco e invece non apre bocca, aspettando il seguito.

«Povero piccolo, sei dimagrito dall'ultima volta. Hai la faccia tesa, ti mordi continuamente il labbro. Non è così? Sono sicura che ti mordi il labbro anche se materialmente non lo vedo perché la vista m'è ancora calata. Sono quasi cieca, ormai. Chicco, bambino, la tua mamma ti conosce molto più di quanto non immagini. Sì, molto di più. Vuoi che te lo dica? Sei eccitato, molto eccitato e scambi questa eccitazione per felicità. Ma non è felicità, io lo so e mi dà tanta pena saperlo. Da bambino, quando eri troppo eccitato, ti venivano le orecchie rosse come il fuoco. Ti ricordi? Qualche volta, per calmarti, ti facevo bere acqua e zucchero.»

Mamma Tina ha capito? Fino a che punto ha capito? Sa? Quanto sa? Chicco non riesce a stabilirlo ma sente che per adesso può contare sulla sua comprensione come su una piccola luce sempre accesa. Un giorno non lontano, quando lei non ci sarà più, lui rimarrà solo e non ci saranno più luci su cui contare. Sì, dopotutto, a pensarlo gli vengono paura e tristezza. Il matrimonio con Giò? Sarebbe un'ottima soluzione ma al momento ci sono degli ostacoli burocratici e anche di natura moralistica praticamente insormontabili.

«Come è il vecchio detto, mamma? Te la suoni e te la canti tutta da sola... Intendo a proposito della mia eccitazione senza felicità. Non farti idee sbagliate, in proposito. Sto attraversando un periodo bellissimo. Strano e bellissimo!»

«Sì, lo immagino. La mamma, Chicco, non vuol però sentirti dire niente di quello che forse stavi per dirle. Desidera solo sapere se Giò ti vorrà bene anche quando...» Tina ha una data in mente, una data insieme certa e incerta, da cui non può tuttavia prescindere. Vuol capire l'impossibile, vuol capire se Giò continuerà a star vicino al suo Chicco anche dopo quel certo giorno. Quello in cui... le manca la forza per dirlo con serena freddezza... in cui lei, mamma Tina, non ci sarà più e il suo bambino non avrà più nessuno che lo pensi e gli parli attraverso il tempo, attraverso lo spazio, in qualunque momento, giorno e notte...

«Non ho capito o non ho sentito la tua domanda, mamma. Ripeti. Che cosa stavi chiedendomi?»

«Pensi che Giò saprà starti vicino quando io non ci sarò più?»

«Tu, mamma, sei insostituibile. Giò è un'altra cosa!»

«Lo so che è un'altra cosa, non era questo che volevo sentirti dire.»

Hanno ancora un quarto d'ora di tempo, forse meno, prima che la visita finisca. Madre e figlio vanno avanti a dirsi molte cose senza parlare. Mamma Tina con l'anima e Chicco difendendosi dall'anima di lei.

«Ti ho portato...» dice a un tratto lui, accingendosi a salutarla per andar via e a porgerle un piccolo dono di congedo. Mamma Tina però fa un gesto come a dire: "No, non voglio. Non è così che ci dobbiamo lasciare. Il dono non lo voglio".

Adesso Chicco vorrebbe carezzare la sua mamma, posare un bacio sul capo di lei ma qualcosa lo trattiene. Tina, che si è fatta pettinare con particolare cura dalla suora apposta per l'occasione, non vuole quelle carezze e quel bacio. Anzi, tiene la testa più dritta che può: dritta, ben su, come la vecchiaia fosse solo saggezza, dignità e non sofferenza, paura, senso di esclusione. Morte.

«Io» si sorprende a dire Chicco come uno scolaretto che non sappia, dopo averlo pronunciato, che cosa aggiungere all'impegnativo, difficile, pronome di prima persona singolare. «Tu» gli fa allora eco Tina con la stessa espressione ironica e dolce con cui, tanti e tanti anni prima, interrompeva, prendendoli un po' in giro, gli sproloqui del suo bambino. «Tu...» dice di nuovo spalancando gli occhi che non vedono e guardandolo con il loro cieco, appassionato luccichio.

«La prossima volta, mamma, arriverò prima e staremo più tempo insieme. Lo prometto, anzi lo giuro.»

Mamma Tina adesso stringe un lembo del giubbotto di Chicco, strofina quel lembo tra l'indice e il pollice come volesse sentire insieme con la consistenza della pelle di renna quella del sentimento che lega il suo ragazzo a Giò. È forse quel suo stringere e carezzare il giubbotto l'ultimo gesto, il più istintivo e drammatico, d'una storia d'amore cominciata in quella che ormai sembra loro un'altra stagione del mondo. La stagione di Tina e del suo bambino.

Sul punto di varcare la soglia che divide la stanza, dove ha incontrato sua madre, dal labirinto di scale e corridoi di quell'edificio grande come un policlinico, Chicco attende spasmodicamente di sentirsi dire: "Torna a trovarmi presto, ti aspetto". È accaduto sempre così. Stavolta, niente. Silenzio. Tina non dice: "Ti aspetto". C'è invece il suo silenzio, ci sono le due o tre cose (quasi sicuramente terribili) che quel silenzio vuol significare. Sono, con ogni probabilità, le parole di un addio. La mamma sa di averlo perduto e lui sa che è vero. Lei morirà e lui avvertirà il dolore di non avvertire un vero dolore. Parlerà di lei con Giò e gli parrà di poter dominare, gestire, razionalizzare il proprio lutto. Eppure c'è stato un tempo... Chicco non resiste, qualcosa dentro di lui grida e così si volta a fotografare la mamma col telefonino. *Zip*.

«Allora grazie, suor Margherita. Per qualunque cosa mi chiami, anche di notte. Capisce che cosa intendo?»

Soffre, non soffre più, soffre un po' ma è anche felice nel modo anomalo che nasce dal desiderio amoroso. Poi, varcando il cancello del pio istituto, una sorpresa. Chicco quasi non ci crede. Ad aspettarlo, con uno stupendo sorriso color della lacca, c'è Giò. Come ha capito che trovarsi lì era la cosa da fare in quel momento? Giò, a volte, ha delle intuizioni che fanno quasi paura. È il diavolo...

«Non ci speravi, eh?» chiede, fissando Chicco. E lui sa che cosa significa quello sguardo e si sente mordere dall'emozione. Anche perché le cosce ambrate di Giò, strette al serbatoio della Kawasaki, sono da tempesta di testosterone. Con la parrucca bionda, il "décolleté androgino" (è proprio lui-lei che lo definisce così), la mini-minigonna a pieghe (da giocatrice di Coppa Davis) e gli stivaletti borchiati, Giò è davvero "la cosa" più desiderabile del mondo. Uomo? Donna? Uomo-donna? Chi se ne frega, dà-ii! Che importanza hanno certe fesserie?

«Sali, ti porto.»

«Come faccio con la macchina, Giò?»

«La lasci qui.»

«Poi?»

«Cazzo ne so, siamo nell'epoca della coca e tu fai queste domande? Se mi vuoi, sali. Spicciati.»

Adesso imboccano il grande raccordo anulare. Vanno inclinandosi, raddrizzandosi, inclinandosi fino quasi a toccare terra con un ginocchio e dando gas, accelerando e rallentando proprio come ballassero davanti alle telecamere. E sentono di avere dentro il dio del perfetto affiatamento. «Mortacci, come ti desidero» urla a un tratto Chicco, stringendosi alla schiena di Giò mentre la moto, assecondando quel momento magico, guizza sul filo dei quasi centodieci tra una fila di auto in sonnolenta marcia di avvicinamento a Roma, alla città sdraiata come un mostro sciroccato sotto un cielo denso e gonfio. *Svrooom!*

(*In due*, 2008)

Cuccioli

Era appena incominciato un aprile arioso e lucente. In un anfratto, che si apriva in un rudere romano simile a un dente scheggiato, c'era senza sapere di esserci un cucciolo quasi biondo e molto fragile. Non aveva nome e non sapeva ancora niente della sua natura canina. Lo aveva abbandonato là, non riuscendo neppure a piangere di quel suo gesto disperato, una giovane donna agile e magra, con grandi occhi spiritati.

D'istinto il cucciolo avrebbe voluto arrivare all'imboccatura di quella che, considerate le sue proporzioni, doveva apparirgli come una immensa e misteriosa caverna. Si drizzava così sulle sue minuscole zampe, cercava di camminare e ricadeva tremando. Allora guaiva disperato con una voce che faceva pensare al pigolare d'un uccello.

Lontano, da un'altra parte della città, c'era un ragazzo di nome Capparucci Tino ribattezzato da sempre Fischio. Non aveva nulla di propriamente canino nell'aspetto (bruno, d'una bellezza che faceva pensare chissà perché a un frutto aspro), era però portato ad amare i cani, tutti i cani, piccoli e grandi, come fossero suoi fratelli forse perché, senza saperlo, condivideva molti aspetti del loro carattere. Anche lui poteva, infatti, considerarsi un bastardo (aveva dei bastardi quelle paure che compensano un implorante bisogno d'affetto) e un randagio (apprezzava la libertà, avrebbe però apprezzato molto di più avere una casa, festeggiare la domenica con un piatto di fettuccine al ragù).

Il cucciolo e il ragazzo non sapevano, non potevano sapere nulla l'uno dell'altro e c'era forse una possibilità, una sola su un milione, che riuscissero a incontrarsi. Eppure le loro esistenze erano legate proprio all'eventualità di quel trovarsi, anzi dalla vita dell'uno sarebbe dipesa la sopravvivenza dell'altro. Senza contare che entrambi, il cucciolo e il ragazzo, condividevano una vocazione (anche i cani, a loro modo, ne possono avere una) che avrebbe assunto un peso determinante qualora le loro esistenze avessero avuto un futuro: tutti e due erano infatti portati a una trafelata, dolce fedeltà. Tutti e due rischiavano però di venir cancellati dal mondo prima di poter esprimere attaccamento e dedizione a chi avesse voluto loro solo un po' di bene.

Figlio unico di una maestra elementare nubile perché socialista al modo d'una pasionaria d'altri tempi, Fischio era cresciuto nel sottobosco d'un quartiere fra piccolo borghese e avventurosamente proletario. Palazzoni macchiati d'umido, palazzine voglio ma non posso, pratoni spelacchiati, rimasti lì a far da tappeto alle siringhe e ai preservativi, erano la sua misura del mondo e della vita. Un giorno che sua madre l'aveva guardato, dando segno di non riconoscerlo o quasi, frastornata com'era dai suoi incontri di femmina sempre in calore e un po' filosofa, Fischio aveva reagito con una scrollata di spalle gagliarda e molto particolare. Una scrollata di spalle piena d'amore non detto, non dicibile e definitiva come un addio. Dopodiché, quale immediata conseguenza, Fischio se n'era partito con quel passo spavaldo, quel passo che sembra cominciare nel chiuso arco delle spalle, quel passo che sottolinea il gusto vagabondo, ribelle dell'andarsene per non tornare mai più.

Ma ecco che cosa successe di fondamentale (di irreparabile) al ragazzo e al cucciolo in quel giorno d'inizio aprile.

Senza altro perché, se non quello di porsi in una posizione diversa rispetto al disco del sole, che aveva messo fuori raggi pungenti come aculei per sbucare dalla rigida camicia dell'inverno, Fischio arrivò a Monteverde Nuovo, lo attraversò senza badarci. D'altronde era avvezzo alle migrazioni, agli spaesamenti e persino alle fughe.

L'anno prima era scappato dal seminario (dopo solo tre settimane di chiuso e selvatico isolamento), ripetendosi con molta semplicità che mai e poi mai avrebbe rinunciato a cercare la felicità e il piacere che si possono ottenere attraverso il corpo e tramite i sensi. Non era però, questo suo, un programma realistico, figlio d'un desiderio istigato dall'esperienza ossia dall'abitudine di fottere e godere. Era invece un sogno titubante e insieme appassionato. Per strano che possa sembrare, considerando il suo aspetto gradevole e la sua esuberante indipendenza, Fischio poteva dirsi vergine e si riprometteva una straordinaria felicità dall'inevitabile incontro (domani, chissà quando, il tempo non aveva importanza) con un'innamorata bruna e magra come sono le "sardegnole" (definiva così le sarde). Se un tale incontro non era ancora avvenuto, la colpa andava attribuita al fatto che Fischio aveva la sensibilità di un poeta (profonda, capricciosa) ma la conoscenza delle parole d'un bambino di campagna anche se in pratica conosceva solo vegetazioni di cemento e di rado si era spinto oltre Torre Angela, oltre quelle strade assolate e perse nelle discariche abusive, nei prati pidocchiosi, nelle baraccopoli che fanno corona alla Capitale.

A metà dell'autunno, pochi mesi prima cioè, Fischio aveva preso il largo per la seconda volta (sgattaiolando via) da

Primavalle e dalla casa d'una zia originaria di Alatri, che non era proprio sua zia anche se lui la chiamava zia Irma. Si era "dato" perché quella gli rivolgeva continui sguardi che, insieme a un'affettuosità troppo amorosa, suscitavano in lui un'impressione malinconica confinante con l'odore (lo detestava) della varecchina. Così, senza farsi domande, ogni tanto fermandosi per non lasciar capire le sue vere intenzioni e guardandosi intorno come chi non sa se proseguire o tornare sui suoi passi, era trotterellato dietro agli incantamenti (in verità un po' scalcinati come la loro giostra dipinta di celeste con stelle d'oro sbiadito) d'una famiglia di girovaghi biondastri e dalle facce larghe, un po' cattive.

Per tornare a quel giorno d'aprile, una volta lasciato Monteverde Nuovo e spostandosi senza una meta, Fischio aveva finito col raggiungere la stazione di Trastevere. Si era quindi spinto, con andatura sbadata e pigra, nei dintorni di porta Portese. Qui aveva incominciato ad annusare l'aria come gli accadeva quando, dall'indistinto d'un appetito mai veramente soddisfatto, tornava ad annunciarsi in lui non proprio la fame (quella era abituato a snobbarla) ma un prepotente, preciso, bisogno di mettere qualcosa nello stomaco. Aveva allora attraversato ponte Sublicio, imboccando via Marmorata e girando poi in via Galvani fino a raggiungere il Monte de' Cocci, dove si era appartato per vuotare la vescica e per guardarsi l'uccello con una strano bisogno di volersi bene. A questo intermezzo era succeduta una voglia struggente di pane fresco e mortadella. Non potendosela però pagare e sapendo per esperienza come superare certe necessità, Fischio si era addormentato vicino a un capannone industriale. A cullarlo, addolcendo lo sfinimento, era intervenuta una ruvida ma tranquillizzante voce maschile che sopraggiungeva puntuale a riempire i vuoti lasciati dalle linguate di drago, dai soffi rabbiosi e sibilanti d'una saldatrice dalla fiamma (poteva immaginarla anche senza vederla) blu elettrico e viola veleno.

Prima Fischio dormì, poi dormicchiò, quindi tornò un'altra volta a dormire come non volesse più svegliarsi. Anche il cucciolo – venuto al mondo in casa di un'anoressica mangiata viva dagli alti e bassi d'un suo ex compagno ex tossico o quasi – anche quel cagnetto dal pelo color ottone appannato adesso dormiva profittando del silenzio che regnava nell'anfratto e fra i ruderi che gli stavano intorno.

Chissà che ora poteva essersi fatta quando, tirandosi su dal buio della propria ombra, Fischio riprese a camminare. I piedi lo condussero verso la Piramide Cestia, successivamente verso l'Aventino. Una signora molto elegante, lungo una salita fiancheggiata da ville anche loro eleganti, incrociando Fischio rimase colpita dai suoi occhi. Le ricordavano infatti quelli d'un golden retriver cui aveva voluto molto bene. Siccome si stava recando da una sua nuova amica francese, con l'andatura accelerata e però fintamente riluttante di un'innamorata che non vuol confessarsi di esserlo perché ha paura non tanto dell'omosessualità in sé ma di riconoscersi nella parola "omosessualità", la signora colse al volo l'occasione. Per alleggerirsi del groviglio emotivo, che si sentiva dentro, guardò Fischio e lo esortò: «Coraggio, la vita è bella!». Subito dopo, contando sull'effetto prodotto dai suoi capelli biondi tagliati corti ma non cortissimi, la signora scosse la testa con allegria e sorrise allontanandosi. Il suo collo bianco e sottile, il suo passo che rimbalzava leggero sui mezzi tacchi dei mocassini un po' da educanda, le sue gambe né troppo sottili né troppo forti si tradussero, nella mente di Fischio, in una sola parola: donna. Una parola che riempì, come avrebbe potuto fare una girandola formata da molti pensieri, un tempo piuttosto lungo.

Più tardi, quando la luce viola delle insegne dei bar venne a farsi più forte della luce del giorno, Fischio entrò in una tabaccheria. Avrebbe voluto comperare un pacchetto di sigarette ma, per motivi contingenti, si orientò sulle liquerizie gommose chiamate Morositas che potevano, in certi casi estremi, costituire un nutrimento leggero e sazievole, sostitutivo della cena.

Alla tivù, posta mezzo metro più in alto dei capelli bianchi e lucenti del gestore della tabaccheria, stava frattanto andando in onda una reliquia filmata: Lucio Battisti, in primo piano con un'aureola di riccetti intorno al viso mezzo da putto e mezzo da arcangelo, cantava: «Conosci me, la mia lealtà...». Fischio si sentì allora scuotere da un singhiozzo secco, una specie di *ugh ugh*, che gli fece rientrare pancia e stomaco all'altezza del giro vita. «Moriammazzato!» disse piano con le labbra che gli tremavano dalla commozione.

«Conosci me, la mia lealtà...» Fischio non smetteva più di cantare mentalmente intanto che il rosa laggiù, oltre il gasometro, andava cambiandosi in un arancione carico prima di venir inghiottito dall'avanzare d'un violetto tramezzato di bluastro.

«La musica, la vita, 'sti cazzi!» ragionò a un certo punto Fischio, seguendo la melodia che gli suonava dentro.

Quella canzone di Battisti, forse perché l'aveva sentita la prima volta fra le dune di Castel Porziano mangiando una fetta di pizza (saporita di acciughe, con il pomodoro morbido e fresco che sgocciolava sulla mano), gli piaceva anche più del grido d'amore algido e insieme rovente di Gianna Nannini. Quello che ti si porta via spavaldeggiando: «Questo amore è una camera a gas, è un palazzo che brucia in città...».

Il ricordo di quella canzone di Lucio Battisti era uno dei più belli e canini (per l'avidità, la gratitudine, la fame saziata) della vita di Fischio perché legato a quella trancia di pizza, praticamente bevuta, più che mangiata boccone dopo boccone, fra vento sabbia mare e sole. Gli era stata offerta al volo, con amicale rispetto («Nutriti, dà-ii!») anche se lo vedevano per la prima volta, da due ex giovanotti (adesso professori brizzolati, coperti dal loro passato nelle file di Lotta continua come da una vernice metallizzata) e dalle loro mogli-ragazze cresciute nel mito della Rivoluzione mancata. «Approfitta dà-ii, non fare lo stronzo! Anzi lo strùnzo!» Ridevano incoraggianti, profittando della loro virile e consapevole serenità ideologica.

Fischio considerava il Movimento con famigliarità affettuosa e prepolitica, sapendone in pratica anche quello che non sapeva, avendolo vissuto, sentito, patito attraverso sua madre. Attraverso quei compagni che sua madre, prima di farne dei ruvidi amanti, idealizzava spingendoli (per ammirarli di più) a dire la loro, a comiziare nel tepore della cucina. A tale fine li provocava su Lenin, il Congresso di Livorno, Angelo Tasca, su cui era particolarmente ferrata, e su quel grande paraculo di Mao. Una volta avviato il discorso, non senza mettere sul tavolo qualche fettina di salame "per chiamare il vino", li ascoltava a bocca aperta qualunque minchiata dicessero. Non senza ripetere ogni tanto, se Fischio era presente, «Impara!».

«Conosci me, la mia lealtà...»

Il giorno adesso moriva in una luce di cenere. Le strade perciò si svuotavano e le cucine si riempivano ospitando il cristiano profumo delle minestre. Di quella tregua, o pausa, il destino (in combutta con il caso) approfittò per mettere Fischio davanti a un bivio.

Stava ancora camminando senza una meta. A un certo punto se avesse preso verso destra, in direzione della chiesa di San Saba, niente sarebbe successo: lui e il cucciolo dalle orecchie trasparenti e dal guaire sfinito, non si sarebbero incontrati. Invece Fischio venne raggiunto dal profumo e conseguentemente dal desiderio languido, buonista appunto, d'un piatto di minestrone. Andò perciò dalla parte di quel profumo commestibile, fiutando a tutto spiano l'aria.

Superò una palazzina illuminata come la Betlemme d'un Presepio. Camminò ancora qualche minuto lungo una strada alberata e senza più abitazioni, cauterizzando l'appetito con due Morositas. E si trovò davanti, in un'immensa e suggestiva panoramica da superschermo, le Terme di Caracalla fredde, deserte e magnifiche.

Si fermò pochi secondi perché stregato da quel paesaggio turrito, spettrale, abitato da legioni di animali viceversa indifferenti a quel glorioso spettacolo come guide turistiche. Con i topi, le lucertole, gli innocui serpentelli, a quanto ne sapeva Fischio, avrebbe anche potuto esserci Kociss con i suoi indiani. La fame, che favoriva in lui le fantasie più improbabili e peregrine, lo portò a pensare proprio ai pellerossa, ai segnali di fumo, alle squaw vestite di pelle.

Fu probabilmente in quel momento, o poco dopo, che Fischio colse nell'aria un uggiolare fragile e sfinito. Al limite. Guardò, cercò di scoprire da dove provenisse un tale lamento. Finalmente, puntò lo sguardo verso un rudere simile a un lungo dente annerito. A un'altezza di quattro o forse cinque metri da terra, scorse una nicchia e là, come fossero inquadrate da una cornice, riuscì a distinguere, meglio a indovinare, le tenere orecchie trasparenti e il piccolo muso umido del cucciolo.

Fischio sentì d'impeto, senza neppure il bisogno di tradurre quell'emozione in un pensiero, di aver trovato il compagno che cercava. Fabbricò così intorno a quella creatura intravista per un istante l'affetto che era rimasto per troppo tempo chiuso, inespresso dentro di lui.

«Arrivo, sta' calmo. Calmissimo» disse perciò con voce già percorsa da un inconfondibile accento di famigliarità. Prese quindi ad arrampicarsi, quasi sentendosi nel palmo della mano il palpito di quella fragilissima vita canina. «Arrivo, cucciolo. Buono.» Fischio tornò a far sentire la sua voce. Infilava intanto i piedi in una rientranza e poi in un'altra, si aggrappava con le dita a una sporgenza e poi a un'altra. Si issava.

Salì forse tre metri, poi ebbe un capogiro. La fame, senza dubbio. Non seppe più tenersi e volò all'indietro, a braccia spalancate. Come un Cristo in croce. Cadde, battendo la testa e tenendo gli occhi puntati verso la trasparente immensità di quella tersa notte d'aprile.

Non passava anima viva, nessuno vide niente dell'accaduto. Se non fosse stato trovato presto, molto presto, il cucciolo sarebbe sopravvissuto solo qualche ora al suo virtuale amico e mancato salvatore. A Capparucci Tino, detto Fischio, che aveva sognato per un dolcissimo attimo, prima del suo mortale ruzzolone, di starsene appoggiato a una vecchia chiesa del centro storico (Sant'Agostino, magari) con la chitarra e in compagnia d'un cane, d'un suo fratello cane, dal pelo biondo e dai grandi occhi dolcemente innamorati della fedeltà.

(*In due*, 2008)

Anime in ghiaccio

Un'anima in ghiaccio

"Sono solo e sono infelice. La mia solitudine e la mia infelicità non sono tuttavia solo il contrario della compagnia e della felicità. Sono anche un'altra cosa, molto più complicata e più reale" si disse un pomeriggio Giulio, uno scapolo piuttosto ricco e apparentemente senza età (anche se si capiva che doveva essere ancora piuttosto giovane). Piovigginava. L'aria aveva qualcosa di molle, proprio come il giorno in cui lui era nato. Un ormai lontano martedì di febbraio, qualche anno prima della seconda guerra mondiale.

A tale proposito, dieci minuti più tardi, Giulio si disse ancora: "Morire non è solo il contrario di nascere". Ma questa, chissà perché, gli parve una forzatura un po' infantile e, dunque, un po' triste.

Il suo nome, Giulio, era stato il frutto di un delicato compromesso. Sua madre Enrica, una donna esile ma prepotente e nervosa, avrebbe voluto chiamarlo Guido come il nonno. Il padre, l'ingegner Filippo (ingegnere onorario, ingegnere nei modi e nella mente ma non nella vita, dal momento che non si era mai laureato), aveva obiettato con inusuale perentorietà che Guido era un nome "un po' da ebreo".

«Chi te lo ha detto? Tu sei matto e ignorante, anzi più che matto e ignorante sei cattivo. Marcio dentro e cattivo!»

A queste rimostranze della moglie, Filippo aveva risposto pacatamente (anzi, secondo l'interessato, "pacatissimamente"). Aveva ricordato, con un sorriso di tollerante superiorità sulle labbra, tutti i Guido di religione ebraica che aveva conosciuto nella sua vita. «Compreso quello strozzino del nostro orologiaio e non escluso tuo padre» aveva a un tratto tagliato corto Filippo, guardando Enrica e rabbuiandosi un po'. Anzi, un bel po'.

Dal giorno del suo primo vagito Giulio, destinato a non avere fratelli, era stato sommerso di premure. Così a quattro anni, nella bella casa vicina a Villa Borghese (pavimenti di legno color miele e finestre piene di luminosi cieli romani), il piccolo si era inconsapevolmente ribellato. Aveva attentato (senza molto impegno, in verità) alla sua salute, prendendo a soffrire di quella stitichezza che lo avrebbe poi accompagnato fino al suo ultimo giorno.

Mademoiselle Mariette, l'istitutrice francese, forse perché turbata dagli echi di un'Italia sempre più marziale e intollerante (era una straniera, dopotutto), dette al pur modesto fenomeno una rilevanza immeritata. Una rilevanza da mettere anche in relazione con il suo rapporto molto particolare, non proprio sano (si direbbe oggi), con purghe, purganti, cannule, clisteri, supposte. «*Aujourd'hui aussi*» squittiva di fatto con incontenibile eccitazione, ragguagliando prontamente di ogni stentata o mancata evacuazione dell'*enfant* l'ebrea (come fra sé definiva la "*maman*" di Giulio).

A soffrire più di ogni altro della stipsi ostinata del piccolo fu certamente il vecchio pediatra. Più vicino nell'aspetto a un sacrestano che a uno scienziato, fu sostituito senza preavviso da un più giovane e ambizioso medico triestino. Un mezzo pazzoide, senza dubbio non privo di ingegno che, dopo aver palpato l'addome di Giulio con mani gelide e ostili (così, almeno, le avvertì l'interessato), si slanciò in una sorprendente diagnosi più tardi definita dall'ingegner Filippo "un increscioso numero da fiera".

Senza dar tempo ai genitori di aprire bocca, collegò le malinconie («Malinconie? È sicuro?») e gli altri disturbi del bambino (compresa la stipsi, chissà perché molto sottovalutata) a qualcosa di assai più vasto e complesso. A tal punto che il triestino, il pazzoide, giunse a evocare i cicli mestruali della signora Enrica.

«Come ha detto, scusi?» non poté trattenersi allora dal chiedere il capofamiglia, improvvisamente sbiancatosi. La moglie, che ben lo conosceva, temette il peggio e si affrettò a congedare il nuovo pediatra. Non senza fargli segno, in qualche modo, d'essere stata molto colpita dalle sue parole. In primo luogo come donna, femminilmente!

Ma la cosa non finì così. In effetti la parola malinconia, pronunciata con indubbia competenza, entrò stabilmente nell'orizzonte emotivo di mamma Enrica. Al punto che, povera donna, non avrebbe più smesso di chiedere al piccolo Giulio, al suo "pallidone" come le veniva adesso di chiamarlo, «Ma che hai oggi? Non sei contento? Ti senti triste? Perché? Di che? Dillo alla tua mamma, dillo a lei!».

Poi scoppiò la guerra. Quando le minacce sospese nell'aria (le minacce legate ai bombardamenti ma anche alla scomoda, scomodissima realtà costituita da quel nonno ebreo) si trasformarono in concreto pericolo, Giulio e la signora Enrica lasciarono Roma e si rifugiarono in Svizzera. L'"ingegnere", viceversa, rimase nella Capitale trattenuto dai suoi affari e forse da una certa Tilde, una cameriera di sicuro molto intraprendente.

Uno sventurato giorno, quando la pace era ormai molto vicina, Filippo venne giustiziato. Furono i partigiani o furono i fascisti a porre fine alla sua esistenza? Giulio non si interessò mai di saperlo e non si dette la pena di ricercare la verità.

«Ti manca il coraggio» andò avanti a provocarlo per anni mamma Enrica, cercando di vincere quella che le sem-

143

brava un'inammissibile indifferenza; una sciagurata tiepidezza nei confronti della figura paterna.

Subito dopo la guerra, madre e figlio tornarono a abitare nel lussuoso appartamento a due passi da Villa Borghese. Un domestico (Carlo), un autista (Italo) e lo zio Fabio (fratello di Enrica) sostituivano, a seconda delle necessità, il defunto Filippo.

Tutto per il meglio, sembrò da principio.

A sedici anni tuttavia, insieme con una nuova forma di malinconia che resisteva anche alla *profiterole* e alle telefonate di una certa Lidia, Giulio scoperse *La trota* di Schubert e fu attraversato da un impotente desiderio di esprimersi artisticamente.

Ansiosa come e più di sempre (l'avrebbe ripagata di molte amarezze avere un figlio musicista, magari primo violino se non proprio direttore d'orchestra), Enrica finì col pronunciare troppo presto la parola "conservatorio". E Giulio la punì, si punì, punì il mondo, dichiarando di non avere orecchio e chiudendosi, anzi barricandosi in questa sua convinzione.

In seguito, forse perché il suo profitto scolastico lasciava sospettare più che la negligenza un certo grigiore intellettuale («Il ragazzo stenta...» «Il ragazzo fatica...»), Giulio si sforzò di riconoscere in sé i germi di una vocazione artistica e per un attimo pensò che sarebbe potuto diventare un *bohémien*. Andò dieci giorni a Parigi, da solo. Decise, sia pure sulla base di una scarsa informazione, che i suoi pittori preferiti erano Toulouse-Lautrec e Schiele. Anche stavolta, però, tutto finì prima di incominciare.

«Ti manca la costanza, ecco il punto» si lagnò la signora Enrica, che tuttavia l'egoismo (lievitato in lei con la menopausa) salvava da ben più realistiche preoccupazioni. Che avrebbe fatto, nella vita, "un'anima in ghiaccio" come suo figlio?

Divenuto nel frattempo un omone grande e grosso, proprio come possono essere talvolta grandi e grossi i tedeschi, Giulio si sentì portato dalla solitudine (non aveva una ragazza, non vedeva mai nessuno) a lasciarsi crescere un folto barbone. Un barbone, spolverato d'un rosso vicino ai riflessi d'un bel fuoco di legna sul rame, che lo faceva assomigliare a un frate cercatore o forse a un rabbino ashkenazita o, più semplicemente, a un medico di campagna d'altri tempi. Forse ispirato dal suo stesso aspetto, scegliendo come quasi sempre gli avveniva senza scegliere davvero, Giulio si era iscritto alla facoltà di architettura e non senza fatica, a piccole tappe, era anche riuscito a laurearsi.

Per qualche tempo, credendo di vedere quel che probabilmente non c'era e non vedendo viceversa quello che andava visto, Giulio aveva progettato di dedicarsi all'approfondimento di Frank Lloyd Wright. Ma poi, senza una ragione purchessia, l'entusiasmo aveva fatto posto a un totale disinteresse.

Alla morte di sua madre, cui reagì con sostanziale apatia, il neo architetto (non si sarebbe mai provato tuttavia a esercitare la professione) lasciò l'appartamento vicino a Villa Borghese, fattosi troppo spazioso per lui solo.

«Meglio affittare» fece sapere al suo amministratore, incaricandolo di occuparsi (senza beninteso creargli problemi) della vendita dei mobili. Dopodiché Giulio si trasferì in un "attichetto", un bicamere che puzzava lontano un miglio di *garçonnière*, non lontano da Villa Torlonia.

Adesso aveva trentadue anni, molto denaro, nessun vero amico e la sera, tornando a casa dal cinematografo o dal ristorante, appoggiava la testa ai vetri della finestra (in genere quella della cucina) e piangeva. Piangeva perché immaginava le tenebre di una notte sconfinata, perché la sera di domani sarebbe stata uguale a quella di oggi e di dopodomani. Piangeva a grandi lacrime fin quando una sottile, perfida angoscia veniva a asciugargli gli occhi (e anche l'anima).

Si può morire di tristezza? Forse sì, ma Giulio non sapeva di essere così triste, al punto che nessuno avrebbe voluto passare il Natale con lui e i cibi più profumati, una volta nel suo piatto, sembravano ritagliati da una natura morta. E siccome qualcosa doveva pure succedergli, dal momento che continuava a vivere, gli accadde di scoprire le donne o, almeno, un certo tipo di donne.

Iniziò così, nell'esistenza del barbuto architetto, una vera e propria processione di ex ragazze ancora piuttosto graziose ma in procinto di diventare zitelle. Avevano sempre addosso qualcosa di delicatamente rosa o di vaporosamente giallo o di verde pistacchio. Si chiamavano Lia, Livia, Ester, Mara, Grazia, Graziella...

Queste signorine, in lotta perdente con la noia e con le prime vere rughe (quelle che compromettono l'integrità del collo, che offendono la luminosità del sorriso), presero il posto, nelle oziose giornate di Giulio, del lavoro, delle amicizie e, in genere, della socialità.

Lui non frequentava cocktail, ricevimenti e così via. Dove trovasse perciò le sue "fidanzate", che finivano oltretutto col somigliarsi (stessa cipria molto pallida, stessi capelli pettinati con la lacca) anche quando non si somigliavano, è praticamente impossibile stabilire. Molto ma molto difficile anche immaginare i primi approcci tra Giulio e le sue conquiste (o prede?), il procedere di certo stentato della conversazione con creature che sedevano (come scolpite nel silenzio), camminavano (solo fino allo sportello dell'auto, svogliatamente), mangiavano (poco, calcolando frattanto le calorie), baciavano quando baciavano (con un'indifferenza sottolineata da piccoli rumori elastici e setosi). Per più tardi, una volta rotto il ghiaccio, condursi come se primo, fondamentale dovere etico di una donna fosse quello di riportare a casa intatte, freschissime la camicetta e la gonna. Nemmeno fossero appena uscite dalla boutique.

Dopo una prima alla Scala (anche poco allettante, del tipo *Simon Boccanegra*) o altrimenti un fine settimana alle Terme di Saturnia, Giulio si sentiva autorizzato a mutar di umore. Incominciava a costruire intorno alle sue partner, alla loro reticenza conseguente all'educazione fra medio e piccolo borghese un complesso edificio di sospetti, di indizi, di dubbi, di fraintendimenti volti a eccitare la sua taciturna, possessiva, viziosa gelosia.

La "rottura" avveniva dopo quattro o cinque mesi, senza lacrime, con la complicità delle mezze stagioni (in modo da non scombinare le vacanze al mare o la settimana bianca).

Un lunedì notte, dopo aver riaccompagnato a casa Simonetta (succeduta da meno di tre settimane a Livia), Giulio fu tuttavia attraversato da un'intuizione. Capì, d'un tratto, che non avrebbe più funzionato. "Proprio così, non me ne frega più niente" si disse, cercando più o meno consapevolmente di riattizzare il focherello della gelosia e di tornare a goderne i piccoli, un po' sudici tormenti. Ma no, niente, era finita.

Due settimane più tardi, come si scopre di essersi presi il raffreddore, Giulio seppe di avere addosso una malattia mortale. Il resto fu semplice, quasi meccanico.

Un venerdì alle due del pomeriggio – c'era un sole molto acceso in un cielo gelido, d'un azzurro assolutamente romano – preparò una valigia piuttosto leggera, scrisse un biglietto alla donna delle pulizie e chiamò un taxi, dopo aver parcheggiato la sua automobile con un curioso sorriso. Un sorriso che copriva un tremito, un infantile tremito delle labbra.

All'autista del taxi Giulio diede l'indirizzo di una clinica di lusso, aggiungendo con voce un po' soffocata «Forza, andiamo» e iniziando a morire in quel momento.

(*Amarsi male*, 1998)

Lettera da un luogo segregato

Senza data

A trattenermi furono il verde e il blu d'un lampo che, mutandosi in tuono, rotolò sulla magnolia, quindi entrò fra quelle mura spoglie dando voce al tempo e all'immobilità del vecchio padiglione.

«Gli echi, qui dentro, hanno un suono spento. Non si concludono suscitando, in chi ascolta, l'impressione d'un punto esclamativo nel silenzio» avrebbe voluto essere il mio commento. Obbedendo alla disciplina del giornalista, che dice quel che conviene e non quello che potrebbe dare finalmente espressione alla sua anima, mi limitai però a osservare, senza rivolgermi a nessuno in particolare: «Speriamo che la pioggia porti un po' di fresco!»

«Me lo auguro anch'io» rispose una voce prosciugata da un'ansia che sembrava succhiarne ogni coloritura calda o affettuosa. Fu proprio l'ansia, dunque, a annunciarmi quella creatura prima ancora che ne conoscessi il volto. Seguì qualche parola di generica cortesia. E finalmente, uscendo da un'incerta semiluce e prendendo corpo dal piatto biancore d'una parete, una figura dai contorni anco-

148

ra incerti si fece avanti: «Mi chiamo Elvira. Sono qui da cinque anni!»

Una suora, più veloce d'una rondine in volo radente, ha tagliato diagonalmente il corridoio. Che cosa servirebbe, Paola mia, descriverti la luce lattea, riferirti l'impressione del suo piovere in fasci ampi, lenti, dai finestroni come in una pittura dell'ultimo verismo lombardo? Frattanto gli odori, che credo tu immagini, erano quelli cagliati e raffermi di qualunque clausura.

«Le piacciono, signore, i nostri alberi?» mi ha chiesto Elvira, schiarendosi la voce per darle forza e suono sufficienti a farsi udire.

Frattanto un rumore indecifrabile e scenografico, che avrebbe potuto essere anche un grido o il ruzzolare d'una sedia, è venuto da una stanza in fondo a uno dei tanti corridoi. Chissà quale, chissà dove. Tanto che il pensiero di quella lontananza, la consapevolezza di quel luogo labirintico si sono impossessate per un attimo di me, dei miei pensieri. Per riappropriarmi di me stesso, mi sono affrettato a rilevare: «Sarà stato un altro tuono, forse più lontano. Ancora non riesce a piovere.»

«No, signore, non è così. Io so, io so...»

Se chiudo gli occhi, anche per un solo attimo, torno a rivedere quella creatura. Una creatura del dolore in cui non riesco a ravvisare una donna, con il suo diritto alla vita. Agli alti e bassi della vita.

«È buffo, anche se non credo che buffo sia la parola giusta. Tutti dicono che i nostri alberi sono così belli e noi siamo tanto fortunate ad averli. Fortunate, è proprio così che ci definiscono. Pensi!»

«Che pianta è quella laggiù, vicino alla magnolia?» ho chiesto per prendere tempo, rinviando di qualche po' quella che pensavo sarebbe stata una rivelazione inquietante. «È vero, in ogni caso, Elvira: avete un giardino bellissimo. Non è d'accordo?»

«Non ci ho mai pensato. Non ho mai pensato, in questi termini, al nostro giardino e ai nostri alberi. Per me rappresentano qualcosa di diverso.»

Avevamo preso a camminare, inseguiti da un'assordante frastuono come qualcuno che battesse freneticamente le mani davanti a un amplificatore o facesse un fracasso indiavolato con un martello. Ho guardato con inquietudine, interrogativamente, la volta dell'andito dove adesso ci trovavamo. Quel fracasso pareva trovare forza schiantandosi rabbioso contro i motivi a crociera del soffitto, contro quelle costole e quelle vele di stucco ingiallito. Perché pensavo all'inferno, al suo essere estremo e monotono insieme? Perché? Non mi sentii comunque di chiedere che cosa producesse quel clangore: ero certo infatti che, qualunque ne fosse l'origine materiale, esso fosse espressione d'una sofferenza senza più parole, una sofferenza sfuggita alla razionalizzazione del pensiero.

Tu sai bene, Paola, quanto interesse abbia sempre suscitato in me la malattia mentale: adesso ci ero immerso, la respiravo.

«La vita di fuori, gli impegni. Forse lei ha fretta.»

«No, nessuna fretta.»

Fu allora che guardai davvero Elvira, cercando di fissarla nel mio ricordo come la sua dignità meritava. Che dirti? Come descrivertela? Pensa a una donna molto piccola, non a una creatura insignificante o misera però. Immagina dunque una signorina di mezza età, in altri tempi d'aspetto forse gradevole, che abbia fatto del suo corpo minuto e della sua fragilità un modo d'essere. Cerca altresì di figurarti una dignità residua, conservatasi da tempi migliori e tale dunque da incuriosire. La sua espressione? Era come se un trauma, qualcosa di molto lontano e di tuttora presente, l'avesse congelata. Era l'espressione infantile d'una persona appassita senza invecchiare, fermando la vita senza fermare il tempo.

«Aveva già visitato questo luogo? Era mai stato prima tra noi, signore?»

«No, mai!»

«Ha sentito? Ho detto proprio tra noi! Non è strano? Come io non fossi sola, anzi molto peggio che sola qui!»

I capelli di Elvira, un tempo, devono essere stati d'un biondo sfumato e malinconico. Ma a raccontare di lei sono soprattutto gli occhi. Supponi un vortice. Nel momento in cui sembra inghiottirti, in quello già ti ignora e t'abbandona.

«Mi ha appena detto di sentirsi peggio che sola. Che cosa voleva intendere, Elvira?»

«È per via della cattiveria, soprattutto.»

Un'angoscia tenace, il ripetersi ossessivo di domande formulate sia pure mentalmente, in tono bassissimo e uguale, devono avere, giorno dopo giorno, soffocato in Elvira un'intelligenza altrimenti votata all'affettuosità. Una di quelle che, tu e io, chiamiamo intelligenze del cuore, desiderando sottolinearne lo slancio emotivo e la dolcezza.

«Non avrei dovuto lasciarmi mettere qui. In un pensionato (da dove, da quale esistenza le veniva questa parola?) sarei stata meglio.»

Mi chiesi quando avesse saputo che un giornalista, cioè io, sarei giunto in visita. Sentivo in ogni parola di Elvira la concentrazione di chi si è preparato a un incontro, andando su e giù per la sua stanza. Di chi, passando dall'armadio al comò distratto da un'attesa sognante, quasi dimentica il suo vero scopo: farsi bello e scegliere con attenzione la camicia meno sciupata, le scarpe migliori.

Ecco, sì, comunque fossero andate le cose Elvira doveva aver indossato quanto di meglio conservava in un guardaroba (per definirlo così) liso e un po' muffito. Il suo aspetto, ho ragionato, deve essere la materializzazione della sua anima. È stato in quel momento che mi sono accorto delle sue rughe come sporcate da una sottile polvere di matita.

Venature che attraversavano una pelle senza sangue, troppo sottile, sia per conservare il calore della vita che le impronte d'un destino fatto di eventi materiali.

«Cinque inverni e cinque estati possono essere interminabili, signore. Forse chi sta fuori non sa che il tempo qui è una somma anomala, precisa negli addendi e confusa nel risultato. Un giorno più un altro giorno, una settimana più un'altra settimana, una stagione più un'altra stagione alla fine si confondono!»

«Mi perdoni, Elvira, per tutto quello che non capisco. Ma ci sono cose delle vostre vite che un estraneo stenta ad afferrare...»

«Tutto il tempo passato qui forma una coltre nebbiosa ma pesante, che preme: lo vede? Proprio qui, dove poso la mano. Sullo stomaco, sul petto...»

«Mi dispiace, proprio mi dispiace Elvira, che lei non si trovi bene.»

«Non farà, però, il mio nome quando scriverà di questo luogo.»

«No, se è questo che vuole. Lo prometto!»

Elvira si è fermata, ha aperto una porta.

«Del resto non avrebbe niente da dire di me. Da quando mi hanno dato questa stanza tutta per me, ho ripreso a leggere. Vuol dire tanto, mi creda.»

Non saprei proprio come suggerirti un'idea di quella che Elvira ha chiamato pomposamente stanza, senza lamentarne sia pure fuggevolmente le dimensioni. Stanza? Piuttosto uno scampolo di corridoio, compreso tra una finestra e una porta.

«Entri, la prego. Non stia sull'uscio.»

Il tono di Elvira s'era fatto fervido, come percorso da una febbre. I suoi occhi lustravano.

«Complimenti!»

«Per che cosa?»

«Per la cura con cui tiene questa stanza»

Parlare di ordine, come possiamo intenderlo tu ed io, non renderebbe l'idea d'una disposizione rigida e precisa di ogni oggetto, di ogni suppellettile, di tutto. Un ordine che aveva qualcosa di inquietante, di crudele. Già, proprio così, di crudele. Non saprei trovare altra parola.

«Vede, signore, cerco di avere rispetto di me stessa. In un luogo come questo il rispetto di sé è una difesa. A volte, forse, la mia testa... Lei capisce, no? Qui ho una bella vista sul parco, le piante sono gentili con me. Così, quando apro la finestra e loro guardano dentro, voglio che non debbano dispiacersi. Eppoi laggiù... guardi, proprio laggiù, in direzione del mio dito... ogni tanto viene a affacciarsi un bel gatto rosso... Sa, sto molto attenta a non guardarlo troppo. Non voglio affezionarmi, non voglio. Capisce? Non voglio più, mai più affezionarmi e soffrire. Basta! Capisce?»

«Si calmi, Elvira. Sono suo amico. Si calmi.»

«Mi scusi ma ho le mie ragioni!»

«Posso vedere che cosa legge?»

«Mi piacciono le poesie e i racconti molto brevi.»

«Di quali autori?»

«Oh no, gli autori non sono importanti per una come me. A me piace conoscere, vedere e sentire quello che non ho mai visto e sentito. Lo sa? È proprio questo il motivo per cui non mi possono soffrire. Io sono diplomata, io ho studiato. Non sono come gli altri ospiti. Pensi che qualcuno mi scambia per una visitatrice o per un'infermiera. Lo dico a bassa voce perché le suore sono gelose, guai se mi udissero.»

«Le faccio una domanda, lei risponda solo se vuole. Se si sente. Come mai è finita... sì, insomma...»

«Fra i matti? Lo dica, lo dica pure.»

«No, Elvira, non è propriamente questo il senso della mia domanda. Forse mi sono espresso male. Non voglio mettere il naso nella sua cartella clinica. Intendo chiederle perché non si trova a casa sua, fra le sue cose e i suoi affetti. Vorrei sapere qualcosa del suo mondo, di quella che altri chiamerebbero la sua cultura.»

«Lei ha una voce da persona buona, ecco perché le rispondo. Non mi fido di lei ma mi fido della sua voce!»

Elvira ha riso e mentre rideva le lacrime le sono scivolate sulle guance.

Scuoteva leggermente la testa e mi sono accorto, in quel mentre, del suo collo sottilissimo. È stato allora, capisci Paola, che ho sentito, ho realizzato di avere davanti una creatura. E quella creatura adesso è ancora là, viva, a scontare giorno dopo giorno un destino senza speranze...

«So perché mi dice questo. Ha ragione. Dimentichi, però, che sono un giornalista. La prego.»

«Vivo sola fin da quando ero ragazza, al tempo della guerra. Ma questo non c'entra. È curioso, signore, di sapere perché sono qui?»

«Non mi chiami signore, Elvira. Il mio nome è Antonio. Mi chiami Antonio e non signore. Me lo promette?»

«Anzitutto, come le accennavo, sono diversa dagli altri ospiti perché ho il mio dolore. Un dolore vero, reale. I pazzi non soffrono, ossia soffrono più di noi, soffrono disperatamente ma senza un dolore oggettivo. Hanno nella testa il fuoco o la terra piatta, arida e deserta della follia. Li conosco bene ormai, mi creda. Non c'è da fidarsi di loro, sono i veri alieni. Hanno un'idea diversa della cattiveria e della bontà. Una di loro, una signora con tutti i capelli dritti perché non sono capelli ma antenne di ricezione, quando non la vede nessuno cammina in un modo strano... Non so descriverglielo. Mentirei se le dicessi che cammina come fosse abituata a posare i piedi su un tappeto di polvere astrale, una polvere d'una consistenza diversa da tutte quelle che noi possiamo conoscere...»

Elvira si è fermata, rabbrividendo, Le sue mani si sono cercate, hanno cercato l'una la compagnia dell'altra, stringendosi convulsamente.

«Lei, Elvira, è una creatura molto, forse troppo sensibile.»

«Lasci stare, preferisco che non mi parli così.»

«Così come?»

«Come volesse rinsavirmi. Adesso le dico perché mi trovo qui, in questo manicomio. Ecco, vede, mi occupavo di bambini.»

«Era istitutrice?»

«Mi occupavo di bambini ma non per necessità. Mi piacevano e mi piacciono. Così, quando una mamma del vicinato aveva bisogno di affidare a qualcuno il suo piccolo per qualche ora, sapeva a chi rivolgersi. Le mamme si passavano la parola. Così, un po' alla volta, i miei piccoli clienti sono diventati molti. L'annoio?»

Gocce d'acqua grosse come perle si rincorrevano adesso sulle foglie della magnolia, lasciando fra la polvere dell'estate viscide impronte di lumaca. Aveva preso a piovere, ormai da qualche minuto: la stanza s'era fatta umida come una sala da bagno, quando nella vasca scroscia un getto bollente.

«Avevo un fratellino tanti anni fa, David. Non sopravvisse alla guerra, adesso non le racconterò perché. Certe cose sono sacre, non si devono neppure nominare in questo luogo. Dove sono rimasta? Ecco, vede, tutti i bambini che venivano in casa, mi sembravano il mio fratellino. Era anzi come lui volesse farsi ricordare e venisse a trovarmi attraverso di loro. Capisce?»

«Sì, la capisco, certo che la capisco. Se però la turba raccontare, come sta facendo, lasci stare...»

«Quando qualcuno dei bambini si sbucciava un ginocchio, lo disinfettavo, provando a mia volta un piccolo bruciore. Sul ginocchio, anch'io. Quando i bambini, spesso ne ospitavo più d'uno, avevano fame, andavo in cucina e preparavo loro la cioccolata calda con i biscotti. Poi, mentre cominciavano a far merenda, chinandomi a allacciare loro il tovagliolo, mi pareva di sentire l'odore dei capelli biondi e sottili, della pelle infantile sotto quei capelli. Non potevo fare a meno di pensare a David, allora. Quando veniva accanto alla panchina, dove sedevo, accompagnandolo a giocare. Sudava, David, lo baciavo e sapeva anche lui di pulcino. Era il mio unico fratello e avevo qualche anno più di lui. Adesso me lo deve chiedere, adesso mi deve chiedere perché sono finita qui.»

«Non osavo interromperla, sapevo che sarebbe arrivata da sola al punto.»

«La responsabilità dei bambini ha incominciato a ossessionarmi. Mi sentivo responsabile sempre, anche quando quei bambini erano lontani da me, a casa con le loro mamme. Il mio pensiero li seguiva, si faceva più impalpabile dell'aria e li raggiungeva nelle loro case. Entrava nelle loro stanze. Lei non può, nessuno potrà mai capire. Era come se salvandoli da tutti i pericoli, salvassi il piccolo David. Nessuno sa che cosa gli abbiano fatto, dopo che lo fecero salire su quel camion. Io sono tornata ma lui no, lui nessuno l'ha più visto. Forse portava ancora la camicia che gli avevo messa l'ultima mattina e sotto la camicia quella maglietta col rammendo vicino all'ascella. Penso sempre a quando l'ho aiutato a vestirsi quell'ultima volta...»

Elvira si è interrotta, ha preso a fissare qualcosa. Non so cosa. Ho cercato, dentro di me, una parola da dirle. «Mi vergogno di essere qui, in veste di giornalista» credo di aver mormorato a un certo punto, così piano però da non farmi sentire. Poi, cara Paola, ho pensato che sarei entrato in un caffè e ti avrei scritto questa lettera perché tu, quando ci vedremo e parleremo, possa aiutarmi a stabilire a quali sentimenti si abbia diritto apprendendo quello che io ho appreso da chi l'ha direttamente vissuto. Mi chiedo, e ti chiedo, fin dove possano spingersi una pietà, un dolore, una rabbia che non ci appartengono direttamente, che viviamo anche come esorcismo d'un nostro senso di colpa.

«Io, signore, mi sentivo responsabile di tutti quei bam-

bini perché proteggendoli era come proteggessi il mio fratellino: lui, David, che veniva a farmi visita nascosto in tutti quegli altri piccoli... Così non potevo sopportare, non
sopportavo, che cadessero, correndo e inciampando, come
succede a quell'età. Il profumo leggero di terra e di sangue
delle loro ginocchia sbucciate mi svegliava, mi faceva spa-
lancare gli occhi in piena notte. Ecco perché una certa volta, vedendo uno dei miei piccoli ferito, le sue dita e le sue
guance graffiate, pur sapendo che non era nulla di grave e
che avrei dovuto stare calma, mi sono messa a tremare e
strillare... E sono andata avanti così, a strillare, per tutto
quel tempo...»

Forse ti sorprenderà sapere che mi sono congedato in
fretta da Elvira, salvando a mala pena le forme. Lei non si è
stupita, mi ha guardato senza vedermi come forse guarda
un po' tutti. Sempre. Che cosa sono, che cosa possono essere gli altri per lei? Quanto a me, la tenerezza che avrei
voluto e dovuto provare nei confronti di Elvira era ostaco-
lata, soffocata da uno strano, rabbioso disprezzo nei confronti della natura, del dolce grembo della vita. O la vera
tenerezza è frigida e si nega al sentimento perché sa che
ogni sentimento nasconde anche il suo contrario? È questa
la domanda che ti rivolgo, la domanda a cui spero tu sappia rispondermi quando ci vedremo. Tuo A.

(*Spavaldi e strambi*, 1987)

Più veloce della paura

I risultati delle analisi cliniche di Nicola erano in un cassetto, sotto chiave. Lui aveva fatto in modo di arrivare quando il laboratorio era già chiuso. Adesso, a causa delle ferie di mezzo agosto, avrebbe dovuto aspettare una quindicina di giorni.

«Vuole la sdraio?»

«No, grazie, mi basta l'ombrellone!»

Era un'estate maledettamente afosa. Al quartiere Trieste, dove abitava, il termometro doveva aver raggiunto i 36 o 37 gradi. In città, quella mattina, il cielo aveva lo stesso colore d'un foglio di carta velina. Lì, sul mare, le cose andavano un po' meglio.

«Se desidera qualcosa dal bar, non ha che da dirmelo, signor Nicola.»

«Mi andrebbe un bitter con la fettina di arancio tagliata e infilata sull'orlo del bicchiere, la cannuccia e un cubetto di ghiaccio.»

«Dieci minuti e il ragazzo le porta il bitter così come lei lo vuole.»

«Grazie, Antonio. Adoro essere viziato, lei lo sa!»

Nicola aveva scelto di indossare una maglietta fragola

sapientemente decolorata e un paio di jeans, anzi i soliti jeans molto stretti. Li aveva comperati tanti anni prima, alla vigilia della più bella estate della sua vita. A quel tempo, lui e Leo e tutti gli altri formavano un gruppetto ben affiatato e dispettosamente felice. Sì, dispettosamente, non c'era infatti parola più adatta a esprimere il loro modo di godersela stuzzicandosi e prendendo la tintarella.

Il loro piccolo gruppo prima felice e poi sfortunato! A maggio dell'anno prima, infatti, l'Aids aveva ucciso *le Lieutenant*. Chiamavano così, *le Lieutenant*, un loro amico francese, un biondino dalla conversazione brillante e dalla faccia lunga, che abitava in una grande stanza con terrazza sui tetti di Trastevere. Dopo di lui, nell'ultima settimana di gennaio, il cancro (ma era stato davvero il cancro o la sorella mentiva per paura dello scandalo?) aveva ucciso Fabio, un ebreo minuto e molto distinto. Così distinto e soprattutto così ebreo che Nicola non aveva saputo trattenersi dal dire, la mattina dei funerali: «Io credo che sia morto di cancro, anzi non ho alcun dubbio in proposito. Gli ebrei sono troppo furbi e certe malattie le lasciano prendere a noi *goym*!».

Quanto a Leo, il compagno brutto e simpatico di Nicola l'antipatico, era mancato improvvisamente tre settimane prima. La donna delle pulizie lo aveva trovato sul pavimento della cucina, accanto allo sportello aperto del frigorifero. Lo aveva "fregato" il cuore, come sempre, in tutte le circostanze.

Più volte, nelle ultime settantadue ore, Nicola aveva pensato, febbrilmente pensato, che chiudendo gli occhi e concentrandosi, sarebbe riuscito a leggere quello che c'era scritto sul foglio dove venivano riportati i risultati delle analisi. Con la mente percorreva così il marciapiede ombroso, saliva i pochi gradini che separano l'ingresso del laboratorio dalla strada, varcava la soglia, individuava il cas-

setto dove era conservata la busta che lo riguardava, poi...
Eccolo di nuovo a macerarsi, a torturarsi, a non sapere...

Mezzogiorno doveva essere passato da un pezzo. L'aria
bruciava. L'abbronzatura di Nicola, a osservarla adesso,
sembrava ripassata con il lucido da scarpe rosso ciliegia,
quello che porta scritto sul tubetto CHERRY RED. Mentre la
magrezza di lui, i risultati delle sue diete, in certi periodi
quasi suicide, apparivano evidenti soprattutto nelle piccole
onde di carne grinzosa che ricadevano sui suoi gomiti troppo puntuti e sulle sue ginocchia troppo lunghe, magre, un
po' equine.

«Potrei avere un pattino, per una mezz'ora o anche
un'ora?»

«Al momento sono tutti fuori, in mare.»

«Peccato!»

«Dovrebbe liberarsene uno, però, abbastanza presto.»

«Presto, quanto?»

«Fra quindici, venti minuti.»

«È troppo, non mi sento di aspettare con questo caldo.
Vuol dire che farò il bagno a riva!»

L'estate prossima sarebbe stato ancora lì, a godersi la spiaggia? Adesso Nicola capiva la parola paura, sentiva di essere
stato afferrato, per la prima volta in vita sua, da una paura
che non si esauriva in un banale, repentino spavento. Era
uno stato d'animo con cui convivere...

«Com'è l'acqua, oggi?» chiese a voce molto bassa.

Il vento, se poteva chiamarsi vento, aveva cambiato direzione. Una piccola nuvola scura e all'apparenza innocen-
te, stava tirando fuori dal suo corpo compatto due ali di
zanzara quasi violette. Forse, nel pomeriggio, sarebbe caduta qualche goccia di pioggia. Con un po' di fortuna, prima di sera, lui avrebbe trovato da rimorchiare. Scopare,
ammesso che ci fosse riuscito, avrebbe forse un po' atte-

nuato la sua ansia. Non pensò neppure per un attimo che, se il virus l'aveva contagiato, scopare sarebbe equivalso a fare del killeraggio. A meno di non...

«Com'è l'acqua, oggi?» tornò a chiedere con voce più sostenuta.

«Ci sono molte alghe.»

«Solo alghe?»

Qualcuno, nel sentire quella domanda posta in tono beffardo, rise con simpatia. Quella simpatia suonò di incoraggiamento per Nicola. Così si tuffò, diede sei o sette bracciate con stile da manuale e tornò a riva.

"Fra poco avrò fame, un po' di fame, quel tanto che basta a aprire la bocca e a far scivolare qualcosa nello stomaco. Una caprese, per esempio. Andrò al ristorante dello stabilimento e ordinerò una caprese. Chiederò anche del vino bianco. Poi, quando avrò finito di mangiare, mi guarderò intorno. Voglio trovare un ragazzo. Se vedrò il tipo giusto mi verrà anche voglia di scopare. E almeno per un po', mi sentirò meglio" si disse Nicola, raggiungendo la doccia. «Muoia Sansone con tutti i filistei» sbuffò stavolta.

C'era qualcuno nel caldo torpore della grande vacanza estiva, un medico o una dottoressa, che sapeva. Sì, qualcuno aveva analizzato il suo sangue e sapeva se sì o se no, se lui aveva o non aveva contratto il virus Hiv.

Perché, accidenti, non era più sincero con se stesso? Perché non ammetteva di avere tutte, proprio tutte le ragioni per essere pessimista? Considerando le volte (molte, in verità), che aveva tradito Leo e il modo in cui lo aveva tradito, senza andare per il sottile, era probabile che si fosse impestato. Sperava in un miracolo, adesso? "In ogni caso, comunque stiano le cose, continuerò a fottere fin quando mi reggerò in piedi" pensò Nicola come un bambino pensa il proprio capriccio, pestando anche mentalmente i piedi per darsi forza e non cedere alla tentazione del buon senso.

In quella, il panico tornò a morderlo. Giù, in fondo allo stomaco. Che cosa avrebbe fatto se i risultati delle analisi fossero stati quelli che temeva?

Fu qualche momento dopo, mentre chiudeva il rubinetto della doccia, che si sentì chiamare.

«Nicola!»

Riconobbe subito, senza nemmeno bisogno di voltarsi, la voce di Miriam. Era una voce rotonda e squillante, che sembrava conferire alle parole una forma sferica e gioiosamente colorata.

«Non sai che piacere mi fa vederti, Miriam. Evviva!»

«Sei carino a dirmi così.»

«È proprio di te che sentivo il bisogno, in una giornata come questa.»

«Sei sempre così galante, Nic!»

«La galanteria non c'entra, ti assicuro, Miriam.»

«Asciugati e poi mi dirai tutto.»

Miriam, dieci o dodici anni prima, aveva molto sofferto a causa d'un giovane marito, Pietro, che si era dileguato senza lasciare traccia. Invece di impazzire, come avevano temuto i suoi amici, lei era ingrassata. Aveva incominciato a indossare larghi vestiti senza forma, che le nascondevano il corpo e mettevano in evidenza la dolcezza severa del suo viso. Quel suo aspetto rassicurante prima ancora che piacevole e la sua curiosa quanto innegabile rassomiglianza con una donna indiana, le avevano attirato molte simpatie e tantissimi inviti. Oltretutto Miriam, che aveva tre gatti e un grande soggiorno a forma di grotta pieno di cuscini moreschi, cucinava benissimo, sapeva tutto dei profumi e delle loro proprietà terapeutiche, era refrattaria agli amori di qualunque tipo, si occupava proficuamente di arredamento, leggeva nel futuro e faceva benissimo i tarocchi.

«Perché non vieni a sederti vicino a me? Adesso la spiaggia si svuota e potremo chiacchierare in pace.»

Parlarono e parlarono. Mentre si chiedeva se dovesse o meno accennare alle sue analisi, Nicola faceva in modo di raccontare questo e quell'altro, andando più veloce della sua paura. "La paura non mi deve acchiappare" continuava a ripetersi in qualche angolo buio della mente.

Nel pomeriggio, poco dopo le tre, ci fu un breve ma rabbioso temporale. Un vero spettacolo, almeno a goderselo da dietro le vetrate del bar. I tuoni, i lampi, il mare di piombo, gli ombrelloni rovesciati dal vento ebbero un effetto benefico sui nervi di Nicola che riuscì finalmente a affrontare ciò che più lo teneva in ansia.

Incurante della distrazione, ostentata da Miriam, sostenne che il virus Hiv era figlio della scienza. Affermò, abbandonandosi a un'improvvisa volontà di sfogarsi, che l'Aids era senza alcun dubbio nato in un laboratorio di guerra batteriologica. Altro non era, insomma, che un'arma sfuggita al controllo dei suoi creatori.

«Non dire sciocchezze, Nicola» lo interruppe a un tratto Miriam, un po' turbata.

«Sciocchezze?!»

«Ti devi volere più bene, Nic!»

«Non capisco.»

«Devi essere più sincero con te stesso.»

La pioggia aveva pulito l'aria e il cielo adesso era bellissimo. Così Miriam e Nicola decisero di fermarsi a osservare il tramonto. Poi, quando si fu fatta l'ora, salirono sulla macchina di lui (quella di lei era molto vecchia, aveva la forma d'un ferro da stiro e poteva rimanere senza pericolo nel parcheggio dello stabilimento balneare), raggiungendo Fiumicino.

«Possiamo decidere quello che ci piace, senza dover avvertire nessuno.»

«È il vantaggio delle persone sole come noi!»

«Lo consideri un vantaggio?»

«A volte sì, non sempre. E tu?»

Sedettero in un ristorante non lontano dal canale, ordinarono due spigole arrosto e una bottiglia di vino bianco.

Mangiarono un po', poi Nicola sentì nuovamente il morso della paura. Così non poté fare a meno di riportare il discorso sull'Aids.

«Non è come le altre malattie, Miriam. Quello che non può distruggere con le sue armi di morte, lo altera e lo rovina con la sua ombra minacciosa. Con un po' di fortuna e molta prudenza si può farla franca, questo sì. Ma le leggi della paura, lo spettro del contagio hanno vinto sull'amore, sul bello della vita. Non lo pensi anche tu, Miriam?»

«Non voglio parlare dell'Aids, Nicola. Te l'ho già fatto capire prima, mi pare.»

«Perché non vuoi?» chiese Nicola con voce suo malgrado un po' allarmata. Poteva darsi, e lui non seppe fare a meno di sospettarlo, che Miriam (non era dotata di poteri "particolari"?) avesse intuito qualcosa a proposito delle sue analisi, qualcosa di terribile che preferiva tacergli.

«È un argomento che non ti interessa, quello dell'Aids?» Miriam, questa volta, fece finta di non sentire. «Scusami se insisto, mi hai incuriosito. Perché non vuoi parlare dell'Aids?» insistette Nicola in tono fin troppo controllato e decisamente innaturale. Anche perché il suo sguardo, i suoi zigomi lustri, la piega delle sue labbra ripetevano, anzi gridavano: "Allora, Miriam, che cosa mi nascondi? Tu sai, tu hai colto qualcosa che non vuoi rivelarmi? Dimmi tutto, per carità! Sono malato? Non mi tenere in sospeso, Miriam. Parla!".

«Stai buono, Nic» disse in quella Miriam, che di rado sbagliava quando seguiva il suo istinto. «Qualunque sia il motivo del turbamento, non ti ribellare alla paura.»

«Come fai a sapere che ho paura?»

«Lo dicono i tuoi occhi, lo grida la tua faccia. Ascoltami bene, perciò. La paura ama divertirsi con chi si ribella alle sue leggi. Gioca e alla fine vince. Sempre e comunque.»

«Che debbo fare, allora?»

«Devi cercare di star calmo. Il diavolo, alla prova dei fatti, non è brutto come lo si dipinge.»

«Ma l'Aids sì!»

«Ti ho detto di non parlarne. Non ancora.»

(*Amarsi male*, 1998)

Totò e il colonnello
(Un peccato inconfessabile)

Camminava e parlava, parlava e camminava come avesse qualcuno al suo fianco. «Ho fatto del male nella vita, ho fatto piangere delle persone. Per causa mia, si è sparso del sangue. Capisci?» Con il respiro pesante, le mani affondate nelle tasche del pastrano dal momento che faceva un gran freddo e aveva perso i guanti ma non osava chiedere alla moglie di comprargliene un altro paio, don Ruggero Quiroga, napoletano di nobili origini nonché ex colonnello del Regio Esercito, attraversò via Cernaia, proseguendo verso via Garibaldi. «Mi scoccia, sai, mi scoccia maledettamente passare per quello che non sono. La gente pensa che io sia buono, paziente con i bambini perché non ho avuto figli e mi comporto come fossi lo zio di tutti. Non è così, però. Chissà come ci rimarrebbero se venissero a sapere la verità qual è, cioè nuda, cruda e fetente.»

Don Gegè, come lo chiamavano un po' tutti, conoscenti e fornitori, alzò gli occhi. Non era un giorno qualunque, compiva settant'anni e il cielo di Torino non gli era mai parso così grigio, così ostile non solo a causa di quel livido e freddissimo gennaio. «È da stamattina, quando mi sono svegliato, che mi sento dentro il trapano del rimorso e non ho altri che te con cui sfogarmi» continuò, rivolgendosi ancora e sempre al suo invisibile interlocutore. «Jolanda, la mia sposa un tempo così innamorata, ormai mi disprezza e me lo fa sentire. Credo che mi voglia ancora un po' di bene ma il disprezzo è più forte dell'affetto. È come se lei, lei sola, mi avesse letto dentro e non riuscisse a perdonarmi. Perché c'è di che dovermi perdonare, altro che se c'è. Lo sai che cosa mi ha detto questa mattina invece di farmi gli auguri? Mi ha rimproverato, con voce aspra, di aver nuovamente bagnato l'asse del cesso. Ho replicato che sono cose che capitano, fesserie. Allora lei, che quando si arrabbia con me ricorre regolarmente a qualche parola in piemontese come a rinfacciarmi l'origine sudista perché è così che la definisce, sudista, mi ha risposto testualmente: "A chi àussa l'asse, prima di vuotare la vesica, non capita. Ciapa su! La verità è che sei un porcaccione e lo sai benissimo". Avessi visto come mi ha guardato dandomi del porcaccione!» trasalì il vecchio soldato, accorgendosi all'improvviso, e non senza imbarazzo, di essere osservato dai rari passanti a causa di quel suo concitato monologare.

Il cinema, dove l'ex colonnello, anzi curunèl Quiroga, entrò proprio mentre cominciava a cadere pioggia mista a neve, era uno dei più vecchi e ormai degradati della città. I cartelloni, accanto all'entrata, annunciavano un longevo, intramontabile film di Totò. "Il mio psicanalista di fiducia", come don Gegè definiva tra sé e sé il grande attore napoletano rivolgendo nel contempo, per sottolineare il proprio disprezzo nei confronti d'una certa borghesia spregiudicata e progressista, una pernacchia mentale all'indirizzo del dottor Sigmund Freud. "L'altro che non mi va giù è Carlo Marx!" aggiungeva il colonnello, quando le circostanze glielo consentivano e cioè mai o quasi, dal momento che conosceva tutti nel vicinato, scambiava saluti e sorrisi con un'infinità di persone che appartenevano nella stragrande maggioranza "al popolino ignorante" e si mostravano scarsamente disposte ad ascoltarlo. Senza contare che di quei due, Freud e Marx, ignoravano persino i nomi. In casa sua, poi, erano ammesse per tacita convenzione soltanto le amiche di donna Jolanda. Una collezione di vecchie dame un po' bigotte ma, di fatto, poco cristiane e ancor meno caritatevoli. Loro disprezzavano in Gegè "un napoli" che parla parla (anche se loro non lo lasciavano mai parlare) e non fa niente delle sue dieci dita. Non che quelle gentildonne (tutte titolate o quasi) facessero molto di più delle loro dieci dita visto che avevano testa solo per i loro pettegolezzi. Bastava vedere come allungavano le labbra per malignare, con quale espressione adunca assaporavano le loro stesse maldicenze.

Ecco perché trovandosi a tu per tu con Totò, lui seduto in platea e il principe Antonio de Curtis ("E se anche non fosse stato principe, ciccia al culo!") sul gran lenzuolo dello schermo, là tutto per lui, don Gegè tornava finalmente a rifiatare. Poteva ragionare, sissignore ragionare, di quanto più gli stava a cuore. L'aveva sperimentato tante e tante volte, ormai. Ecco come andava. Allo spegnersi delle luci, quando appariva la faccia sghemba di quel suo formidabile conterraneo, irripetibile campione d'una mimica basata sui tic dell'eterno perdente, Quiroga aveva l'impressione di liberarsi d'un bavaglio. Alé, poteva finalmente confidarsi senza remore. Anzi, più ancora, poteva in tutta tranquillità abbandonarsi a se stesso, nulla gli impediva più di essere sincero fino in fondo. Si sentiva indotto da un'inspiegabile fiducia, da una simpatia che confinava con l'affetto, a dire tutto di sé. Insomma. Laico come sono laiche le bestemmie o i veri soldati, così almeno riteneva, Gegè considerava il principe de Curtis, tanto più adesso che era morto e sepolto, il suo unico, possibile san Gennaro. Il suo santo protettore senza aureola e dunque verace.

Così il curunèl, che aveva gettato la divisa alle ortiche

dopo il referendum del 2 giugno 1946 e la conseguente caduta della Monarchia, cominciava col togliersi un peso dallo stomaco, prendendosela con le fetenzie commesse dalla Repubblica. Parlava quindi a cuore aperto del re e dei Savoia. Non taceva le sue difficoltà, le sue piccole angustie di anziano non più tutelato dal prestigio della divisa. Riferiva a Totò, con la voce del pensiero che si faceva voce di miele, della sua nostalgia di Napoli, d'una idea della vita tutta partenopea. Si concedeva il tempo d'un breve struggimento, appena una parentesi per lasciar respirare i sentimenti. Quindi, tornando in sella a un'asciutta virilità, ricapitolava a Totò (era quasi un passaggio obbligato questo) le ragioni del suo antifascismo che non c'entrava "una minchia" con l'antifascismo dei partigiani. «Tu mi capisci, lo so!» Era infatti un no tutto di fede monarchica quello di don Gegè, anzi del "conte palatino Ruggero Quiroga" (come recitava la dedica autografa in calce al fotoritratto di Umberto II che teneva esposto sul comò della camera da letto), un no a quel regime mussoliniano che aveva finito col togliere smalto e autorità alla Corona.

Don Gegè si sentiva altresì in obbligo di spiegare al suo Totò, sicuro d'altronde di venir capito, per quale motivo, pur sentendosi sempre e comunque un gentiluomo borbonico, fosse stato e fosse tuttora fedele alla dinastia piemontese. Se la prendeva col fatto che dei borghesi, come Luigi Einaudi e gli altri, risiedessero al Quirinale. «Che diritto ne hanno?» domandava. Poi, incazzato, tornava a ribadire la sua diffidenza nei confronti della democrazia e della libertà. «Sono solo belle parole, Totò mio. Io ho avuto la responsabilità della truppa, ho guidato gli uomini nei momenti brutti. Sai che cosa mi ha aiutato? La disciplina e solo la disciplina imposta a brutto muso, senza tanti perché e percome.»

Esauriti quei preliminari, cui attribuiva un insostituibile valore di antefatto etico, don Gegè si concedeva quelle

confidenze virili cui pure sentiva di avere diritto. L'ex colonnello, variando solo un po' le parole, si soffermava a riferire di una sua voglia di troie esperte "in certi servizi", di
puttanone doc, quali si potevano incontrare ai bei tempi
nelle case di tolleranza. «Il lupo perde il pelo ma non il vi-
zio!» si assolveva da solo, con un mezzo sorriso furbesco,
don Gegè. «Sono cose da dirsi? Poffarbacco!» lo canzona-
va affettuosamente il suo interlocutore dal pulpito dello
schermo. Tanto che il colonnello, in qualche modo rassicu-
rato, tornava a quello che era per lui un argomento ineludi-
bile, quasi un chiodo fisso. «Totò, principe mio, anche di
questo dobbiamo dire grazie ai "communisti". Sono loro,
'sti fottuti, ad averci privati delle delizie del bordello!»

La rinnovata famigliarità trascinava con sé, come sempre
avviene, altre confidenze. Il pubblico si mescolava al privato, i grandi temi alle meschinità della vita quotidiana. Gegè
si sfogava, passando da un argomento all'altro. Arrivava
persino a dire la sua in merito ai "polentoni", cioè ai pie-
montesi che ammirava con la ragione («Per carità, niente da
dire») ma non con il cuore («Sono fatti diversi da noi, anzi
molto diversi»). Si fermava un attimo, poi veniva al dunque:
«Anche mia moglie, sai, certe volte si comporta con me da
torinese. È ostinata. Torna ogni momento a ripetere che mi
sono ingrassato. Lo sai come mi dice? "Eri magro come una
lucertola e adesso hai messo su un culone schifoso." Non
c'è sera che, mentre mi spoglio per andare a letto, non mi
ripeta: "Guardati la pancia. Non hai vergogna?". Di che cosa dovrei avere vergogna, eh? Anche per questo modo di
fare, di trattarmi, avverto sempre più il peso di dover dipendere finanziariamente da lei. Mi segui, Totò? La verità è
che, oggi come oggi, senza Jolanda non saprei dove battere
la testa. La pensione non mi basta, è poco più di un obolo,
credi. Per il resto mi sono mangiato tutto: il palazzo di Napoli, le terre nel casertano. I quadri e l'argenteria da mò che
se li sono pappati gli strozzini, 'sti schifosi.»

«Quisquilie, pinzillacchere» minimizzava il principe de Curtis dallo schermo con quella sua voce irridente, filosofa, profumata d'antico e come rubata al buio del tempo. Una voce che evocava un uditorio di eterni lazzaroni, di mendicanti senza tempo, di grossi topi sbucati dalle cantine d'un mondo nobile, antico e indifferente come la storia.

Il curunèl, va tuttavia precisato, la sua verità l'aveva raccontata ma non proprio tutta. Non nei suoi risvolti più dolorosi. Don Gegè aveva infatti evitato, fino a quel pomeriggio, di accennare a Totò una "certa faccenda", di metterlo insomma al corrente del grande e maledettissimo peccato di cui si era macchiato in un tempo ormai lontano della sua vita. Quel giorno, però, non avrebbe più potuto e saputo tacere. In occasione del suo settantesimo compleanno, riaffiorando dagli abissi della coscienza, dove aveva dormito durante tre decenni e più, il sentimento di quella colpa tanto più terribile alla luce del tempo, veniva a riaffacciarsi tormentoso. Devastante. Con Totò, con il suo confessore e terapeuta immaginario, doveva perciò affrontare una volta per tutte la ragione prima e ultima del suo tormento. Liberarsi.

La sala quel pomeriggio era quasi vuota, forse perché fuori il nevischio si era cambiato in neve e il pubblico del primo spettacolo, costituito perlopiù di vecchi e di persone sole, preferiva starsene a casa. Così, potendo scegliere il posto che preferiva, Gegè era andato a sistemarsi proprio al centro della platea, in settima fila. Nessuno ai suoi fianchi, nessuno alle sue spalle. Solo una coppietta, appartata più indietro sulla destra, distante abbastanza da non disturbare la confessione che il curunèl avrebbe reso a Totò.

Dopo essersi seduto più comodamente possibile, don Gegè si era sbottonato il pastrano (termine d'uso anche militaresco quindi per lui più famigliare del borghese paltò) senza levarselo dal momento che sentiva di avere freddo al cuore. Già, proprio così, al cuore.

«Quanto sono sul punto di confidarti, Totò mio, non c'entra con le immagini che stanno passando sullo schermo. È tutt'altra faccenda. Come capirai ben presto, non potevo tuttavia parlarne ad altri. O con te o con nessuno. Posso, in ogni caso, far ancora una volta affidamento sulla tua comprensione?»

«Da uomo a uomo?» chiese divertito e incoraggiante il principe De Curtis.

«Sissignore.»

«Allora parla.»

«È cosa molto delicata quella che sono sul punto di raccontarti.»

«Ostrega!» fu stavolta l'esortazione un po' beffarda che Gegè ritenne di ricevere dallo schermo.

«Eravamo in piena guerra. Avevo, insieme con i miei soldati, requisito una vecchia dimora di campagna. Una villa, un tempo sontuosa, che aveva davanti un grande prato e intorno una corona di alberi d'alto fusto.»

«D'alto fusto? Oibò! Quanto alto questo fusto?»

«Non scherzare, ti prego, Totò! Non è il caso. Intorno alla villa, a perdita d'occhio, si stendeva la solitudine e il silenzio dei campi coltivati. I proprietari, poco prima del nostro arrivo, si erano dati alla fuga. Ai contadini, che erano rimasti sul posto e fungevano anche da custodi, decisi di lasciare la cascina. Cercavo, come per un presentimento, di trovare sistemazioni logistiche che evitassero il più possibile ogni forma di contatto fra loro e i miei uomini. Disposi così che la truppa, anche per sfuggire ai ricognitori del nemico, si acquartierasse parte in un fienile e parte in un capanno, adibito altrimenti a deposito degli attrezzi. Per me, debbo ammetterlo, scelsi la sistemazione migliore. Feci mia una stanza con tre finestre, nella torretta che dominava l'edificio padronale.

«Quanto allo stato d'animo, tanto mio che dei miei soldati, puoi facilmente figurartelo. Eravamo là, in ozio forzato, aspettando di tornare in prima linea stanchi, mal equipaggiati e ormai sicuri della sconfitta. Ricordo che cercavo perciò di tenere occupati gli uomini, inventandomi, per non consentire loro di perdersi in brutti pensieri, mille incombenze.

«Una mattina, nel mentre tornavo da un'ispezione, ho avvertito distintamente il rombo d'un aereo in avvicinamento. Sapevo di frequenti attacchi dell'aviazione nemica. Velivoli isolati che scendevano mitragliando, colpivano dove capitava e riprendevano quota, sparendo in pochi attimi. Erano azioni più dimostrative che altro. "Speriamo che i ragazzi siano al coperto" mi sono limitato perciò a pensare, intuendo dal fragore che l'aereo si stava abbassando.

«In quel preciso momento, mi si è parato davanti un bambino di sei o forse sette anni. Doveva essere il figlio dei coloni. Così d'istinto, come per proteggerlo, l'ho preso in braccio per rassicurarlo e condurlo al riparo. Almeno questa ho creduto fosse la mia unica e lodevole intenzione. Solo quando siamo stati nella mia stanza, nel mentre gli dicevo di non avere paura, mi sono reso conto della sua eccezionale bellezza. Senza riflettere, spinto dalla vista di quel corpicino seminudo e del moccio che dalle narici scivolava sulle labbra un po' gonfie, ho chiuso la porta con due giri di chiave.»

Don Gegè, a questo punto del suo racconto, avrebbe forse dovuto aprire una parentesi, rivelando che era sempre stato oltremodo tenero con quelli che dentro di sé chiamava i cuccioli. Tanto che le effusioni cui si abbandonava, in particolare coi figli dei suoi fittavoli, potevano venir sopportate dalle madri solo in virtù d'una atavica disposizione a subire passivamente, senza ribellarsi, gli eccessi del padrone. Bacioni umidi di saliva, pizzicotti sui glutei e morsi sulle guance distribuiti senza ritegno da don Quiroga a riluttanti femminucce e maschietti impuberi.

Il conte aveva sempre evitato, sia pure in modo inconsapevole, di analizzare quel suo comportamento, di considerarlo in qualche modo attinente alla pedofilia. Parola quest'ultima all'epoca usata ancora con diffidente parsimonia, per lo più in casi legati all'ineducazione, alla bestialità plebea. Quanto alla sua condotta, era sempre venuto configurandosela connaturata a un antico privilegio araldico. Quel modo di comportarsi coi bambini dei suoi sottoposti e più tardi delle popolazioni occupate gli appariva infatti perfettamente legittimato dal suo rango e dal suo titolo. Nulla che potesse offendere la natura e conseguentemente la virtù. Ecco perché, alla luce di tali precedenti, la mattina del fattaccio non aveva neanche tentato di contrastare quella che si era manifestata in lui come un'improvvisa debolezza, come un'inattesa deriva della personalità.

«Che devo dirti, Totò mio? L'attrazione che ho provato nei confronti di quella creaturina si è subito rivelata irresistibile nella sua perversità. Credo di non essermi nemmeno reso conto, in un primo momento, di quanto andavo facendo. Eppoi, credimi, la guerra cambia la testa degli uomini. Sentirsi in terra nemica conferisce una visione profondamente alterata delle cose. Sta di fatto che, senza nemmeno accorgermene, ho cominciato a spogliarmi.»

«Alla faccia del bicarbonato!» intese che Totò esclamava con una voce, in un tono, che don Gegè, forse per l'emozione provocatagli da quanto andava rivivendo, giudicò diversi da come si sarebbe aspettato. Lo avvertì freddo, inopinatamente circospetto. Decise comunque di proseguire nel suo racconto. «Il bambino, che aveva grandi e bellissimi occhi neri, mi guardava incuriosito. Non ho mai dimenticato e mai dimenticherò quegli occhi, mai. Ti giuro, Totò! Quando poi mi sono sfilato i calzoni, stupito forse dalle conseguenze dell'erezione, il piccolo ha incominciato a ridere, indicando con l'indice della mano destra il mio pene. "Iiiih" diceva sempre tenendo il ditino puntato. "Iiiih." Ho provato allora, almeno credo, uno struggimen-

to che è diventato tenerezza e una tenerezza che è diventata desiderio ancor più furioso. Non so cosa sia accaduto
subito dopo, forse scorgendo l'espressione del mio viso, il
bambino si è messo a frignare. Era così dolce, tutto lacrime
e paura, che invece di rasserenarlo gli ho imposto, pensa
un po', di baciarmi dove puoi immaginare. Lui lì per lì ha
resistito, si è difeso come già sua sorella, una quattordicenne che il giorno prima aveva finito per fare con i miei uomini le spese della sua precoce avvenenza. Che potevo fare? Ho cercato di concludere, meno drammaticamente
possibile, quanto avevo cominciato. Sì, lo so, mi sono condotto come un mostro e adesso arrivo a rendermene pienamente conto. Non ti ho ancora detto il peggio, però.

«Il tempo, la vita avrebbero potuto in parte curare le ferite di cui, i miei uomini e io, ci eravamo resi responsabili.
Purtroppo, però, qualche ora dopo il padre della ragazza e
del piccolo è venuto a conoscenza dell'accaduto. Ha saputo del doppio oltraggio. Così è finita male, diciamo pure
nel peggiore dei modi. L'uomo, pazzo di rabbia, ha infatti
cominciato a sparare col suo fucile da caccia.

«In un primo momento, evitando di rispondere al fuoco, lo abbiamo invitato a smettere, a consegnarci la sua
doppietta. Gli ho gridato, dandogli la mia parola d'onore,
che non gli sarebbe stato fatto nulla. Di lì a poco saremmo
andati via e tutto sarebbe finito. Assicurazione inutile,
però. L'uomo continuava a sparare alla cieca, con l'intenzione di uccidere. Non so quanto è durato. A un certo punto i miei soldati, senza aspettare ordini, hanno risposto al
fuoco. Con quali conseguenze, puoi facilmente immaginare. Quando abbiamo lasciato quella maledetta proprietà,
di vivo era rimasto solo il cane.»

Don Gegè tacque come in attesa. Stavolta, però, sembrava che Totò non avesse voluto ascoltare. Era impegnato
in uno straordinario mimo, in una danza meccanica, che lo
portava a traversare lo schermo da destra a sinistra e vice-

versa. Anche la musica che lo accompagnava aveva qualcosa di meccanico. Trasformatosi in un lugubre e straordinario burattino, quel grande mimo si muoveva interpretando alla perfezione la mancanza di elasticità d'uno scheletro. Le gambe, sottilissime, si alzavano e abbassavano rigide. Quasi ruotassero, dall'anca al ginocchio e dal ginocchio ai piedi, intorno a dei perni.

«Perché fai così, Totò mio, perché? Non mi vuoi parlare? Mi consideri un degenerato? Non mi abbandonare, ti prego» si sentì implorare il vecchio colonnello con voce sempre più soffocata dall'affanno.

Totò, frattanto, continuava con imperterrita e burattinesca indifferenza a eseguire quella sua pantomima, quel numero in cui don Gegè credeva di scorgere qualcosa di allusivamente funereo. Tanto più che il volto del mimo di Napoli, sotto un cappelluccio a pan di zucchero, appariva in quel momento freddo, affilato. Sinistramente pinocchiesco. «Dimmi qualcosa, ti prego. La gravità della mia colpa è tale da rendermi indegno persino d'una parola di biasimo?»

In quel momento, compiendo una piccola giravolta sui tacchi, Totò si volse verso la platea. Sulle sue labbra c'era una smorfia che sembrava ricavata da un pezzo di legno, una smorfia impenetrabile e misteriosa. Il pallore del suo volto evocava quel colore particolarissimo, come d'una patina terrea stesa su un fondo di pallore cereo, che nei morti viene man mano sostituendo la tiepida carezza della vita. «Perché, Totò, fai così? Che cosa vuoi dirmi?» si ascoltò chiedere don Gegè con voce come soffocata da un'improvvisa oppressione. «Che cosa...»

Si accesero le luci. La coppia, seduta qualche fila dietro il posto occupato dal curunèl, si accorse di quello spettatore in settima fila, buttato là come un sacco. Con le guance ancora infuocate dai baci e dalle altre manovre amorose, che il buio e il locale semideserto avevano favorito, i due innamorati si chiesero dapprima ridacchiando distrattamente, poi con curiosità, e infine con allarme, perché quel tale se ne stesse immobile, come poggiato o meglio abbandonato su un fianco.

«Signore, dico a lei, signore» si decise finalmente a parlargli il giovanotto, sporgendosi in avanti come se questo potesse avvantaggiarlo nel farsi udire. «Ehi, signore!» «Si sarà sentito male» azzardò la ragazza dal momento che dall'interpellato non giungeva alcuna risposta né altro segno di vita.

Ormai, all'intorno, non c'era più nessuno. I pochi spettatori presenti stavano raggiungendo le uscite. «Signore» ripeté il giovanotto, infilandosi il cappotto. Dovevano affrettarsi. La ragazza temeva di far tardi a casa. «Su, Ernesto, che poi mi sgridano.» «Sì, andiamo. Però è strano. Lo vedi come è seduto quel tipo? Sembra...» Fu in quello che, mossi da un macabro sospetto, senza farsi animo e andare a sincerarsi di persona dell'accaduto, i due innamorati decisero di dare l'allarme.

Quando più tardi qualcuno chiese loro se l'uomo fosse rimasto sempre solo, il giovanotto e la ragazza risposero affermativamente. Un istante dopo però lei, raggiunta dal dubbio, voltandosi verso il suo fidanzato e guardandolo come ne cercasse l'approvazione, precisò che non poteva essere del tutto sicura, però...

«Avanti, signorina, dica.»

«A un certo punto, se debbo essere sincera, mi è parso che quel poveretto parlottasse con qualcuno. Avevo l'impressione di udire il suo bisbiglio. Non capivo però cosa stesse dicendo, non vedevo a chi si rivolgeva e d'altronde non mi interessava. Può darsi, a pensarci adesso, che stesse parlando a un bambino, comunque a una persona molto minuta accanto a lui. Una persona che risultava completamente nascosta dallo schienale della poltrona.»

«Sì è vero, anch'io ho avvertito qualcosa di analogo» intervenne il suo accompagnatore. «Ho pensato, però, di essermi sbagliato perché l'uomo guardava verso lo schermo e pareva completamente assorbito dal film. Non veniva perciò da pensare che avesse qualcuno vicino.»

«Forse parlava da solo» rifletté la ragazza a voce alta, quando raggiunsero la strada. E rabbrividì anche perché faceva molto freddo e la neve adesso cadeva fitta.

«Succede alle persone che si sentono abbandonate, che non hanno nessuno con cui sfogarsi» le fece eco lui, accennando al dolore con il distacco inconfondibilmente crudele di chi è molto innamorato e quasi felice.

(*In due*, 2008)

Italia appena ieri

E fu settembre

Un sabato mattina del settembre 1938, quantunque sulle bancarelle del mercato facesse invitante mostra di sé la prima uva pizzutella, la sua preferita, Enrichetto Norzi tirò via, gettando appena uno sguardo ai grappoli d'un invitante verde dorato e tornò a tuffare precipitosamente gli occhi nel giornale. Che disastro! Sulla prima pagina del "Messaggero" si leggeva infatti una notizia purtroppo attesa ma ugualmente inaccettabile. Gli insegnanti e gli scolari di razza ebraica, informava già un titolone a otto colonne, erano adesso esclusi dalle scuole di ogni ordine e grado. Quindi, nel sommario, si precisava con odiosa puntualità burocratica che il provvedimento riguardava anche "Accademie, Istituti e Associazioni di Scienze, Lettere ed Arti".

«Incredibile, davvero incredibile!» non riusciva a trattenersi dal dar sfogo al suo sbigottimento Enrichetto, riguadagnando casa e manifestando senza accorgersene quel suo sconcerto anche a voce alta. E da qualche momento l'inquietudine, che lo alterava, aveva una testimone nella persona di Clotilde Bonifazi. Una zitella, una donnetta di chiesa, presso cui Norzi aveva preso alloggio dall'anno successivo al suo trasferimento a Roma, vale a dire da un quinquennio o quasi. Allarmata, se non ancora esterrefatta, Clotilde lo stava osservando già pronta a una rapida ritirata.

«Possibile? Un tipo sempre così rispettoso, così controllato» si stupiva e un poco anche si scandalizzava quella creatura grigia, minuta, ritratto vivente della prudenza e della solerzia. Non era tanto la paura a turbarla, in quel momento, quanto l'idea di dover rivedere il giudizio che era venuta formandosi del suo inquilino.

Quello che la Bonifazi aveva accolto sotto il proprio tetto, dopo non poche esitazioni e ripensamenti, si era difatti mostrato, poi confermato un pensionante irreprensibile. Da portare a esempio qualora Clotilde avesse avuto a chi fornire degli esempi. Ma quel qualcuno le mancava. Che fare? Ecco il punto. Come sostituire Norzi se qualcosa, chissà che cosa, lo avesse indotto d'improvviso a cambiare contegno e a imbarbarirsi?

«Non riesco a mandarla giù, proprio non riesco. Che cosa dà a quei signori il diritto di trattare così noi ebrei? Siamo uomini come gli altri, italiani come tutti quelli che vivono, lavorano e muoiono in questo paese. O sbaglio? Abbiamo mostrato di saper essere grandi artisti, grandi scienziati» insisteva frattanto Enrichetto, evidentemente fuori di sé.

Sospettosa e guardinga come una gatta troppo grossa, una gattona dal pelo bianco cosparso di un paio o tre voglie color caffellatte, Clotilde aveva fino a quell'istante osservato la scena standosene affacciata sull'uscio della cucina. Un piede di qua e l'altro di là della soglia. Poi, quasi avesse capito che non era questione da potersi sbrigare alla svelta quella che ispirava a Enrichetto tali e tante espressioni di sbalordita riprovazione, la donna aveva ritenuto opportuno reagire. Come fosse tornata pienamente padrona di sé, anche se così non era, si era accostata alla tavola che arredava il tinello. Aveva però dimenticato, tanta era ancora la sua emozione, di posare una carota che teneva in mano assieme al coltello per pulirla.

«È un'infamia, mi creda, signorina Bonifazi, quella che i fascisti si preparano a commettere!» ripeteva frattanto Norzi, guardando fissamente la padrona di casa, quasi volesse sollecitarla a esprimere una parola di solidarietà o almeno di conforto.

La Bonifazi, che alla parola "fascisti" era trasalita, non sapeva ancora che cosa pensare né quale orientamento prendere. Così, quasi a tangibile espressione del suo interrogarsi senza trovare risposta, aveva cominciato a girare attorno al suo inquilino. Faceva un mezzo giro, si fermava e senza averne consapevolezza riprendeva a camminare inquisitiva e impaziente attorno a Enrichetto. I suoi occhi intanto, come smorzati dall'abitudine a posarsi senza neppure vederlo sul solito scenario domestico, si sarebbe detto custodissero a fatica una domanda che ne portava con sé almeno altre due. "Parliamoci chiaro, sor Enrico. Lei è nei guai? Ha fatto qualcosa che non doveva?", "Quali saranno le conseguenze immediate di quanto sta accadendo?", "Può esserci un pericolo anche per me?".

Norzi frattanto continuava a tenere "Il Messaggero" teatralmente aperto, anzi spalancato davanti a sé. Certe umiliazioni, si diceva, prima bruciano quindi si rivelano gradatamente in tutta la loro dolente, insidiosa gravità.

«Beva!» La Bonifazi, ben sapendo che a mostrarsi caritatevoli non si sbaglia mai, si era provveduta con cristiana pietà d'un bicchiere colmo d'acqua. «Beva, le farà comunque bene!» tornò a raccomandare quella sacrestana mancata.

Dopo aver inghiottito a fatica un paio di sorsi, Norzi si schiarì la voce. Si ascoltò quindi leggere alla donna quel che già tante volte quella mattina aveva letto e riletto.

«Fra tutti i provvedimenti deliberati dal Consiglio dei Ministri di ieri è di gran lunga il più significativo quello che si riferisce alla difesa della razza nel campo della scuola. La difesa della razza avrebbe un senso limitato qualora...» Norzi alzò leggermente il tono e tornò a ripetere «...qualora si limitasse a una semplice tutela fisica. La biologia non deve far dimenticare la psicologia, l'educazione fisica quella spirituale. Non sono ammissibili antitesi e contraddizioni quando si tratta dell'avvenire del popolo italiano...»

Enrichetto si chiedeva frattanto, pur continuando a leggere, se la tristezza, una sconfinata tristezza avrebbe vinto in lui sull'angoscia o se sarebbe stata quest'ultima a vincere sulla tristezza. O a prendere il sopravvento sarebbe stata invece la vergogna del cane bastonato? Si figurava persino le parole che sarebbero puntualmente tornate ad attizzare la coscienza di quell'onta: "Io sono, io rappresento quell'ebreo che gli ariani non vogliono, che si schifano di vedere a fianco dei loro figli nelle scuole! Sì, proprio così, si schifano!".

Ormai Enrichetto era giunto alle ragioni del provvedimento così come le illustrava, peggio ancora le giustificava quel dannato articolo. «...Il Regime procede sempre più verso l'attuazione dei suoi principi fondamentali, che esigono un metodo severo e coerente. Non sono ammissibili deviazioni, specie in un momento storico come l'attuale, che è senza dubbio contrassegnato dalla lotta fra due opposte concezioni della vita: da una parte i valori millenari di origine ariana, che hanno promosso la civiltà occidentale, attraverso le gloriose imprese di Atene, di Roma, del Rinascimento italiano; dall'altra la negazione tipicamente semitica, che è il presupposto teoretico e morale di tutte le rivoluzioni e che oggi, sotto il potente reagente fascista, perviene alle estreme conseguenze della propria logica, al bolscevismo, abbandonando quelle posizioni medie, che per lungo tempo simularono l'insidia corrosiva di una mentalità immutabile...»

Fosse stato solo, Enrichetto avrebbe pianto e quel suo

pianto si sarebbe esaurito in pochi singulti disperati. Avrebbe pianto in nome dei suoi avi umiliati nelle loro tombe, in nome di quella madre che gli aveva dato la vita per vederlo trattare così! Si sarebbe lasciato andare sopraffatto dallo sgomento che sentiva già soffiare come vento tempestoso sugli interrogativi senza risposta che venivano affollandosi in modo disordinato, tumultuoso nella sua mente. Che cosa doveva o poteva fare per difendersi, per non lasciarsi annullare?

Enrichetto aveva, però, precisa coscienza di non essere solo e avvertiva, quantunque in modo confuso, di dover stringere i denti e drizzare la schiena. A imporgli quella recita era la presenza della Bonifazi, di quella mite e sbiadita creatura con cui aveva condiviso cinque anni di silenzi, di sguardi che non erano mai riusciti a suggerire altro che un inconcludente, casto e timido desiderio di comunicare. Così, pur essendo giunto ad avere una certa dimestichezza con la sua padrona di casa, Norzi non poteva tuttavia dire di conoscerne l'animo. Prudenza, dunque! Il minimo errore, lo sbaglio più insignificante avrebbe potuto avere, in quel momento e in quella precisa congiuntura, conseguenze anche gravi.

Proprio dalla signorina Clotilde, andava rapidamente convincendosi Enrichetto, sarebbe dipeso per lui, in un domani non lontano, qualcosa di più che un tetto e una sistemazione logistica. Chi non ha più diritti, c'è poco da fare, viene a trovarsi alla mercé di tutti e deve saperlo. Eccome!

Enrichetto capì di doversi tenere a ogni costo buona quell'innocua donnetta, di doverla blandire e assecondare come fosse un'autorità. Questo fu il primo avvertimento giunto da un futuro buio e fu l'avvio d'una graduale, sempre più invasiva consapevolezza di essere un cittadino di seconda scelta e, dunque, di doversi considerare un essere umano appena tollerato e senza peraltro ispirare mai, o quasi mai, vera tolleranza.

In quel preciso momento Norzi avvertì, come sarebbe più tardi tornato a succedergli, di dipendere da quella comprensione altrui che spesso è figlia d'un capriccio estemporaneo e coincide con uno sguardo, con un sì o un no che passano veloci nell'espressione.

Tutto questo contribuì a fargli apparire la signorina Clotilde, la padrona, all'improvviso mutata in una creatura diversa da quella che aveva visto sino ad allora. Gli sembrò quasi che, da un momento all'altro, fosse cresciuta di una spanna. E ci mancò poco che Enrichetto, altrimenti così abbottonato nella sua dignità di scapolo, si abbassasse a confidarle: «Sono a terra. Lo vede anche lei, signorina Clotilde, in quale situazione mi sto venendo a trovare? Mi dia un po' di sollievo, dunque! Sarebbe già molto una parola di stima».

Fatto sta che, al posto di andarsi a rinchiudere nella propria stanza e rimanerci fino all'ora di pranzo come era ormai uso consolidato, Enrichetto si lasciò prendere da un inusitato bisogno di parlare, di commentare con chi non poteva capirne nulla o quasi, i provvedimenti della legislazione antisemita.

E lei, la Bonifazi? Chiunque altro, non il Norzi però, si sarebbe reso conto che non sapeva quale faccia fare e tantomeno era in grado di escogitare qualcosa di appropriato, di plausibile da dire in risposta a quanto veniva sciorinando il suo inquilino. Un tipo che, per la verità, Clotilde apprezzava più di quanto non la spingesse a fare l'appartenenza a una razza e a una religione di cui aveva sempre sentito parlare in termini più o meno negativi.

Per cominciare, Norzi non sembrava particolarmente avaro e non si comportava da miscredente. Era anzi puntualissimo nei pagamenti e sempre corretto nella condotta. Non l'aveva mai udito bestemmiare. Quanto a quella faccenda del sangue, puro o impuro, che cosa poteva saperne una zitella cattolica, in perfetta regola con le leggi di Dio e di Mussolini? Che cosa poteva pensarne di quelle astruserie una creatura tutta casa e chiesa che sarebbe andata al cinema una sola volta in vita sua, quattro anni dopo, a vedere *Pastor angelicus* sulla vita di Pio XII? Che cosa poteva capirne di ariani e non ariani?

«Parli piano, per carità. Non gridi, sor Enrico, non gridi così» si affannò frattanto a suggerire Clotilde in nome e per conto di quella prudenza che aveva sempre avuto quale compagna inseparabile.

«Che dice, signorina Bonifazi? Io non sto gridando!»

«Sì, invece! Povero lei, con rispetto parlando, nemmeno se ne accorge e poco ci manca s'affacci alla finestra per dire a tutta Roma quello che va dicendo a me. Beva un altro goccetto d'acqua, vedrà che le giova!»

Norzi, stavolta, si sforzò di sorridere e fu il suo un sorriso languido, amaro. Poi, quando riprese a parlare, non era più quello di poco prima. Sembrava cercasse, ubbidendo ad un mutato umore e consiglio, di ridimensionare con le colpe anche le responsabilità del Regime in merito alla famigerata (era proprio lui a aggettivarla così, adesso) questione ebraica. Si mostrava d'un tratto più accomodante.

«Sono il primo ad ammetterlo! Bottai è, per molti versi, un buon ministro dell'Educazione nazionale. Nessuno può negargli di essere un uomo colto, un intellettuale di grande livello» si sorprese a concedere Enrichetto mentre la sua interlocutrice, la Bonifazi, pareva chiamare a sostegno della sua muta incomprensione, della sua sordità pressoché metafisica, le mura stesse del tinello e persino la credenza (ereditata da una zia d'acquisto, la marchigiana Gigliola Lanciani). «Posso capire che il cocciuto attaccamento degli ebrei alle tradizioni, l'obbedienza alle leggi dei padri, rappresenti un ostacolo in più alla diffusione del fascismo. Mi rendo conto che la penetrazione degli ideali del Regime nelle comunità israelitiche dia luogo a qualche difficoltà in più. Da questo però a... a...»

187

Norzi non finì quella frase, lasciandola in sospeso e scuotendo il capo. Quasi fosse preda di un'improvvisa resipiscenza, quasi quel che aveva detto gli fosse apparso d'un tratto esagerato, inaccettabile.

Enrichetto non era il solo a comportarsi così, a cedere per qualche attimo alla tentazione di capire le inique ragioni dei fascisti. Altri ebrei, in quei momenti della grande persecuzione, si sforzavano di comprendere. Non era, tuttavia, debolezza la loro. Come chiamarla allora? Ingenuità? In parte, solo in parte dal momento che l'ingenuità nascondeva anche dell'altro. È verosimile, infatti, che l'irragionevolezza dei nuovi persecutori, degli antisemiti con o senza camicia nera, non potesse inizialmente, a botta calda, generare in risposta che l'irragionevolezza appunto delle vittime. Era, insomma, un'irragionevolezza nata proprio come risposta a un'altra, ben più colpevole irragionevolezza, quella che spingeva gli ebrei, privati assurdamente dei loro diritti, a cercar di capire. A spingerli a essere due volte ebrei, onorando quell'intelligenza e quella comprensione che fanno appunto degli ebrei gli unici esseri viventi che riescono a sentirsi, a immaginare di essere complici d'un dio che tutto sa, tutto vede, tutto sente.

«Qui, da me, è al sicuro» la Bonifazi se ne uscì una domenica come quella rassicurazione fosse il dolce della festa. I giorni erano diventati frattanto settimane e le settimane mesi. La signorina Clotilde aveva così avuto tempo di pensare e ripensare prima di abbandonarsi a una dichiarazione che la impegnava, compromettendola come mai le era accaduto prima nella vita.

Approfittando dei suoi precocissimi risvegli, che spesso precedevano l'alba, era più volte tornata a consultarsi con la sua coscienza. La stessa che le faceva da specchio ogni domenica quando, al momento dell'Elevazione, pregava in ginocchio con quanto ardore poteva e sapeva. Pregava a mani giunte, serrando le palpebre più e più forte allorché temeva di abbandonarsi alla meccanicità delle giaculatorie. Clotilde si sforzava infatti di condursi, al momento della consacrazione dell'ostia, come se fosse ogni volta la grande occasione e avesse davanti chi doveva darle un lasciapassare per il Paradiso. Con quella stessa tensione era tornata a interrogarsi una, due, dieci volte su che cosa fare nei confronti del suo inquilino. Sopra un piatto della bilancia aveva messo il rispetto d'una legge che non sapeva bene come interpretare e sull'altro la carità. Che cosa privilegiare? Un sentimento confuso e tiepido, che si teneva tuttavia nascosto dietro alla prescrizione antica come il verbo cristiano di consolare gli afflitti, aveva finito con l'avere la meglio.

«Nonostante sia ebreo, anche lei è un po' figlio di Dio. Voglio dire del nostro Dio» fu un'altra delle uscite consolatorie di Clotilde che, intanto, non sapeva fare a meno di chiedersi se fosse o meno il caso di consigliarsi anche con don Luigi. Sì? No? Qualcosa le suggeriva di farlo, e subito. Tuttavia procrastinava, e non da quel giorno, quasi temesse una risposta severa quanto inappellabile del suo parroco. E se l'avesse sconsigliata di dare asilo e protezione a un miscredente? Meglio perciò evitare di coinvolgerlo, almeno per il momento.

«Grazie, signorina Clotilde. Verrà tuttavia il giorno che, figlio di Dio o no, la costringeranno a mettermi per la strada. Vedrà!»

Erano due piccole vite che giocavano, in quei brevi momenti, una partita quale mai avrebbero immaginato d'essere chiamati a disputare. Enrichetto, d'altronde, non si rendeva ancora conto d'essere alle soglie d'un pericolo mortale. Immaginava la solita croce, fatta con il legno e i chiodi dell'umiliazione. Quella stessa che da secoli, con feroce puntualità, torna a crocifiggere il popolo ebreo. E l'esperienza insegnava che per secoli, quanti fra i suoi avi avevano mostrato animo e risorse sufficienti a sopportare, alla fi-

ne erano riusciti a scamparla. Si erano salvati, anzi erano
stati risparmiati dalla magnanimità dei loro aguzzini. Certo, il prezzo era stato sempre molto alto ma non impossibile. E Norzi – che fra l'altro aveva imparato a sorridersi nello specchio del bagno come a salutare tutto quello che in
lui gli ricordava un'origine da tenersi poi sempre più nascosta – confidava già in una tale salvezza. Ce l'avrebbe fatta, insomma, sia pure per il rotto della cuffia!

Dall'altra parte Clotilde, zitella da quando aveva iniziato a essere donna, non poteva immaginare che quella volta,
l'unica in tutta la sua vita, sarebbe stata proprio la natura
femminile a soccorrerla. L'avrebbe cioè portata a ribellarsi
in un suo modo confuso, senza calcoli e senza programmi,
all'odiosa prepotenza della legislazione antisemita. Nemmeno don Luigi d'altronde, che più tardi avrebbe cercato
di spiegarle come stavano le cose invocando sul più bello
quell'obbedienza che accetta e china il capo anche senza
capire, sarebbe riuscito ad ammansirla al giusto punto. A
ottenere da lei qualcosa di più d'un «va be'!» a mezza voce, poco convinto.

«Costringermi a cacciarla da questa casa?»

«Proprio così, potrei giurarlo.»

«Non mi spaventi, non lo faccia» se ne uscì allora la
donna con un trasporto, un sentimento, un vocabolario
che nemmeno lei sapeva di dove le fossero venuti.

«Spaventarla, io, signorina Clotilde?» sgranò gli occhi
Norzi, preso alla sprovvista dall'uscita della padrona di casa. «Ci pensa? Metterle addosso dei timori andrebbe contro i miei stessi interessi. Il discorso è un altro, semmai.»

«Cioè?»

«Mi chiedo soltanto come potrà lei opporsi alle leggi,
resistendo tutta sola alla volontà della stragrande maggioranza dei fascisti ossia degli italiani. Perché sarà quanto dovrà fare, giorno dopo giorno e magari senza rendersene
pienamente conto, dando ospitalità a un ebreo. Preferisco

che sappia a cosa andrà incontro. Illudersi, mi creda, sarebbe pericoloso tanto per me che per lei.»

«Per prima cosa, sono romana. Sa che cosa significa? Punto secondo, la mia legge è la legge della carità e il Signore mi assisterà. Di chi debbo avere paura, perciò? Terzo, sono padrona in casa mia. Sempre che lei stia zitto-zitto e buono-buono nessuno, ripeto, nessuno si azzarderà a mandarla via di qui!»

«Nemmeno il papa?» non poté fare a meno di sorridere Enrichetto, scherzando per la prima volta dopo tanto tempo con quella creatura cui non aveva concesso, sino a quel momento, altra dignità che quella legata al possesso d'un povero alloggio sghembo. Due camere unite da un corridoio in leggera discesa e con le mattonelle del pavimento qua e là sconnesse.

I grandi avvenimenti, le passioni e gli imprevisti avventurosi avevano sempre schivato l'esistenza di Norzi. Il destino, che stava ricordandosi di lui solo per renderlo partecipe della tremenda sventura d'un intero popolo, si era comportato fino a quel momento, nei confronti di Enrichetto, con negligente pigrizia. Gli era passato vicino senza fermarsi o fermandosi come soprappensiero. Questo può forse spiegare perché il suo carattere, più giovane della sua mente e anche del suo corpo, non si fosse viziato e avesse anzi conservato attitudini, inclinazioni già palesatesi come tali negli anni dell'adolescenza e della prima giovinezza. Valeva ancora, perciò, quanto aveva preconizzato mamma Norzi. Quella Nora detta da tutti Norina che, parlando anche con la dolcezza del suo sorriso assecondato dalle guance rotonde come d'altronde voleva l'insieme della persona allegramente pingue, aveva invocato il suo conclamato sesto senso per affermare che Enrichetto non avrebbe mai, in nessuna circostanza, perso un suo naturale ottimismo. Questa sentenza era stata depositata nell'animo del piccolo Norzi, allora quattordicenne, con tale forza, con così incrollabile convincimento, che l'interessato ne aveva tratto più che duraturo vantaggio. Era come se quella profezia, pronunciata dalla stessa voce materna, gli tornasse puntuale alla mente in ogni momento difficile o inverso del suo schivo, guardingo esistere. Un esistere, in verità, impoverito anche dal troppo spazio accordato a quei sogni, a quelle fantasticherie che sono il rifugio contrapposto dai timidi alla realtà, alle sue dinamiche richieste.

Questo spiega come Enrichetto Norzi, valendosi d'una facoltà innata di trasfigurare l'esistenza adattandola alle sue ingegnerie fantastiche, riuscisse più e meglio di altri, dopo lo sconcerto iniziale, a superare senza troppo danno quei crolli dell'umore, quelle disperate frustrazioni, quei silenzi esterrefatti e cupi che, nelle case degli ebrei, fecero seguito alla tragedia delle leggi razziali.

Traeva certamente un qualche vantaggio, nella presente congiuntura, anche dal trovarsi in un ambiente dove dell'irato Mosè o di Amos, di Elia, di Geremia e degli altri profeti non si conoscevano neppure i nomi. "Fortunatamente" pensava Enrichetto che, non fosse stato ebreo dalla testa ai piedi, talvolta avrebbe avuto in uggia quella che definiva senza sapere nemmeno lui perché la "malinconia nasale" di rabbini e soci. E alla voce "soci" iscriveva d'autorità il professor Emilio Levi, un amico di famiglia, fornito di una barbaccia scura che faceva risaltare i suoi occhi lucenti e la punta del suo naso freddo come marmo.

Levi, che approfittava volentieri degli inviti a pranzo rivoltigli con deferenza ingiustificata da papà Norzi, aveva il potere di far arrossire con prepotenza Enrichetto adolescente non appena la conversazione sfiorava un nome di donna. Che imbarazzo! Se durante il discorrere venivano citate la bella Ester dai capelli rossi o la zia Eva dai fianchi prosperosi o Livia, la cugina sposata a un inglese, il signor Emilio, all'epoca docente di matematica e fisica in un liceo statale, si volgeva di scatto a guardare Enrichetto. Lo fissava fino a precipitarlo nel panico. Tanto che lui, con le guance in fiamme, non sapeva dove rifugiarsi in attesa di ritornare padrone di se stesso e mascherare così la propria vergogna. Quelli che seguivano erano istanti terribili, resi più atroci dagli sguardi preoccupati e impotenti di sua madre. Improvvisamente Norina, la regina indiscussa della casa, diventava infatti una creatura dall'aria incerta, smarrita, come incapace di reagire alla spavalderia maschile dell'odioso signor Emilio.

Perché, quando gli ebbero a spiegare che cosa accadeva durante i pogrom, Enrichetto avrebbe pensato proprio a quegli sguardi di sua madre? Perché si sarebbe sentito colpevole di nutrire un tale pensiero?

Il tempo passava, difficile dire se molto veloce o molto lento. L'alloggio della signorina Bonifazi si rivelava sempre più, alla prova dei fatti, adatto a servire da nascondiglio.

Ubicato al quinto e ultimo piano di un secolare, malandato palazzo nel cuore della vecchia Roma, era l'unico ad affacciarsi sopra uno stretto pianerottolo dalle mura sfogliate. Come non bastasse, per giungere fino lassù, era necessario abbandonare la scala principale e imboccare una ripida, buia rampa cui si accedeva da un arco protetto da un cigolante cancelletto in ferro battuto. I gradini ripidi, la cattiva illuminazione contribuivano così a scoraggiare persino le vicine dal compiere incursioni inattese, visitine a scappa e fuggi. E di fatto, alla porta della sora Clotilde, non suonava quasi mai nessuno.

«Ogni anno, prima di Pasqua, don Luigi sale a benedire» era stata d'altronde la risposta della Bonifazi a una precisa domanda di Enrichetto, che aveva accolto quelle parole della padrona di casa con comprensibile soddisfazione.

L'interno dell'alloggio assomigliava come più non si sarebbe potuto alla sua proprietaria. Un odore come di focaccia rafferma, di panni lavati, faceva ala al suono rassicurante d'una pendola. Quell'orologio, unica suppellettile "di lusso", era capitato là chissà come e perché dal momento che l'arredo, altrimenti sobrio, sembrava essere stato messo insieme evitando tutto quanto vi poteva essere di costoso o di superfluo.

Proprio questa sobrietà, intonandosi a un pessimismo lucido e rassegnato, aiutava Norzi a trarre forza, a derivare una insperata serenità da un atteggiamento di sofferta ma garbata rinuncia. Anche il proposito di entrare come sceneggiatore nella grande fabbrica del cinema, vissuto d'altronde più come una chimera che perseguito come un realistico programma, poteva ormai dirsi definitivamente accantonato.

Si sarebbe insomma potuto concludere che Enrichetto avesse accettato anzitempo la parte del trapassato o più precisamente della creatura senza futuro che si guarda perciò vivere in un presente fatto di nulla e che proprio dal nulla trae le sue piccole, piccolissime consolazioni.

Un'astuta variante, la sua, del masochismo? A questa domanda, che pure alla fine si pose, Norzi si sentì di dare in tutta buona fede una risposta negativa. Le cose stavano diversamente. Aveva quasi l'impressione di aver ottenuto dal Padreterno, a risarcimento delle tante e gravi mortificazioni subite nell'ultimo periodo, il dono d'una insospettata castità della mente e del cuore. Non sapeva neppure più che cosa fossero gli affanni della concupiscenza, i soprassalti del desiderio.

Granello smarrito in una Roma dove non aveva parenti o amici, anziché inseguire chissà quali consolazioni e perdersi in chissà quali vizi, si compiaceva della propria astinenza e della propria sobrietà. Niente, tornava spesso a ripetersi Enrichetto, avrebbe potuto aiutarlo di più, almeno nella condizione in cui adesso si trovava, d'una leggerezza non soltanto interiore e quella leggerezza sentiva di dover difendere come fosse un'arma della dignità. Per curioso che possa sembrare, questa convinzione spingeva Norzi, sul piano pratico, ad accelerare quanto più possibile la propria digestione e a tenere lo stomaco sgombro, ricorrendo con sempre maggiore frequenza a dosi generose di bicarbonato. A volte poi, senza quasi averne necessità, assumeva dei lassativi. La ragione? Difficile precisarla con parole chiare, parole perfettamente rispondenti a concetti lucidi e razionali.

Certo è che, in misura direttamente proporzionale all'accrescersi dei disagi e dei pericoli legati alla legislazione antisemita, Enrichetto sentiva un pressante bisogno di ordine e di pulizia. Si pettinava con maggiore frequenza, curava di più la sua persona e non ultimo avvertiva il bisogno di avere sgombri stomaco e intestino. Avrebbe così sopportato nel modo più disinvolto un possibile arresto. Se fossero venuti a prenderlo, gli sbirri non avrebbero trovato l'ebreo che si aspettavano di trovare. Un uomo cioè terrorizzato, un essere sorpreso nella sua cuccia di vittimismo, tutto tremante e come rannicchiato nella propria degradata passività. Si sarebbero viceversa imbattuti in un antagonista, sia pure garbato, in un oppositore, sia pure riguardoso, in una creatura degna insomma di suscitare rispetto.

Come trascorreva quelle sue giornate? Enrichetto si alzava per tempo, col suono delle campane che annunciavano, nelle tante chiese disseminate intorno all'abitazione della Bonifazi, le prime messe mattutine. Come prima cosa, indossava la sua bella vestaglia di seta. La conservava come una reliquia, con cura un po' superstiziosa. Annodando la cintura, finiva ogni volta col ricordare il giorno in cui i suoi genitori gli avevano fatto dono di quell'indumento che aveva rimpiazzato all'ultimo un'impegnativa valigia di cuoio. Con quel regalo, porto con l'aria di chi è soddisfatto d'una

propria scelta quantunque azzardata, avevano voluto festeggiare l'esame di maturità superato da Enrichetto con
voti forse non eccellenti ma comunque superiori alle legit-
time aspettative. «Bravo! Adesso ti attende l'università!»
continuavano a ripetere papà e mamma con quella gioia un
po' ansiosa che negli ebrei nasconde sempre, quando si
tratti dei figli, la paura di quel che sarà. Di quanto il domani riserverà a quelle loro creature su cui vorrebbero viceversa poter soffiare il dono della sicurezza, prima ancora
che della felicità, così come il padre dei padri soffiò l'anima in Adamo.

In vestaglia e ciabatte, Enrichetto andava poi a bere un
po' di latte (fin quando ce ne fu) in cucina. «Meno male
che non sono sposato e non ho messo su famiglia. Di questi tempi, che pena in più sarebbe vedersi intorno dei figli
condannati senza colpa» si ripeteva quindi puntualmente
come fosse la preghiera del buongiorno. Aveva rinunziato
alla famiglia come, a suo tempo, aveva rinunziato alla laurea. Egoismo il suo? Anche ma non solo visto che in entrambi i casi a farlo desistere, a togliergli la voglia era stata
l'impossibilità di figurarsi un suo futuro di uomo di mezza
età, fruitore d'una rispettabile esistenza di professionista e
di borghese medio.

L'ozio forzato, che altri israeliti vivevano come una delle
più avvilenti conseguenze della legislazione antiebraica, a
Enrichetto non pesava. Quando mai aveva davvero lavorato o aveva sul serio cercato di farlo? Una piccola rendita,
quattro soldi di cui riusciva tuttora a disporre, gli avevano
garantito con il pranzo e la cena anche un distruttivo far
niente. L'unica, vera attività di Norzi consisteva nel chiedersi il perché di tutto senza mai trovare risposte a quel suo
interrogare e interrogarsi un po' cupo, un po' svogliato.

Più tardi, tornato nella sua stanza da letto, Enrichetto
osservava pigramente lo spettacolo dei tetti, lo sventolare
qua e là di lenzuola e camicie che gli parevano, tanto più in

quella stagione marziale, le vere bandiere d'una Roma che nella sua interminabile storia aveva ingannato, servito e dimenticato anche troppi vessilli, troppe insegne.

Accostava una sedia alla finestra, si accomodava e prendeva a spiare il mistero di quelle terrazze romane quasi sempre deserte, alte e silenziose davanti a panorami di una bellezza scolpita dal silenzio direttamente nel grembo del tempo e della luce. Tanto che Enrico si chiedeva (anche quando non aveva piena consapevolezza di farlo) se un ebreo, uno che la legge voleva meno creatura delle altre creature, potesse far suo con lo sguardo quello spettacolo d'una bellezza svogliata, d'una maestosità sprezzante che sembrava aver troppo goduto dei suoi stessi privilegi. Se lo chiedeva, povero Enrico, come se maestosità e bellezza della città eterna fossero meraviglie, fossero doni riservati esclusivamente alle razze pure e vincenti.

A volte, tornando a buttarsi sul letto, prendeva sonno e dormiva per svegliarsi fingendo di non sapere d'aver dormito. Uccidere il tempo, trasformarlo in una inconsapevole attesa, era infatti ingrediente importante nella ricetta della sua strana serenità. Di quel suo unico, indecifrabile stato che pareva comporsi d'una impossibile miscela di esaltazione (però inesplicita) e di accoramento (comunque discreto, senza punte contundenti).

Enrichetto aveva altresì imparato ad apprezzare quel concerto di piccoli rumori domestici, a cominciare dallo scrosciare dell'acqua per lavare l'insalata o (più raramente) dall'andare e venire del mattarello sullo spianatoio per "tirare" la pasta delle tagliatelle, che gli testimoniavano d'un prodigarsi anche per lui (o solo per lui?) della padrona di casa.

Povera signorina Clotilde! Non era, con quel suo viso spigoloso e quel suo corpo che pareva essersi dimenticato di prendere una forma, tale da poter venir guardata e rubricata quale donna. Si pensava piuttosto a lei, quando e se ci si pensava, come a un'espressione stinta, marginale dell'umano. Senza età e senza sesso, ovviamente. E questo lo avvertiva, sia pure con un suo apprezzabile garbo interiore, persino Enrichetto Norzi.

Di esperienze col gentil sesso, di vicende amorose quest'uomo ricavato nella rigida, severa stoffa dell'eterno scapolo aveva accusato sempre la mancanza. Tutto si risolveva, a ripercorrere il suo passato, nella discontinua relazione con una certa Tina (così poco importante da essere rimasta sempre senza un cognome) e in una strana, indefinibile storia di sospiri, di sguardi, di gesti iniziati e mai davvero conclusi (carezze sospese a metà, baci dati di sfuggita) con la "piccola" Pitigliani, una sua quasi cugina dal momento che era la più giovane delle cugine di sua madre. Altro gli improvvisi rossori, la timidezza, i complessi di Enrico non avevano consentito.

Quella scorbutica di Clotilde era perciò capitata a puntino, proponendosi come il surrogato esageratamente austero e insieme umanissimo d'un tocco femminile. Sgraziata com'era, le riusciva di restituire a Norzi il senso della casa, del solido rifugio domestico così come, in tutt'altra situazione, avrebbe potuto fare una perpetua con un parroco d'altri tempi.

Sotto uno stesso tetto, là all'ultimo piano, vivevano insomma un uomo e una donna che, per potersi voler bene, dovevano non accorgersi di volersene. In quelle due stanze trascorrevano la loro esistenza, a stretto contatto di gomito, un lui e una lei che si erano dimenticati di essere anche un maschio e una femmina.

Tutto, a questo mondo, ha una sua spiegazione. Anche il modo come Enrichetto, un miscredente, era giunto in casa d'una bacchettona però inconsapevole, mite, quale Clotilde Bonifazi.

Ecco come andarono le cose. In principio, era la signora Regina. Di cognome faceva Della Seta ma per tutti era Regina e basta, dal momento che l'origine ebraica e tutto quanto potesse far risalire a quell'origine Regina lo teneva ben fermo nel cuore omettendolo però, quasi fosse un pettegolezzo pericoloso o magari una vanteria di dubbio gusto, nella pratica d'ogni giorno. A favorire il buon esito di una tale strategia, che si sarebbe rivelata tanto più provvida quando dalle angherie agli israeliti si fosse passati alla loro deportazione senza ritorno, avevano contribuito e tuttora contribuivano le qualità di cuoca addirittura preclara dell'esuberante Regina. Friggeva con inarrivabile perizia, superiore a quella di qualsiasi maschio, baccalà e carciofi ma anche funghi e cavolfiori.

Sempre a scopo mimetico, essendole ovviamente nota la taccia di gente avara che correva dietro agli ebrei ovunque approdassero, Regina si preoccupava di fare frequenti e ghiotti omaggi al vicinato. Si mostrava insomma generosissima dei suoi capolavori culinari empiendone piatti e vassoi che si alienava poi con una scrollatina di quelle sue spalle attrezzate a sostenere il peso di due mammelle tanto più vistose, sussultanti, incontenibili nelle morbide lane angora, nelle argentine azzurre o rosa, che parevano indossate proprio per sottolineare maliziosamente la loro inadeguatezza a vestire tanta esuberanza.

Fingendo di non ricordare che si trattava della perpetua del parroco, Regina non esitava a gratificare delle sue squisite fritture anche la solerte Zelinda Maugeri che subito, a passi più svelti che poteva, le portava ancora calde, in canonica. Don Luigi, dal canto suo, non aveva l'obbligo di sapere o di rammentare quale fosse la provenienza di quelle pietanze e così poteva apprezzarle a occhi socchiusi. Col solo fastidio che gli causavano un paio di interrogativi a proposito del peccato di gola. Il primo dei quali lo sorprendeva nel portare il boccone dorato, croccante alla bocca e il secondo nel deglutirlo.

Ma ecco quel che interessa qui. Un giorno ormai lontano la mitica Regina, incontrando Clotilde dal panettiere, non s'era trattenuta dal fare le fusa. Aveva invischiata la Bonifazi, guardandola con quei suoi magnifici occhi da levantina, annunciandole l'omaggio d'un vassoio di carciofi fritti. Si era affidata a un nuovo olio, migliore del precedente e confidava nell'eccellenza del risultato. «Mi dirà poi la sua impressione, cara Clotilde» aveva concluso Regina, lasciando intendere che più tardi, poco prima di cena, avrebbe deliziato la Bonifazi porgendole un consistente assaggio della sua produzione. Quindi, accennando alla possibilità di aggiungere al tutto un paio o tre frittelle di mele, una novità nel suo repertorio da considerarsi ancora in fase sperimentale, si era mostrata d'improvviso un po' inquieta come chi voglia esaurire presto un argomento per affrontarne un altro. Stavolta più serio e d'una certa urgenza.

Sta di fatto che prendendola alla lontana, con prudenza, Regina aveva menzionato un suo lontano parente, così lontano da non potersi nemmeno considerare un vero parente. Questi, trasferitosi a Roma per rimanerci a lungo, adesso cercava sistemazione in una casa a modo. Più che perbene. Dal proprio canto, Regina poteva darne piena assicurazione, Enrichetto Norzi era un gentiluomo. Discreto, ossequioso, puntuale nei pagamenti. «Senza capricci di donne!» aveva finalmente concluso, non potendo fare a meno di sfoderare intanto una delle sue risapute e apprezzatissime risate.

Proprio in virtù di quelle risate, che teneva pronte per le occasioni speciali, Regina, a dispetto del sovrappeso, era riuscita a far colpo su più d'un mortale. Era la dentatura smagliante? Erano le labbra, tendenzialmente tumide, che si schiudevano lucenti di saliva? Era quel gorgheggiare che sembrava, prima di raggiungere l'interlocutore, palpitarle tiepido e misterioso in gola? Era quello sforzo gioioso che le gonfiava il collo facendo sentire quanta forza di vita vi fosse in lei? Difficile dirlo. Certo i buongustai, raggiunti da quel suono fatto di piccoli rimbalzi argentini, erano portati a concludere insensatamente ma non troppo: «Se è così che ride, caspita, chissà come saranno le cosce!».

Tre giorni dopo quell'abboccamento, fra Regina e la signorina Clotilde, Enrico Norzi varcava la soglia di casa Bonifazi, accompagnato da due valigioni e dal fantasma d'un passato che non si lasciava dietro affetti, amicizie, commiati. Correva l'anno 1933. Mussolini era fortissimo e non pochi israeliti pensavano, si illudevano ancora potesse essere dalla loro parte.

«Ho fatto dire una messa per la sua mamma, non importa che fosse ebrea» aveva annunciato un giorno Clotilde, tornando dalla vicina chiesa di Sant'Andrea della Valle.

La notizia, nel piovergli addosso improvvisa, stupì Enrichetto. Un poco lo commosse e un poco lo inquietò. Che cosa doveva pensare? Mah, proprio non sapeva. Avrebbe fatto bene a considerare quel suffragio una prepotenza, magari involontaria, fatta alla religione dei suoi avi? Sarebbe stato il caso di prenderlo come una mancanza nei confronti della sua mamma? L'interrogativo suonava più che legittimo. D'altro lato, tenendo presente anche quanto lui adesso sapeva del modo d'intendere la fede dei cattolici quale dono cioè da estendere ai non credenti, doveva ammettere che quella di Clotilde era stata, tanto più vista la semplicità di lei, un'iniziativa generosa. «Dolce!» gli uscì detto dal cuore e accompagnò a quell'esclamazione un ammorbidirsi dell'espressione. Tanto che con un foulard, sistemato sul capo come si deve, Enrichetto, in quel momento, sarebbe apparso quasi la sorella minore di sua madre. Gli stessi occhi, lo stesso naso un po' pesante della povera Norina...

Un pomeriggio ormai sul tardi, attraversando Ponte Sant'Angelo con lo sguardo necessariamente puntato alla sagoma solenne di San Pietro, Norzi non seppe fare a meno di riconsiderare parole come cattolico o cattolicesimo. Sapeva di non essere obiettivo in proposito, di non avere la mente del tutto sgombra da pregiudizi. Cercò, dunque, di non dar peso al senso di timore se non di avversione che quei termini sollevavano nella sua mente, anche rammentando il modo in cui li aveva uditi adoperare dai suoi genitori. Suo padre, in particolare, si faceva quasi un obbligo di ricordare periodicamente come la Chiesa aveva trattato nei secoli gli ebrei.

Il cielo, che accompagnava quella passeggiata di Enrichetto, si era intanto venuto facendo d'un rosso morbido, attenuato da una leggerissima foschia. Il Tevere e il Gianicolo collaboravano, con la sera bellissima, a celebrare un'immagine grandiosa della creazione. Che bello sarebbe stato potersi abbandonare al piacere di quella visione senza avvertire il sottile disagio di chi paventa da un momento all'altro un imprevisto del destino, qualcosa che intervenga a vietargli un pur così legittimo piacere. Tale imprevisto, considerati i tempi, non poteva che venir collegato con la sua origine ebraica. Sempre e ancora quella! Fu allora che Enrichetto, pur vergognandosene un po', non seppe fare a meno di chiedersi se non gli sarebbe piaciuto nascere ariano, essere battezzato e partecipare anche lui degli indubbi benefici non soltanto materiali, delle evidenti facilitazioni derivanti dall'appartenenza alla vasta, temuta tribù di quelli che potevano sentirsi padroni del mondo, della natura, di tutto e non viceversa come gli israeliti indotti nei momenti di più iniqua persecuzione a considerarsi inquilini sotto sfratto del creato, pigionanti morosi d'un dio stanco di tollerare e di far loro credito. Insomma, essere ariani, battezzati e spesso condotti dalla natura indulgente della propria religione a una tolleranza vicina a un beato e indifferente lasciar correre, non sarebbe stata sorte migliore? Enrichetto pensò all'etica (termine, in realtà, un po' sproporzionato guardando alla portata di quel suo pensiero) cristiana del perdono, rifletté allo straordinario privilegio rappresentato dalla grazia (di cui, in verità, sapeva poco) e di quel che la grazia stessa (secondo lui) poteva comportare. Si soffermò a considerare quanto l'uno e l'altra, il perdono e la grazia, rendano più semplice, meno aspramente drammatica e conflittuale l'esistenza interiore. Ammise, sia pure a malincuore, che il cattolicesimo privilegia, forse a scapito della giustizia, il supremo tesoro dell'indulgenza. Gli sarebbe dunque piaciuto, a conti fatti, nascere ariano fra gli ariani? Avrebbe gradito trovarsi intruppato insieme con quelli che, benedetti dal generale consenso, si aspettano di convertire quanti non la pensano come loro e non viceversa tra quelli che si aspettano di venir convertiti perché vinti, perché stremati (come stava allora accadendo) da persecuzioni e paure? Dopo essersi rigirata due o tre volte nella mente quella domanda, Enrichetto decise di tagliare corto, dicendosi: "Basta, smettiamola!". Che senso può esserci nel chiedere a un cane se preferisca essere un gatto o a un gatto se preferisca essere un cane? Lui era ebreo, ogni altra ipotesi doveva considerarsi un'astrazione e, forse, era meglio così!

La meta quotidiana di Enrichetto era il Lungotevere, all'altezza di Ponte Sisto. Non di rado, approfittando del tramonto, si fermava a godere lo spettacolo delle pittoresche variazioni di luce, sopra gli alberi che disegnavano l'andamento degli argini e sulla lenta corrente del fiume. "Quanto mi piace! Sarà la mia origine settentrionale" non poteva fare a meno di compiacersi davanti a quella veduta, alla sua solennità che gli pareva confinasse con l'eterno, con la sua suprema e pacificante indifferenza.

Enrichetto aveva nel sangue altri paesaggi, avvolti di fredde, umide brume. Prima di mettere radici a Milano, i suoi nonni (materni) e i suoi bisnonni (paterni) erano infatti vissuti, avevano educato i loro figli in una cittadina dai portici bassi, neri di fumo e dai lunghi inverni sepolti nel grigiore. Era anche con i loro occhi, con gli occhi di quei suoi vecchi mai scesi più in giù di Firenze, che adesso apprezzava i colori dei crepuscoli romani.

Fatto sta che, a volte, Enrichetto non riusciva a staccare lo sguardo da quei rossi che precipitando sempre più verso l'ombra diventavano dei viola e guardava poi quei viola stingere gradatamente in un violaceo spento. Un violaceo che, brunendosi, suggeriva l'effetto ottico d'una fuliggine soffiata sul mistero dell'orizzonte dal respiro della notte.

Roma era bellissima in quell'estrema ora del giorno. Pareva appartenere a un'altra realtà, lontana e diversa dalla storia, dalle sue prepotenze. Il fascismo non era più. Non erano più i fragili e pretestuosi edifici che gli uomini si affannano a innalzare quasi a proteggersi da un altro tempo, il tempo della natura e di dio. L'aria all'improvviso profumava d'antico, prendeva l'odore inconfondibile dei ruderi con le loro ruvide erbe, con le loro corone di sterpi e le loro polveri millenarie, nate dal consumarsi stesso della pietra. Stanche, pesanti campane facevano in quel mentre sentire i loro ultimi rintocchi quasi a invocare la quiete della notte, la quiete e la profondità d'un cielo che non offriva più ala alle tormentose invocazioni delle preghiere senza risposta.

La sosta, in genere, aveva termine col sopraggiungere delle prime tenebre. Come volesse a ogni passo scrollarsi di dosso la consapevolezza di esistere, Enrichetto andava e andava. Si immergeva, si perdeva nei vicoli.

Quasi suo malgrado, coglieva intanto quegli umori promiscui, quelle istigazioni sotterranee e scellerate che Roma sa trarre dalle proprie viscere, dal proprio sabba popolaresco e facinoroso al momento di riporre le insegne del giorno. Così, struggendosi e stordendosi come un romantico ragazzo nonostante la sua incipiente mezza età, Norzi Enrico italiano di seconda classe perché ebreo, galantuomo di razza inferiore per la medesima ragione, camminava non esente da suggestioni, da trasalimenti che gli venivano dai suoi onorevoli ma invalidati, declassati studi classici. Trotterellava cercando di darsi, per motivi che gli sembravano ovvi ma non lo erano affatto, un'aria il più possibile rassicurante e anonima. Protraeva quell'andare fin quando il sopraggiungere della stanchezza lo induceva a rientrare confidando in un onesto e pacificato riposo.

Non sempre, tuttavia, era così o solo così. Accadeva anche che, un attimo prima di rientrare, avvertisse come un'impennata. Non potendone più di sentirsi solo con la sua identità di perseguitato dalle leggi più inique del mondo, Norzi attraversava via Arenula, che si allungava a poche centinaia di metri dall'abitazione della Bonifazi, in via Monterone. Girellava come sbadato, fingendo di non avere meta, fin quando si ritrovava in piazza Costaguti e di qui subito in via della Reginella.

Il vecchio ghetto, le sue voci, i suoi suoni lo circondavano all'immediato, quasi lo frastornavano. Riconosceva, come ci fosse vissuto sempre lui che mai aveva abitato nel quartiere ebraico, quell'intimità loquace, un po' litigiosa che dalle cucine, dai tinelli scende nella via e la fa casa di ogni casa. E in quella coralità sentiva, per strano mistero, mutarsi l'affanno cieco del perseguitato in un destino. In una sorte comune voluta, per chissà quale grandezza del popolo d'Israele, da Dio stesso.

Una dolcezza, che quasi si scandalizzava di avvertire a tal punto, dava frattanto alla sua espressione una sfumatura, un accento di così prepotente familiarità che dalle botteghe altri ebrei lo riconoscevano e lo salutavano. Quasi lo chiamavano fraternamente a condividere con loro un domani per il momento ancora più imperscrutabile che terribile, come imperscrutabili e non terribili sono appunto i disegni del cielo.

Durava poco quella sensazione poi, riconciliato, Norzi tornava a varcare il confine perché proprio tale gli appariva. Superava un'invisibile ma precisa linea di demarcazione e lasciava la sua gente, i suoi correligionari per rientrare in quella Roma che da secoli, da millenni accoglie gli stranieri fra le sue ombre di seta, fra i suoi cuscini di pietra, fra le sue ingannevoli intimità da lupanare.

«Per stasera non esce più, vero?»

«E dove potrei andare, signorina Clotilde?»

«Allora, visto che lei è rientrato, metto il paletto alla porta. Mi sento più tranquilla.»

«È un lusso che non mi posso consentire!»

«Che intende dire, sor Enrichetto?»

«Non ci può essere tranquillità per me!»

La Bonifazi, povera creatura, si era affezionata talmente a Norzi che certi discorsi non voleva neppure sentirli sfiorare. Temeva di trovarsi d'un tratto nella condizione di dover ammettere con se stessa, come d'altronde talvolta sospettava, che tenersi quell'uomo in casa, con i tempi che correvano e l'inasprirsi delle leggi razziali, fosse troppo osare. Bastava perciò, in ottemperanza a quello stato d'animo, una mezza parola di lui, un accenno che rimandasse anche indirettamente ai rigori della legislazione antisemita perché Clotilde avvertisse l'urgenza di chiamarsi fuori. E subito, per maggiore sicurezza, trovava anche modo di rifugiarsi in una sua ingenua quanto solerte recita. Così nel mentre Enrichetto si avviava a dar sfogo ai suoi pur legittimi affanni, la Bonifazi pareva ricordarsi, per chissà quale associazione del pensiero, di dover portare a compimento l'orlo di una federa, di aver iniziato e non finito la lucidatura d'una maniglia. Trovava, insomma, il modo di farsi assorbire da una qualunque di quelle piccole, domestiche penitenze cui una donna del suo stampo, della sua educazione non può sottrarsi senza l'idea d'essersi sporcata d'un peccato forse veniale ma sensibile, fastidioso come la puntura d'un tafano.

Che cosa era diventato, dunque, il pigionante Norzi per Clotilde Bonifazi? Domanda difficile perché senza una

plausibile risposta nelle parole, nelle sommarie classifica-
zioni di cui sono appunto capaci le parole. Si può tutt'al
più azzardare, con largo beneficio d'inventario, che Clotilde nutrisse, nascondendolo ben bene dietro i paramenti un
po' quaresimali della pietà cristiana, un reale, sentito trasporto affettuoso nei confronti del "suo" ebreo. Perché era
così, cioè ebreo, che continuava a definirlo dentro di sé e
degli ebrei lei aveva avuto, fino al momento di conoscere il
Norzi, un'idea, anzi l'idea che può venirne a leggere e rileggere, a sentire e risentire il Vangelo della Passione! "Ba-
rabba o Gesù?" Quante volte nell'ascoltare quella domanda, quante e quante volte a riudire la risposta del popolo
eletto Clotilde, facendosi più piccola di quanto non fosse,
aveva tremato come può tremare travolta dalla logica, fol-
gorata nel pensiero, una povera donnetta che si senta addirittura sopraffatta dall'immagine archetipica dell'iniquità.
A travolgerla, ripensandoci, era il suono ricco di accordi
sciagurati, male auguranti d'una bestemmia smisurata.
Non bastava l'universo a contenerla.

Eppure! Eppure proteggere quell'ebreo, come in realtà
faceva dicendoselo a metà e in modo sempre un po' sfumato, le provocava, le muoveva dentro una tenerezza scono-
sciuta. Un tumulto interiore che, anche avesse voluto sot-
toporlo alla pedanteria dell'analisi, non si sarebbe lasciato
afferrare nella sua sostanza. Una creatura quale Clotilde
non sa infatti, non possiede neppure le parole adatte a rac-
contarsi certi misteriosi accadimenti dell'anima. E allora?
Allora lei viveva quella vicenda nella semplicità dei piccoli
gesti, di quegli slanci che solo a volte si riconoscono come
tali e muovono a un umanissimo, delicato pudore.

«Le piace il castagnaccio, signor Enrichetto?»

«Non so, non l'ho mangiato mai.»

«Allora vada in cucina e lo assaggi. L'ho cotto per mia
cugina Adele ma ne ho salvata una fetta per lei!»

Capitava, e capitava sempre più spesso, che la Bonifazi

si chiedesse un po' turbata se il signor Enrico, finita che fosse la guerra, non avrebbe preferito spiccare il volo e cercarsi un'altra sistemazione. In un'altra casa o addirittura in un'altra città dal momento che non era romano. Sarebbe stato un duro, durissimo colpo vedergli riempire quei suoi due valigioni, da anni avvolti in un vecchio lenzuolo e messi a dormire nel ripostiglio. Veder andare via Norzi avrebbe significato, come minimo, perdere una compagnia di cui l'anziana signorina Clotilde sentiva sempre più la necessità.

Con il tempo, un po' alla volta, Clotilde aveva preso l'abitudine di trascorrere le serate con il suo pigionante, chiacchierando un'oretta o anche più. A volte bevevano un bicchierino di mistrà che lui, l'ebreo, aveva comperato una settimana o due prima di Natale per non farlo sembrare appunto un regalo collegato alla nascita di Gesù.

Erano loro due soli nella casa silenziosa e buia. E stavano bene, proprio bene insieme. Norzi la faceva sentire donna ma, si capisce, in un modo tutto speciale. In un modo casto e però senza la rigida consapevolezza della castità o, in altre e più crude parole, dell'essere zitella, proverbialmente zitella, che aveva lei.

Spesso, durante quei loro incontri che non si svolgevano più nel tinello ma in cucina per paura (una paura assurda, improbabile vista l'ubicazione dell'alloggio) che qualcuno potesse udire le loro voci dalle scale, Clotilde provava la sensazione, quanto si vuole fugace e impropria, che loro due fossero compagni di vita. Sognava, senza accorgersi di sognarlo, che Norzi e lei potessero considerarsi quasi una famiglia.

Le associazioni del pensiero sono, non di rado, come i fiumi carsici. Rispuntano all'improvviso spumeggianti, impetuose. E nel caso specifico il pensiero riguardava la "razza". Anche a non voler credere tutto quello che si sentiva a proposito degli ebrei, qualcosa di vero in proposito della loro diversità doveva pur esserci. Ecco che cosa si diceva, a riguardo, la Bonifazi. Nel signor Enrico c'era qualcosa di dolcissimo ma anche di strano che non sarebbe mai andato d'accordo con la personalità d'un fidanzato, tanto meno avrebbe combinato con l'immagine d'un marito. Aveva un bell'arrampicarsi sulla scala, il buon Norzi, a cambiare la lampadina troppo alta di cucina o trafficare in bagno, cercando di riparare lo sportello dell'armadietto. A dispetto di quegli sforzi, non riusciva a incarnare l'idea del maschio così come se l'era fatta Clotilde, osservando suo padre impiegato delle poste o suo zio Amilcare. Il fornaio, l'uomo felice e tremendo proprio come l'apoplessia che l'aveva schiantato a trentasette anni. Per quanto ci provasse e riprovasse, Clotilde non arrivava a immaginare quell'ebreo dalla voce un po' cantilenante in canottiera, seduto a capotavola mentre teneva a bada col solo sguardo un popolo di mogli, madri, sorelle, figli e cugini!

Senza contare che, in certi momenti, l'espressione di Enrichetto si faceva tale che se lei, la Bonifazi, fosse stata un pittore, l'avrebbe presa a prestito per dipingere il volto di una Madonna. Proprio così, di una Madonna! Quella dolcezza antica, quel miele di saggezza prima che di bontà, Clotilde non li aveva mai visti espressi con più straordinaria evidenza. Stupirsi più di tanto? E perché mai? Non è forse vero che tutti gli ebrei vengono, all'origine delle origini, dalla stessa terra di Cristo e della sua mamma?

Fu un sabato, all'improvviso. La guerra proseguiva interminabile, la campagna antisemita si faceva sempre più accerchiante. Micidiale. Le notizie che venivano dalla Germania, dalla Francia erano terribili. Deportazioni e ancora deportazioni. Enrichetto sentì il bisogno di pregare ed ebbe come mai gli era accaduto prima la precisa, raggelante sensazione di rivolgersi a un dio che non c'è. Là, in alto, in un cielo pieno solo di altro cielo!

Quell'impressione di sgomento, nei giorni successivi, tornò a farsi sentire ancora. Con prepotenza. Norzi non smise tuttavia di pregare. Sempre che certi suoi liberi soliloqui, che avevano quale muta interlocutrice l'immensità, potessero considerarsi preghiere.

Come avrebbe potuto non pregare più? Aveva nostalgia dell'idea di Dio, un'idea che lo aveva accompagnato durante tanti anni, così come si può avere nostalgia d'una confortevole, protettiva palandrana appena buttata, con gesto stizzoso e imperdonabile ingratitudine, agli stracci!

Enrichetto venne tratto in arresto dai tedeschi nell'autunno del 1943. Accadde nel tardo pomeriggio, all'ora della sua solita passeggiata. Pur non giungendo a dirselo con chiarezza, a un certo punto Norzi intuì di essere stato il complice della propria cattura. Quasi che non volesse o non avesse più la forza di continuare e di salvarsi dopo che tanti ebrei erano stati presi, deportati. Era troppo solo a sopportare il peso di quella doppia ingiustizia, di quello squilibrio tra l'eccesso di ferocia degli aguzzini e la troppo grande iniquità che stavano subendo le vittime. La mente non può patire indenne, e quietamente sopravvivere, a un tale scandalo logico.

La cronaca delle sue ultime ore di libertà? Entrando in cucina all'improvviso, Norzi aveva sorriso alla sua cara (era così che la pensava ormai) padrona di casa. Era stato un sorriso breve e lungo. Quindi, come facendo punto e a capo, aveva riferito del suo bisogno di uscire «almeno un po'», di fare due passi.

«Devo assolutamente prendere una boccata d'aria, non ce la faccio più a stare chiuso!»

D'abitudine, disponendo ormai della chiave di casa, Norzi andava e veniva senza avvisare. Quel saluto era dunque una novità e lei, la Bonifazi, ne ebbe paura. «Stia molto attento, mi raccomando» borbottò, intimidita dalla forza del suo stesso sentimento verso quel compagno di tanti anni. E così protettivo, e così diretto non avrebbe mai pensato di poterlo esprimere quel moto del suo animo, quel protendersi dell'affetto proprio come si protende un braccio nel gesto d'una imprevista, sollecita carezza. Enrichetto le aveva risposto, come soprappensiero, che tanto ormai quel che doveva succedere era successo.

«Hanno preso tutti quelli che dovevano prendere. Non rimane più nessuno» si era stretto malinconicamente nelle spalle. Concludendo, aveva aggiunto che Clotilde non doveva stare in pena. Faceva solo un giretto («una giratina» disse anzi usando un termine appreso da lei). Si sarebbe limitato a pochi passi, quelli strettamente necessari a sgranchirsi le gambe e sarebbe tornato a casa. Di lì a una ventina di minuti, non di più.

Fu quella, viceversa, l'ultima volta che la signorina Bonifazi udì la voce del suo unico e specialissimo pigionante. Speciale al punto che, sorretta da chissà quale speranza, Clotilde avrebbe continuato a conservare gli abiti di Enrichetto, le sue valigie e persino le sue lenzuola nel letto fatto, bello e pronto per accoglierlo quando fosse tornato.

Così fino all'autunno 1948. Quando Donatella, una conoscente di sempre, decise di far ricoverare la povera Bonifazi, stanca di solitudine e magra come quell'infreddolito dopoguerra.

La trasportarono all'ospedale Fatebenefratelli, sull'isola Tiberina, non lontano da via Monterone, dalla casa cioè dove aveva trascorso tutta l'esistenza. Là, a due passi dal ghetto che, dopo la scomparsa del signor Enrico, era divenuto alla Bonifazi inaspettatamente caro, quasi familiare, pur non sapendo e non avendo capito di quel mondo, degli ebrei nulla o quasi.

(*E fu settembre*, 2005)

Mare di guerra

Più tardi avrebbe fatto molto caldo e l'aria non sarebbe stata altrettanto limpida. Né così pulita e leggera. Tanto che adesso gli scogli, tre o quattrocento metri a ponente della piccola spiaggia dell'hotel Lungomare, pareva scintillassero nella loro ombra fresca. Non ancora toccata dal sole. E sotto il pelo dell'acqua, ancorati a un tappeto giallo e muschioso, i ricci sembravano mescolare al nero del loro corpo a cupola, dei loro aculei di inchiostro, un blu notte, screziato di viola.

«In una giornata così, proprio non mi riesce di immaginare Torino, l'inverno che verrà, il cielo grigio per settimane e la nebbia intorno ai lampioni. Come si fa a vivere in una città dove fa buio alle tre del pomeriggio!»

«Pensare che hai una pelliccia così bella!»

Era il momento delle chiacchiere sotto gli ombrelloni, dopo il caffè e latte delle nove e prima del bagno di mezza mattina. Una brezza tenera e svogliata rimbalzava frusciando sugli spicchi di stoffa rossa e blu, andando poi a perdersi fra le due file di cabine celesti.

«Continui a chiacchierare e a far progetti, Cristina, come non fossimo in guerra e non corressimo di continuo il pericolo dei bombardamenti.»

Qualcuno accennò a Balbo, alla sua morte, colpito in circostanze sospette dalla contraerea italiana. Quella notizia, nonostante il trascorrere del tempo e l'accavallarsi degli avvenimenti, continuava a destare impressione. Anche per questo i fascisti più zelanti la consideravano un argomento tabù. Un tipo, con una barba che gli dava un'espressione severa un po' d'altri tempi, rivelò dispettosamente che l'attore Osvaldo Valenti, il divo del momento molto considerato in alto loco, era rimasto turbato da quanto accaduto a Tobruk anche se si ostinava a tacere. A non commentare in modo esplicito la fine del governatore della Libia. «Che cosa sta facendo Valenti?» chiese qualcuno preoccupato della piega presa dalla conversazione. «Ho sentito dire che dopo quello su Cesare Borgia ha iniziato un altro film con la Ferida e la De Giorgi.»

Era la giornata ideale per disporsi a passare molto tempo in acqua o a parlare di frivolezze. E tutti discorrevano formando, con i loro interlocutori, piccoli gruppi pronti a rompersi in ancor più piccoli sottogruppi: e molti avevano ancora il sonno attaccato alla voce. E fra poco il mare, per il momento immobile, avrebbe "allungato" qualche linguata sulla battigia, come per giocare innocentemente con la forza della sua vastità.

«È il momento più bello, adesso.»

«Ci avrei scommesso. Sapevo che, prima o poi, lo avresti ripetuto.»

«È sempre stato così, fin da quando ero bambina. La natura, con i suoi spettacoli, finisce con l'emozionarmi. Ma tu sei strana, oggi. Che ti prende?»

«Tu hai un fratello al fronte e non dovrei dirtelo. Il punto è che, proprio in momenti come questi, penso ai nostri amici di tante estati. E mi si stringe il cuore sapendoli in guerra, lontani. Chissà dove.»

Furono in pochi ad avvistare il piccolo aereo. Pochissimi, poi, notarono il suo strano volo a esse. Quasi tutti però, anche intorno alla sdraia di Danila, udirono il fracasso del motore fuori fase. Molti sguardi cercarono allora, seguendo l'orecchio, un punto a est. Verso la linea dell'orizzonte. E fu allora che una voce, precedendo le altre della frazione d'un secondo, segnalò:

«Laggiù! Guardate laggiù!».

Proprio come se quelle parole avessero contenuto una precisa indicazione, tutti si girarono leggermente verso destra. Scelsero chissà come un punto, un pochino più in qua dell'angolo dove il cielo incontrava il mare, e localizzarono un paracadute. Stava scendendo lento e sicuro, oltre la parte più bassa della punta rocciosa, che chiudeva il piccolo golfo.

«Si distingue perfettamente l'uomo attaccato alle cinghie.»

«Sta per toccare l'acqua!»

Il grande ombrello del paracadute, ormai vicino alla conclusione della sua discesa, appariva appena più chiaro del cielo mattutino. L'ultima traccia dell'aereo era costituita da una scia di fumo nero, che sembrava disegnata a pastello.

«È un nostro ricognitore. L'avranno colpito al largo, chissà dove. Forse nel cielo della Corsica.»

Danila, che era la zia più giovane della spiaggia e la moglie quasi adolescente d'un brillante ufficiale di carriera, anche in quell'occasione parlava della guerra come fosse affar suo e ne sapesse comunque molto più delle altre signore. A qualcosa doveva pur darle diritto il fatto d'avere un marito in divisa, sempre lontano da lei e da casa. Adesso era l'Africa settentrionale. Ma c'erano già stati, dopo il matrimonio, il fronte francese e l'avventura greca. Si contavano sulla punta delle dita, perciò, le notti che Danila aveva passato con il suo sposo. E questo, in qualche modo, capitava di leggerglielo sul volto, che aveva sempre un po' teso, in qualche modo interrogativo e tanto dolce. Luminosamente dolce.

Danila aveva scoperto d'altronde, proprio stando con suo marito (allorché aveva potuto goderselo nei pochi giorni d'una licenza), di essere femminile come una donna del sud. Era stato proprio lui a dirle:

«Tu, Dani, non me la racconti giusta. Hai una nonna russa, e sta bene. Sei nata a Torino, e d'accordo. Resta però che sei femmina come una donna del mio paese. Come una di quelle signore del meridione che, quando il loro maschio è lontano, passano quasi tutto il tempo a letto, con la luce bassa. A sentirsi un po' malate o a pensare come pettineranno i loro capelli per il ritorno di lui!».

Un ragazzo, che avrebbe voluto essere sulle motosiluranti, parve risentirsi nell'udire la storia del ricognitore. Tanto che non si trattenne dal dire a voce un po' troppo alta:

«Perché un ricognitore? Quell'aereo era sicuramente un caccia. Quando non si sanno le cose, bisognerebbe avere il coraggio di tacere!».

Anziché replicare o mostrarsi risentita, Danila spalancò gli occhi, che avevano lo stesso disegno a mandorla del suo ombelico. Immaginava, meglio, sentiva d'istinto che proprio quella era l'arma di difesa più efficace. Solo con sua madre quegli sguardi non funzionavano, anzi ottenevano l'effetto opposto a quello voluto. A causa di quegli occhi anzi, di quello che significavano oltre ogni intenzione di Danila, la vecchia contessa aveva finito col preferirle Olga, la sorella più grande di Danila. Olga aveva studiato con buon profitto il violino e qualche anno prima s'era sposata con un intellettuale. Un tipo senza attrattive, che aveva paura dei cavalli, non sapeva sciare e, molto presto, in età relativamente giovane, avrebbe messo su una buffa pancia da sedentarietà. Il marito di Danila, al contrario, era bellissimo: aveva, persino, gli occhi grigi posti in risalto dai baffi neri e lucenti.

«Doveva proprio trattarsi d'un caccia! Chissà dove, in quale località, a quale latitudine lo hanno colpito quei maledetti della Raf. Potrebbe aver fatto molta strada prima di precipitare.»

«Credi che sia stato uno Spitfire a spargli?»

Una piccola folla, come sciamando, lasciava frattanto la protezione degli ombrelloni per raggiungere i mosconi e quant'altro poteva galleggiare rispondendo alla spinta di due remi. I maschi in circolazione – nella stragrande maggioranza nonni ancora vigorosi e un po' imbarazzati o studentelli liceali a cui l'età faceva mancare qualche chilo perché potessero esibire un'immagine sul serio affidabile e virile – si sforzavano di apparire il più possibile efficienti e disinvolti. Qualunque cosa intraprendessero però, anche la più piccola o la meno impegnativa, finivano col mostrare il loro disagio per essere là a godersela, lontani dal fronte. Un malessere che nasceva, anche, dal trovarsi in mezzo a tante mogli, madri, fidanzate, amanti, sorelle, che pensavano agli uomini lontani. E ci pensavano come se quelli là, lontani, fossero i soli, unici, veri uomini di tutta la specie e in tutta la storia.

«Su, vieni. Andiamo a vedere anche noi.»

Danila, che quella mattina aveva il suo mal di pancia mensile e non aveva neanche provato a togliersi la gonna bianca stirata con l'amido, si liberò con un movimento pieno di civetteria anche se reso un po' incerto, traballante dagli analgesici, dei sandali dalle alte suole di sughero.

Non era la più bella della spiaggia. Molti, però, e fra loro anche un sommergibilista in licenza, le giravano intorno. A far da richiamo, oltre agli occhi e ai lunghi capelli d'un colore che da qualche anno aveva preso a scurire nel bronzo, era sicuramente la bocca di Danila. Una bocca piccola, con le labbra che si «ammucchiavano» sporgendosi in avanti come per seguire una smorfia maliziosa e divertente insieme. La smorfia un po' d'un topolino nel formaggio, un po' d'una donna che sa e vuole navigare. In realtà Danila, che amava sentirsi minacciata dal desiderio degli uomini ma non arrivava a concedere loro null'altro che quel suo turbamento, era sentimentale con innata, candida sensualità. Non si sarebbe potuto spiegare diversamente il flirt con quel maggiore degli alpini.

Un torto fatto al suo bel marito meridionale? Tutta la storia era durata appena un giorno. Il maggiore degli alpini, tentando di mettere in luce il suo carattere, aveva dato dimostrazione di essere soprattutto un ottimo bevitore e Danila in treno, tornando da Aosta a Torino, aveva maledetto la debolezza della propria vescica. Quando era emozionata e nervosa lei non faceva che fare pipì.

«Su, svelto, Giampaolo.»

Proprio come si sarebbe chinata a raccogliere la borsa o qualunque altra cosa la facesse sentire a posto, sistemata con cura, Danila si curvò e porse la mano al nipotino. Il figlio di Olga e di quel suo buffo cognato intellettuale.

«Accompagna la zia, Giampaolo. Da bravo. Stringile la mano forte, fortissimo.»

Danila non aveva ancora smesso, e questo era un lato inquietante del suo carattere, di desiderare i giocattoli. E Giampaolo era il suo ultimo giocattolo e sarebbe stato presto lo specchio della sua prima, vera, grossissima delusione: quella di essere una donna senza figli.

«Venga con noi, contessa!»

Danila finse di non udire. Una delle cose di lei, che attirava gli uomini, era la certezza d'avere davanti una gentile, graziosissima testolina vuota. Anzi, piena di non pensieri e di innocui pregiudizi cocciuti. Ecco perché, pur senza rendersene conto, lei aveva imparato a essere diffidente. E scelse così un'altra imbarcazione, un gozzo dal carico umano più rassicurante.

«C'è posto per me e per il mio nipotino?»

Era il 1942. A giugno Tobruk si era arresa, l'Asse aveva fatto venticinquemila prigionieri fra gli inglesi. Ma la guerra non era ancora al suo peggio. E tra non molto sulla scogliera, sotto la massicciata della ferrovia, i genieri avrebbero costruito dei supplementi di roccia tozzi come mezzi secchielli rovesciati. Sulle loro pareti ruvide, interrotte da buie feritoie, sarebbe cresciuto un colore simile alla ruggine del filo spinato e anche al marrone, al tabacco di molte delle pietre fra le traversine dei binari.

Per diverse estati, in ogni caso, la contessina Danila (dopo il matrimonio baronessa), il suo nipotino Giampaolo e parecchi fra i loro vicini di spiaggia non avrebbero rivisto il mare. E per un tempo ancora più lungo non sarebbero tornati ad ammirare quel tratto di costa dalla barca.

«Siamo sullo scoglio del Monaco!»

A informarne tutti fu l'avvocato Rebaudengo. Era quello il punto più bello del piccolo golfo, dove s'incontrava cioè una linea immaginaria che, dal centro del vecchio orologio del campanile sulla collina, raggiungeva uno scoglio sommerso di mezzo metro o poco più, venti braccia a nord est della Madonnina benedicente posta all'estrema punta del golfo. Di là, allungando un po' il collo, si potevano scorgere anche le tende bianche e celesti che garantivano una fresca penombra ai tavolini del caffè Corallo.

«Guardi da quella parte, Danila: sta scendendo un idrovolante.»

«L'avranno mandato da La Spezia. È segno che prima di buttarsi il pilota è riuscito a segnalare la sua posizione. Tra pochissimo lo raccoglieranno.»

«Speriamo che non sia ferito.»

«Poveri ragazzi, sono tutti così giovani!»

Adesso le imbarcazioni, partite dagli stabilimenti Albatros e Duilio (il secondo più popolare, con le cabine verdi), avanzavano verso l'idrovolante: gli si avvicinavano, formando un semicerchio spontaneo. Ogni imbarcazione, anzi ogni due o tre imbarcazioni c'era un gruppo che teneva a ben distinguersi dagli altri: il gruppo dei fascisti, quello dei monarchici e l'altro dei "cripto-anglofili". Questi ultimi, in particolare, parlavano sempre come stessero riferendosi a qualcosa di lontano, di invisibile.

«È ferito? Voglio sapere se il pilota è ferito!»

Danila s'era voltata da un'altra parte, dove non poteva vedere l'idrovolante e aveva coperto gli occhi del nipotino con la mano. Quella mano era sudata e Giampaolo non ne avrebbe più dimenticato l'odore.

«No, non sembra ferito. Adesso l'hanno tirato su, hanno tirato su il ragazzo e non sembra ferito.»

Danila, nel mentre ascoltava quelle parole, ebbe l'impressione che l'acqua si facesse più scura. Che cosa poteva voler dire? Sapeva che quell'ombra era l'effetto d'una piccola nuvola, d'una virgola bianca, grigia, e rosa, che passava in quell'istante davanti al sole. Non fu in questo senso, dunque, che si chiese che cosa volesse significare l'improvviso mutamento di luce. Poteva considerare quell'ombra un avvertimento datole dal destino attraverso la natura? Danila, in ogni caso, non poté fare a meno di pensare a un'altra mattina già lontana: aveva accompagnato il marito fino al terzultimo vagone della tradotta, quello riservato agli ufficiali. Un attimo prima che le ruote si mettessero a girare, s'era decisa a tirar fuori dalla borsetta e a porgergli un piccolo orso portafortuna. Era di stoffa marrone e non superava gli otto o nove centimetri di altezza.

«Tienilo sempre con te, in una tasca della divisa. Prometti!»

Aveva anche tentato di aggiungere, senza riuscirci, soffocata dalla commozione:

«Lo rivoglio indietro. Alla fine della guerra rivoglio indietro il mio orsetto, sano e salvo».

Più tardi, una volta rientrata a casa, Danila aveva avuto paura di quelle parole e adesso tornava ad averne paura. E c'era stata quella nuvola un momento prima, proprio quando le avevano detto che il giovane pilota era illeso. Quanta gente esce salva, incolume da una guerra? Quanta in uno stesso momento? Per uno che vive, un altro sicuramente muore e forse a morire in quel preciso momento era proprio un giovane ufficiale con un orsetto di pezza nella tasca della giubba...

«Strano che non si vedano i rottami dell'aereo da qualche parte, in lontananza.»

«Qualcosa galleggia, mi pare, al largo. Laggiù laggiù. Il vento ha avvicinato il paracadute alla costa.»

«Che fondale può esserci in questo punto?»

«Una trentina di metri, forse meno.»

«Macché! Saranno almeno sessanta o settanta.»

Con un rumore, che si ripercuoteva nello stomaco, le due eliche poste sulle ali dell'idrovolante avevano ripreso a girare.

«Si volti a guardare, Danila. Coraggio, non c'è proprio niente che le possa far impressione. Anzi!»

In piedi, su uno dei galleggianti del velivolo, c'era un ragazzo a torso nudo e con dei pantaloni da tuta. Aveva la pelle leggermente dorata delle persone castane, allorché hanno preso un po' di sole. Quello che si può raccogliere rubando il tempo per un paio di bagni e non più. Forse era stato in licenza da poco. Danila notò, a dispetto della distanza, che il giovanotto doveva disporre d'una buona rete di muscoli. A protezione dello stomaco e delle viscere. Altrimenti non avrebbe avuto quell'aspetto sodo e compatto, dalla vita in su.

«Quel ragazzo sta meglio di noi, per fortuna!»

Dal moscone stracarico dei Marchetti, dove con i cugini del federale si pigiavano un paio di fascisti sfegatati, partì un applauso all'indirizzo del pilota. Battimani frenetici si levarono anche dal moscone di sua eccellenza Bruschi. Quasi contemporaneamente applaudirono i monarchici e tutta la zona di levante dello stabilimento Albatros, compreso il commendator Guidotti che, a dispetto dei suoi settantadue anni aveva seguito il gruppo con il sandolino. L'ovazione degli anglofili si fece attendere qualche istante, come per dar tempo a una riflessione: continuò, poi, più a lungo. Nel silenzio. Quasi a suggerire chissà quali nobili intenzioni, quali reconditi significati.

«Bravo, evviva. Evviva l'Italia, evviva il Duce!»

Fu Consalvo Marchetti a gridarlo, con le mani a imbuto davanti alla bocca. Molti gli fecero eco:

«Evviva il Duce!».

Allora il ragazzo, che era ancora in piedi sul galleggiante, fece il saluto romano. Subito dopo si voltò e scomparve nell'abitacolo dell'apparecchio. Un attimo dopo l'idrovolante pattinava sulle piccole onde che, in giornate come quella, accompagnano il mezzodì.

Qualcuno disse che stava cambiando il vento, qualche altro che il pilota appena salvato aveva l'aria d'un bambino. Danila, che adesso provava un curioso bisogno di nascondere gli occhi come fossero troppo nudi e rivelassero qualcosa di impudico, pensò che la guerra poteva avere qualcosa di molto inquietante per la bella moglie d'un ufficiale al fronte. Fu attenta a pensare proprio "moglie" poiché temeva, anche se non sapeva bene perché, di pronunciare mentalmente la parola "vedova".

«Dove lo staranno portando?»

«Ovunque lo portino, avrà poi una licenza.»

«Chissà come si chiama, sarei curiosa di saperlo.»

Danila si pentì di quanto le era appena uscito di bocca. Ma che farci, ormai? Si rese conto in ogni caso che, nei giorni a seguire, il ricordo del giovane aviatore appena salvato dalle acque avrebbe significato qualcosa per lei. Qualcosa contro cui avrebbe lottato, ma non per vincere. Né avrebbe combattuto molto per sconfiggere la tentazione di fare un salto a La Spezia, andando a dare un bacio all'ammiraglio M., suo padrino di battesimo. Così, per sapere intanto, fra un sorriso e l'altro, il nome di quel ragazzo.

(*Racconti naturali e straordinari*, 1993)

Uno più una
(Breve storia di un matrimonio cristiano)

Erano nati con la guerra, in una giostra di fame e di grandi paure. Erano stati bambini nella Roma spavalda e scalcinata delle jeep con la stella bianca, delle sigarette profumate di tabacco biondo e della libertà di poter finalmente dire: "Evviva la libertà". Così Ida Laurenti (capelli corvini e una pelle che faceva pensare al velluto rasato) ed Enzo Martinelli (grandi occhi vestiti di comprensione da bravo boy-scout verso gli alti e bassi della vita) erano diventati democristiani senza saperlo perché in fuga dalle idee forti dei loro padri, l'uno ex militante del Partito d'azione e l'altro fascista inghiottito dalla Repubblica sociale. Democristiani ma anche, a loro modo, veri cristiani se confondendo la fede, che avevano loro malgrado blanda, con un dolce bisogno di redenzione e di salvezza, tornavano spesso al pensiero dell'uomo Gesù, al film della sua vita come la raccontano con parole forti e frugali i Vangeli.

Compagni di classe dalla prima liceo, nei freddi (all'epoca il febbraio poteva essere molto rigido) e inconsapevolmente felici inverni della loro adolescenza, preparandosi distrattamente alle interrogazioni di greco o di fisica, Ida ed Enzo finirono con l'immaginare di essere candidati a un amore eterno. Nulla sarebbe cambiato mai, neppure i loro vestiti. Non sapevano immaginarsi che così come erano a scuola: lei con la solita gonna a quadretti che sporgeva dal grembiule, lui con i pantaloni alla zuava e il maglione verde bottiglia. «Ci sposeremo» si ripetevano sulle panchine dei giardini pubblici, scambiandosi baci pieni di desiderio senza tuttavia mai andare oltre quelle effusioni fervorose ma castigate. Anche perché, al momento opportuno, sapevano frenare la loro esuberante gioventù fantasticando dei figli che avrebbero avuto, del nome da dare a quei figli e dei loro immancabili successi in carriere che non sapevano nemmeno bene quali sarebbero state. Certe volte erano a tal punto presi l'uno dell'altra che, non sapendo e non volendo dare l'esito più naturale all' eccitazione che accompagnava il loro reciproco desiderarsi, entravano in una panetteria a comperare della pizza al taglio. Poi, tornati in strada, la mangiavano ridendo e tossendo per le briciole che andavano di traverso. Magari avessero avuto i soldi anche per un chinotto!

Fisicamente ben assortiti perché entrambi d'una bellezza tranquilla e senza fantasia, al punto che incontrandoli per la prima volta si poteva credere di averli già visti, Ida ed Enzo finirono con lo scambiare quella che ritenevano essere la loro purezza (della quale andavano fieri come boyscout), le rinunce cui li spingeva quella purezza appunto, per un nobile sentimento, anzi per l'aspetto più nobile del sentimento (in sé tenero e appassionato) che li univa.

Fu, questa loro, un'ingenuità pericolosa. La purezza, quando si esaurisce la fiamma dell'impurità che deve contrastare, perde infatti la sua carica eroica. Non sa più giustificare la sua natura repressiva ancor prima che ascetica. Può persino generare noia, impazienza, delusione come accadde appunto nel loro caso. Fatto sta che a un certo punto i due ragazzi, pur continuando ad amarsi, non seppero più riconoscere in loro le dolcezze, gli incantamenti, le improvvise infelicità e le traboccanti felicità dell' amore. Si tenevano per mano ma le loro mani restavano fredde e senza nervi. Sentivano bisogno di tenerezza e cercandola, con inesperta impazienza, incontravano la tentazione e immaginavano il peccato. Così, invece di sciogliersi, di abbandonarsi lietamente, si irrigidivano un po' scontrosi. Al punto che, una brutta bruttissima sera, una storia d'amore non finita sembrò loro irrimediabilmente finita.

Enzo, riaccompagnando a casa Ida, a un tratto si fermò e alla luce d'un lampione, invece di tacere, che sarebbe stato centomila volte meglio, disse: «C'è qualcosa che non va tra noi, lo so. Lo sento». Poi, prestando la sua voce al diavolo oscuramente tentatore dell'autolesionismo, chiese: «Mi ami ancora?».

«Non più come una volta» rispose subito Ida, sentendo qualcosa rimescolarsi dentro. «Forse non ti amo proprio più» aggiunse poi, abbandonandosi alla crudeltà verso se stessa e verso Enzo col gusto di chi, eccitato dal piacere di distruggere, pensa: "Questa è solo la prima tappa".

«Allora non ci vediamo più?» fece Enzo parlando come avesse il raffreddore. Lei non rispose. Camminava in fretta e non lasciava vedere la sua faccia. «Ci vediamo domani?» domandò Enzo, un po' pentito e un po' arrabbiato, giungendo al portone di Ida.

«No, almeno per il momento non voglio vederti e nemmeno parlarti al telefono!» rispose lei, correndo verso l'ascensore.

Per un paio o forse tre settimane, tormentandosi e facendosi male, Ida ed Enzo ebbero l'impressione di abbandonarsi a un gioco eccitante perché strano e nuovo. Poi, troppo tardi però, si accorsero che da quel gioco non sarebbero più potuti tornare indietro. Ebbero paura di quanto stava succedendo, scoprirono il dolore e compresero di aver messo le cose in modo che era impossibile far finta di niente.

All'indomani dell'esame di maturità, dal momento che spesso i grandi eventi portano con sé altri eventi decisivi, Ida ed Enzo realizzarono, l'uno all'insaputa dell'altra, di essersi lasciati in modo ormai definitivo e senza speranze .

Seguirono giorni terribili. Sia Ida che Enzo sopravvissero facendo del loro stesso lutto, perché il genere di dolore che provarono fu di natura luttuosa, una sorta di medicina estrema, una droga fra eroica e tormentosa, che li aiutò a tirare avanti. Li sostenne nello scavalcare il primo giorno e quello dopo e un altro ancora. Trascorsero in tal modo i mesi, e presero un po' alla volta a vivere come niente fosse stato benché sentissero di aver perso la leggerezza allegra che li aveva accompagnati fin quando erano stati insieme. Qualcosa d'altronde iniziò a sciuparsi anche dentro di loro e quel guasto, quell'ombra leggera e impalpabile coincise con il loro maturare, fino a farsi entrambi definitivamente adulti.

Erano ormai i tardi anni Cinquanta quando Ida, ingannata anche dal suono rassicurante d'una parola allora alla moda, "béguin" (l'equivalente francese di passioncella), si lasciò andare appunto a una strana, indulgente "più che amicizia" per uno studente di archeologia. Era un americano bellissimo, biondo e nervoso come sono anche nei romanzi certe lentigginose e capricciose signorine del meridione degli Stati Uniti. L'aspirante archeologo con anche una passione per l' architettura si chiamava Ned, la corrispondeva in modo che potrebbe definirsi intenso e insieme astratto, dandole un senso di inquietante provvisorietà. Appariva, scompariva, si confidava, si adombrava di essersi confidato, le faceva regali scelti con gusto eccentrico e forse un po' sadico (se attiene in qualche modo al sadismo il fare regali eleganti scelti proprio perché inservibili, superflui in modo persino imbarazzante).

Tendenzialmente gay, Ned finì col togliersi inaspettatamente la vita, gettandosi dalla terrazza condominiale d'un palazzone all'Ardeatino dove era entrato per caso. Senza conoscervi nessuno, o così almeno avrebbe concluso la polizia.

Ida, che rimase molto scossa da quel suicidio, si recò sei mesi a Londra, facendo perdere le sue tracce. Nemmeno i genitori, che ricevevano da lei rari e laconici messaggi, sapevano bene dove fosse e con chi. Era là, fra le nebbie e nel mistero.

Quella con Ned fu, in ogni caso, la prima di altre storie che non avrebbero più potuto considerarsi semplici flirt. Non fosse stata intimamente cristiana, Ida avrebbe vissuto quelle sue successive relazioni con minor generosità, con più salutare cinismo. Si lasciava invece coinvolgere più del necessario e scontava quei coinvolgimenti facendo in modo che fervori, sogni, trasporti del cuore ma anche gelosie e delusioni lasciassero in lei superficiali eppure sempre visibili cicatrici.

E lui come aveva reagito alla separazione? Il primo amore, lo si voglia o no, è un chiuso, inaccessibile universo. Una volta fuori si è in balìa della vita. Così Enzo, che lasciati gli studi universitari aveva trovato un ottimo lavoro e guadagnava bene, non aveva saputo (o voluto) dimenticare sul serio, cioè in modo costruttivo, la sua Ida. Era sempre là, davanti a lui o magari un tantino nascosta, provvisoriamente nascosta, dai fumi d'una piccola cotta senza importanza.

Lei, che invece credeva di aver superato (dimenticare è diverso) la storia con quel suo compagno di liceo, a volte si sorprendeva a cercarlo involontariamente nell'angolo dei ricordi più affettuosi. Più teneri. «Chissà!» sospirava allora proprio perché sapeva di non amarlo più, volendogli tuttavia un gran bene e volendo bene anche o soprattutto al tempo del loro liceo. «Chissà!» si stringeva nelle spalle, a conclusione di quei furtivi intermezzi della memoria, e non sapeva, proprio non sapeva, quale significato intendesse dare a quell'avverbio in fondo possibilista. «Chissà!»

Finalmente un pomeriggio di ottobre, con grosse nuvole rosse e un'aria già quasi d'inverno, Enzo, che non voleva credere ai suoi stessi occhi (erano passati sette anni dal loro ultimo incontro e un innamorato si difende da certe emozioni), si disse all'improvviso, quasi la sua stessa voce dovesse prepararlo a un incontro tanto inatteso e sconvolgente: «Quella là è Ida!». Poi si concesse il beneficio del dubbio chiedendosi se era davvero lei. Sì? No? Diresse di conseguenza gli occhi verso un punto dove la luce, che andava ormai ritirandosi dal fondo della strada, si mutava nel confuso, dimesso colore della folla feriale. Osservò meglio nel folto di quella folla e fu certo. Era proprio Ida. Procedeva nella sua stessa direzione compiendo il percorso sull'altro marciapiede, oltre un fiume di macchine.

«Ida!» sentì quel nome levarsi e tuonare dentro di lui mentre attraversava la strada quasi senza guardare. D'impeto. Poi, subito, fu visitato da un altro pensiero, un pensiero assurdo perché da innamorato geloso quale tuttavia non poteva più consentirsi di essere. Si chiese che cosa potesse aver portato Ida in via Palestro, a due passi dalla Stazione Termini, così lontano dalla sua zona. Che ci faceva fra quella piccola gente stanca e indaffarata, impiegatucci o venditori ambulanti d'origine extracomunitaria? Perché era là, mescolata a un flusso di viaggiatori appena scesi dai treni? Prese a seguirla, deciso a fermarla ma non sapendo come, con quali parole manifestarsi all'improvviso. Dopo quanto c'era stato fra loro. Qualunque parola, traducendo anche un semplice saluto o un complimento porto con garbo, gli suonava inopportuna o stonata.

Ida camminava con passo stanco, tale da suggerire l'errata impressione che stesse un po' trascinando i piedi. Era l'andatura, concluse Enzo senza tuttavia domandarsi su che cosa si fondasse un tale giudizio, di una persona sazia e cupa. Sazia di che? Cupa perché? Questi due interrogativi ebbero il curioso effetto di intimidirlo, invitandolo alla prudenza. Come avrebbe reagito trovandosi davanti a un passato di lei, della sua Ida, fatto di errori, avventure, esperienze forti o riprovevoli? Anche perché Ida, a giudicare dall'aspetto, doveva essersi fatta donna molto più pienamente di quanto lui fosse diventato uomo. «Gli uomini sono sempre un po' più bambini di noi donne» ripeteva sua madre con indulgenza quando il marito inciampava in una ingenuità.

Frattanto, approfittando del fatto che Ida non si fosse ancora accorta di lui, Enzo non cessava di osservarla, di analizzarla. Non si poteva propriamente dire che fosse ingrassata ma dai suoi movimenti, dal suo stesso portamento, trapelava qualcosa di svogliato, di appesantito che non aveva tuttavia a che fare solo col corpo. Si sarebbe detto venisse anzi da dentro, dal buio misterioso dove sono sepolti i sentimenti. Enzo non volle tuttavia porsi troppe domande, intuendo che le risposte, casomai fosse giunto a darsele, avrebbero solo potuto fargli male. Perché l'amava ancora, perché non avrebbe mai smesso di amarla e la trovava bellissima.

Fatto sta che Ida, con i capelli mollemente raccolti e come in bilico sulla nuca, mostrava adesso più dei suoi ventisei anni. Aveva raggiunto quell'età, oltre la giovinezza, che pare fatta di giorni persi nei giorni. Osservandola, così come faceva Enzo in quel momento, si era indotti (senza una ragione plausibile) a figurarsi una solitudine popolata di preoccupazioni esistenziali. Ecco il punto. Ida non doveva essere felice e non era difficile immaginarsela, sola in casa, in interminabile attesa di telefonate che non dovevano raggiungerla mai o quasi mai.

Accorgersi che essere belle non basta a superare tutti i pasticci creati per colpa proprio di quella bellezza può, a volte, avere conseguenze molto crudeli su una donna. Così doveva essere successo a Ida. Altrimenti non sarebbe diventata, come invece era diventata, il ritratto d'una perfetta amante borghese. D'una donna desiderabile, impegnativa, che gli uomini prendono a nolo per un periodo della loro vita così come farebbero con un' auto di lusso. O un' altra cosa, una cosa preziosa, di cui godere e poi disfarsi.

Enzo aveva frattanto raggiunto Ida, le camminava ormai a fianco. «Ciau» non poté dunque far altro che salutarla. «Enzo!» gli fece eco lei, all'istante, come fosse appunto in sua attesa. Pronunciò, quasi gridò, quel nome senza lasciar passare neppure l'abituale frazione di tempo necessaria a riappropriarsi dell'immagine d'una persona rimasta tanto a lungo lontana.

«Di dove sbuchi?»

Si cercarono con gli occhi, senza tuttavia riuscire a guardarsi negli occhi. Come se i loro sguardi si inseguissero però sfuggendosi.

«Pensavo proprio a te in questi giorni. Sai Enzo, desideravo tanto, ma proprio tanto, incontrarti.»

Le labbra di Ida erano disegnate non più dal burro di cacao ma da un rossetto dalla forte tonalità corallina. Era il rouge che si dà, passando la matita due volte e con gesto nervoso, una signora (infelice o di cattivo umore o infelice e di cattivo umore) uscendo in fretta per un'incombenza poco gradita.

«È la vita» si sentì dire lui, incapace di trovare parole più acconce. Tanto più che la vita c'entrava, eccome, con quanto stava loro accadendo in quel momento. La vita, certo! Tutti e due, se si fossero detti quella parola in quel preciso momento, avrebbero infatti scoperto di pronunciarla come riassumesse in sé chissà quali e quanti e quanto imperscrutabili significati.

Scelsero un caffè e rimasero insieme quasi due ore, senza avvertire chi li aspettava (ed erano entrambi attesi). A travolgerli fu un mare di confidenze, di precisazioni, di dettagli. Intanto pensavano, senza accorgersi di pensarlo, che il tempo era passato e c'erano sensazioni che non avrebbero più potuto rivivere nemmeno tornando insieme e canzoni che non avrebbero più potuto canticchiare con l'animo di allora. Dicevano cose che non avrebbero voluto dire e viceversa non dicevano cose che avrebbero voluto far sapere all'altro ma che l'eccitazione non dava loro modo di esprimere.

Ida perse molto tempo a spiegare di trovarsi in via Palestro di ritorno dal Policlinico, dove sua madre era ricoverata. «Non è in pericolo di vita, i medici dicono che potrà durare ancora mesi o forse anni» scosse il capo e si tormentò un dito come a far capire che adesso non era più in polemica con la mamma (lo era stata e molto) ma nemmeno riusciva a volerle davvero bene. Un poco, però, le faceva pena e quella pena portava con sé l'ombra d'un lutto solo rinviato. Riferì anche che suo padre, passato dalla politica al giornalismo sportivo, era morto di infarto sul lavoro, cioè in tribuna stampa, assistendo al derby Roma-Lazio.

Il caffè, semideserto, invitava alla confidenza. Anche per questo, d'un tratto, Enzo la interruppe. «E altro che voglio sapere di te» disse, guardandola negli occhi con un coraggio improvviso che mai avrebbe sospettato di avere. Allora Ida si fermò, il tempo di spogliarsi di tutto quanto non fosse il suo essere corpo (un bel corpo ricavato da un blocco di carne bruna e asciutta), anima (un'anima che non aveva ancora rinunciato a credere nell'eternità), dolore (figlio del suo ostinato "male di vivere") e peccato (una sorta di livida indolenza morale). Quindi, reclinando un po' il capo, mormorò: «Lo so, so quello che vuoi sapere. Prima debbo però confessarti una cosa. Ho avuto una storia con un uomo, una storia molto importante. È durata quasi tre anni. Non potrò mai più voler bene così a nessuno, nemmeno a te».

Ida cercò, col cucchiaino, lo zucchero rimasto sul fondo della tazzina. Portò lo zucchero alle labbra, lo succhiò, lasciando dire a quel gesto famigliare, casalingo, che non poteva aggiungere altro. Non poteva rivelare, cioè, quello che di sé aveva donato all'infantile e adorato egoismo d'un uomo. Precisò soltanto: «Quando lui mi ha lasciata» e in quell'attimo Enzo sentì quel "lui" senza volto entrare irriguardosamente nella sua vita per mai più andarsene, «ho tentato di morire. È giusto che tu lo sappia!».

«L'altra volta...»

«No, Enzo, con te è stato diverso» lo interruppe bruscamente Ida perché non venissero fatti paragoni fra loro e l'altra storia: quella grande, magica, prima meravigliosa e poi terribile con l'uomo di cui si rifiutava persino di pronunciare il nome tanto apparteneva al segreto del suo cuore. Quindi, affidando tutto il suo futuro a quel gesto, prese con la mano madida e un po' tremante la mano di Enzo. La tenne nella sua come solo una donna matura avrebbe saputo fare, lasciando cioè sentire a Enzo la prepotenza dello struggimento, forse d'un rimorso che era anche umana compassione di sé, di lui. In quel gesto c'erano anche l'abbandono e la malizia che testimoniavano a loro modo d'un passato burrascoso, delle esperienze di quel passato. Frattanto, in quel breve lunghissimo attimo, Ida pianse, sorrise e ancora sorridendo riprese a piangere.

E tutto così fu deciso.

Di matrimonio era troppo presto per parlare esplicitamente. Furono tuttavia poste le opportune premesse perché il discorso potesse essere fatto un giorno neppure troppo lontano. Così in maggio, sette mesi dopo, Enzo chiese a Ida di sposarlo. Lei, che da un lato desiderava quelle nozze e dall'altro sapeva di dover rinunciare, se si fosse disposta a essere l'ingegnosa nemica di se stessa che tanto le piaceva essere, si sentì mancare un po' l'aria mentre rispondeva: «Se vuoi così, facciamolo. Sposiamoci!». «Devi volerlo anche tu, Ida mia.» «Io lo voglio perché tu lo vuoi» fu la risposta di lei che non volle aggiungere altro.

Dopo una cerimonia molto frugale, in un'antica chiesa sull'Aventino (il luogo preferito delle loro passeggiate di studenti), Ida ed Enzo andarono ad abitare in uno di quegli appartamenti pretenziosi ma di poca sostanza, in cui si può sostare qualche tempo ma non trascorrere un'esistenza né tantomeno invecchiare. Ecco perché Ida, che rimandava con astuta e matura prudenza il momento in cui scoprire il sentimento aridamente distruttivo dell'insoddisfazione, cominciò a cercare quella che venne fra sé e sé definendo "una vera casa".

Poi, una volta che la ebbe trovata, si dedicò ad arredarla con la consulenza d'un giovane architetto, suo lontano cugino. Avendo una più che lucida consapevolezza di com'era diventata negli anni trascorsi lontano da Enzo, stette molto attenta evitando così di provare nei confronti di quel giovanotto magro, tutto occhiali e ideali, altro che non fosse una semplice stima professionale.

Enzo intanto continuava ad amare la sua malinconica, fedele quanto impegnativa consorte proprio come fosse ancora il ragazzo di tanti anni prima. Si comportava, insomma, come se desiderarla (senza chiedersi se anche lei lo desiderava con altrettanto ardore) bastasse a riempire il silenzio di due vite. A volte, solo a volte, si diceva "devo imparare a volerle bene in modo più completo" ma poi non dava seguito, inaugurando una stagione di matura dolcezza e di comprensione, a quel pensiero.

Ida, dal canto suo, sapeva anche troppo bene di non amare Enzo quanto lui l'amava ma in compenso sentiva di volergli sempre più bene. Un bene fatto anche dei ricordi di quella che era stata la loro adolescenza e di rimpianto per quello che l'esistenza aveva promesso loro di essere ma non era stata. Ida si rendeva altresì conto che il tipo di affetto da lei provato, nei confronti del marito, costituiva il principale nemico d'un sentire in qualche modo appassionato. Ma che poteva farci?

Passarono così diversi anni, né brutti né belli, come accade di solito a chi non sia né troppo fortunato né d'altronde troppo sfortunato. I Martinelli erano infatti benestanti, avevano una bella casa ma non erano riusciti a farsi dei veri amici e la domenica si sentivano un po' soli, un po' abbandonati. Non consideravano, però, quelle ore oziose e grigie un gran male. A volte, sedendo in poltrona, tornavano a parlare di scuola e di giovinezza, commuovendosi un po' e questo faceva bene al loro rapporto. Lo rendeva più consapevole d'una indefinibile sacralità: quella che nasce dal riconoscere, anche nel ripetersi della più rassegnata quotidianità, il segno d'un destino.

Un po' alla volta però, senza che né lui né lei se ne avvedessero, quelle evocazioni si fecero più rapide, più meccaniche, spogliandosi di molti di quei particolari che danno al ricordo del vissuto un colore anche di favola. Sentendo ormai di avere più ieri alle spalle che domani davanti, i Martinelli presero perciò a guardarsi un po' come si guardano le proprie rughe allo specchio. Con complicità e malinconia, senza aver voglia o coraggio di rimproverarsi nulla.

Trascorse così altro tempo, l'ultimo prima della vecchiaia. E una notte di temporale, non potendo dormire, Enzo si sorprese a pensare con profonda tristezza che le esistenze di entrambi, quella di Ida e la sua, andavano ormai esaurendosi e loro le avevano lasciate scorrere via con irreparabile distrazione. Così, senza pensarci oltre, si curvò a sfiorare con un bacio dolcemente triste la spalla della moglie che sporgeva nuda dal lenzuolo. Quindi, senza chiedersi che cosa significassero esattamente quelle parole o perché gli fossero venute in mente, si disse con un sentimento che non avrebbe provato se non fosse stato cristiano: "Non è difficile, dopotutto, arrivare alla vecchiaia insieme. Tutto sta ad avere un po' di comprensiva pietà della vita, non solo della propria".

(*In due*, 2008)

Un caso di autoemarginazione

Da una settimana ormai si sentiva la primavera, l'aria ancora frizzante era all'improvviso attraversata da aliti già tiepidi e pigri. Presto sarebbe venuta Pasqua, sarebbero incominciati i giorni del lungo ponte fuori città. Un bel ragazzo con gli occhi celesti e la pelle abbronzata, in quel certo modo dorato che distingue i veri ricchi dal resto dell'umanità, sedendo in una stanza con terrazza affacciata sul verde di Villa Ada, pensava con paura alle lunghe giornate luminose che sarebbero venute di lì a poco. Dentro questa paura era nascosta la certezza d'una solitudine amara perché conseguenza diretta di una sua grave sconfitta non soltanto umana.

Oliviero, questo il suo nome anche se tutti lo chiamavano Oliver, leggeva molti romanzi perché nei romanzi trovava spesso risposta a quelle curiosità nei confronti degli uomini e della vita che, come altri giovani bene, non aveva potuto soddisfare in modo più diretto. Amava anche studiare, sebbene non osasse considerarsi un futuro intellettuale, perché era intelligente ma non lo sapeva e nemmeno gli sarebbe importato saperlo dal momento che aveva avuto anche troppe cose dalla vita, a cominciare da una bellissima madre. Una

napoletana di origine inglese, una donna dal fascino elegan-
temente distratto, che lo aveva educato (regalandogli molti
libri ma soprattutto amandolo e facendosi amare con la tenerezza d'una protettiva fidanzata) a una strana, un po' in-
cosciente e forse snobistica generosità di sé.

Adesso, fidando proprio in una concezione forse irreali-
stica e chic dei rapporti umani instillatagli dalla sua mamma, Oliver si accingeva a scrivere una lettera molto impegnativa e difficile. Qualcosa che stava tra una confessione
di colpevolezza e un sereno atto d'accusa nei confronti dei
suoi ex compagni di studio.

Roma, 18 marzo 1969

Cara Silvana,
sento il dovere di informarti, con emozione e amarezza,
che lascio l'Università. Mio padre, a cui stamane ho co-
municato questa mia irrinunciabile decisione, è stato
molto comprensivo e umano. Invece di arrabbiarsi, mi
ha risposto con molta pacatezza che si aspettava da tempo qualcosa del genere e mi ha subito proposto di andare a lavorare con lui. Dalla prossima settimana avrò così
un ufficio accanto al suo, una segretaria (figurati!) e im-
parerò il mestiere. «Tutto sommato è una fortuna» ha
concluso papà, facendo ricorso al suo solito e prover-
biale buon senso. Le sue parole, che ho sentito come
una sentenza senza appello, mi hanno tuttavia precipita-
to nel ghetto quanto vuoi lussuoso, ma grigio e senza
uscite, d'una classe sociale (quella degli imprenditori
che sono, a quanto ho potuto sperimentare, dei borghesi un po' a parte, un po' diversi) prigioniera dei suoi
stessi privilegi. Fortunatamente c'è mia madre ma tu di
lei, della contessa come l'hai chiamata sprezzantemente
una volta (non è contessa però, semmai ha una nonna
principessa), non vuoi sentir parlare.

Venendo alle ragioni che mi hanno portato a lasciare l'Università, tengo a precisarti che tu non hai alcuna responsabilità. All'origine di tutto c'è, desidero che tu ne sia informata con chiarezza, il mio modo di essere così diverso dal vostro (anche dal tuo, purtroppo). C'è, ancor di più forse, il vostro modo di parlare, di esprimervi, e dunque di sentire, così inconciliabile col mio. Cercherò, se avrai la pazienza di leggermi fino in fondo, di spiegarmi (e di spiegarti) meglio.

Questi ultimi mesi sono stati, almeno per me, molto difficili. Pensa solo a quello che sta succedendo, giorno dopo giorno, nella nostra facoltà. C'è bisogno che te lo ricordi? Guai a non pensare come chi pensa di avere politicamente ragione in nome d'una nuova e diversa giustizia sociale. Chi desidera rimanere fuori o lavarsi le mani delle vostre (anche tue, questo sì) battaglie, pure se non fa niente per opporvisi in modo concreto, viene in breve tempo ridotto alla condizione di fantasma vivente. Non esiste più. Gli altri, cioè la maggioranza dei militanti nel movimento, gli passano accanto con l'aria di nemmeno vederlo, poco ci manca che lo attraversino come fosse una creatura fatta di nebbia. Non c'è una vera possibilità di scelta, dunque. O con voi o la cancellazione, cioè una sorta di morte civile.

Tengo a precisare che non sono comunista e non lo sarò mai. Non sono nemmeno un fascista o un reazionario, però. Non so, dunque, che cosa sono. Tu sei (quasi) riuscita a dimostrarmi, mettendomi in crisi, che il culto della tolleranza (nel quale ero vissuto) non costituisce una scelta politica sufficientemente avanzata e coraggiosa. In ogni caso, da principio, ho cercato di non dare nell'occhio, di nascondere pudicamente il mio presunto agnosticismo e tutto, credo di poterlo affermare, è andato abbastanza bene.

Non avevo mai letto Marcuse, sapevo poco, ma non

per colpa mia, di Trockij (impossibile trovare, sia pure in biblioteca, la sua autobiografia), ignoravo cosa fosse la Nep e così di seguito. Voi tutti conoscevate le mie lacune, eravate al corrente della mia immaturità (sei tu ad aver usato questo termine) e chiudevate un occhio come premio per la mia buona volontà. Tanto più che, all'occorrenza, cercavo di rendermi utile. Quando ho tirato fuori del denaro, l'ho fatto in forme molto discrete e comunque non erano mai cifre imbarazzanti sul piano dei rapporti interpersonali: erano piccole somme che servivano per stampare dei manifesti o cose del genere, lo sai. Si trattava di prestiti spontanei, a fondo perduto, che voi non dovevate sporcarvi la bocca a chiedermi. Mi prendevo anche altre piccole rogne. A spingermi era la speranza di poter condividere il vostro entusiasmo e anche il desiderio di piacerti, di incontrare la tua approvazione. Così finivo col fare quello che, nel mondo cattolico, si sarebbe definito un onesto volontariato.

Di tanto in tanto, vedendomi forse un po' in crisi, mi consentivate di unirmi a voi, cioè a te e ad altri compagni più carismatici, nel culto (tanto più iniziatico perché volutamente kitsch) di Franco Franchi e Ciccio Ingrassia. Andando tutti insieme al cinema (in sale molto borghesi, in zona Balduina o Monteverde), facevamo (sarebbe più corretto dire facevate) il pieno di risate. Devo confessartelo: non coglievo quasi mai i presunti sottintesi satirici che scatenavano la vostra irrefrenabile ilarità. Fingevo tuttavia di apprezzarli enormemente, unendomi a voi (in perfetta malafede) nel considerare Franchi e Ingrassia molto più che due facce buffe con i soliti pregi e i soliti limiti dei buoni professionisti dell'avanspettacolo. Consentivo buono buono alle vostre improvvisate teorie estetiche. Solo una volta ho osato reagire. È stato quando, in pieno accordo con non so quale articolo di Pasolini (che intriga particolarmente te e altri... strano a dirsi... a causa dei suoi versi scritti all'indomani degli scontri di Valle Giulia e di quanto venne sostenendo contro gli studenti), avete affermato che uscendo dalla proiezione d'un film di Sordi vi vergognavate di aver riso perché sentivate di aver riso sulla vostra viltà e su quanto di qualunquista poteva dormicchiare in voi nonostante tutto. Avete insistito aggiungendo che quella suscitata da Franchi e Ingrassia, come d'altronde quella provocata da Totò, era una risata buona mentre quella generata da Albertone era, al contrario, una risata senza bontà perché complementare all'arte di arrangiarsi d'una piccola borghesia vile e senza ideali. No, Silvana, questo proprio non l'ho potuto accettare e non l'accetto! È stato in quel momento, sentendomi protestare, che qualcuno di voi mi ha definito "il compagnuccio di parrocchietta", soprannome che poi m'è rimasto appiccicato addosso.

Qualche settimana dopo, ci fu il tuo primo altolà. Mentre aspettavamo di fare l'esame del professor Roncaglia (Filologia romanza, tu trenta e lode e io ventinove), te ne uscisti tutto a un tratto affermando in tono un po' minaccioso: «Tu, Oliver, sei prolisso parlando di cose che non contano mentre ti riveli regolarmente ellittico quando si tocchino temi fondamentali. Come giorni fa, quando si discuteva del lavoro politico degli intellettuali». Credevo che fossero parole pronunciate nel nervosismo dell'attesa di venir ascoltata dai professori, parole buttate là senza pensare. L'indomani, viceversa, continuasti a trattarmi con freddezza, come stessi sempre più convincendoti di una mia grave e fino allora insospettata debolezza o stortura.

Posso senz'altro precisarti che la mia emarginazione o autoemarginazione dal movimento studentesco, per motivi legati principalmente (lo sottolineo prin-ci-pal-mente) a un nostro diverso modo di esprimerci, è incominciata in quel momento. Tutto, poi, è andato precipitando. Ricordi la mia figuraccia, in casa di M., a proposito di Lunacarskij, di Zinov'ev e degli altri protagonisti della Rivoluzione di Ottobre? (Ricordi quello che dissi in preda all'ira? «Interrogatemi, se proprio ci tenete, su Flaubert non su Lenin!») Fatto sta che il confronto con tutti voi è divenuto, giorno dopo giorno, insostenibile perché per me devastante sotto il profilo psicologico. Ti basti che da ultimo, per farmi venire i complessi, mi era sufficiente aprire una porta e affacciarmi a un'assemblea.

Cerca di seguirmi, Silvana. I vostri leader, gli esponenti più in vista di tutto l'ambaradan, sono degli autentici mostri di bravura. Non so davvero come facciano. Non si lasciano mai cogliere alla sprovvista, sono un cocktail perfettamente dosato di simpamina e di ansiolitici. Parlano con voci affilate, taglienti, efficaci come quelle di ex tenori piegatisi alla disciplina d'una dizione finalizzata all'apostolato. Alle obiezioni, l'avrai colto anche tu, rispondono in modo pacatamente asseverativo, ironico ma senza sorriso. Un capolavoro! Riescono, con o senza microfono, a mantenere un volume vocale medio-alto, mai forzato, adatto a mettere in giusta evidenza quel loro lessico studiatamente semplice, rassicurante e insieme scelto con grande proprietà. *Ticchete tacchete, tacchete ticchete.* Ci hai fatto caso? Le loro (le vostre) frasi (però i maschi hanno ancora la supremazia) raggiungono il bersaglio come proiettili sparati col silenziatore. Impossibile perciò replicare senza farsi prendere dai nervi, senza scadere nei luoghi comuni d'un pensiero retrogrado, di matrice visceralmente reazionaria. Alla fine così inculano l'avversario come vogliono, alla grande, appiccicandogli l'etichetta di provocatore.

A questo punto, credo, sarei in grado di scrivere un saggio sull'oratoria delle menti guida del movimento studentesco romano. La passione libertaria, con qualche eco postrisorgimentale, è la loro (o se preferisci la vostra) musica di sottofondo, appena accennata e dunque efficacissima. L'amorosa ira nei confronti degli ex padri e compagni comunisti sostiene poi la loro (la vostra) retorica ragionante, compassata, col morso in bocca. La loro (la vostra) logica, non del tutto digiuna da improvvise e raffinate eco d'una sensibilità plasmatasi su grandi letture formative (Dostoevskij, Baudelaire, Majakovskij, Bulgakov, Hesse...), si fa (parlo sempre della vostra logica) virtuosistica nel sapersi (quando serve) allontanare leggera, a momenti persino un po' frivola, dal tema severamente politico. Dopo aver spaziato, divagando per dimostrarsi aperta a recepire i rintocchi d'una sensibilità anche decadente, è pronta a tornare tetragona, incalzante al tema principale del discorso e cioè alla lotta di classe e alle tattiche d'una tale lotta nell'attuale fase storica. Qualcuno mi ha fatto notare, io non ho a riguardo la preparazione sufficiente, come in tutto ciò si avverta ancora una traccia della scuola togliattiana, della sua dialettica tanto più stringente e feroce perché rivestita d'una grigia, imperturbabile cortesia.

Dimmi dunque, Silvana, quali armi rimangono a uno come me? Che ci faccio ancora con voi? Mi sono cascati i coglioni venerdì scorso quando t'ho sentito dire che fai sesso orale con me perché "questo squallore" – hai definito proprio così il tuo dolcissimo farmi venire nella tua bocca – ti aiuta a capire come stanno realmente le cose con me e a dissipare ogni illusione "un po' stronza" (*sic*), ogni equivoco "sdolcinato" (*sic*), cioè sentimentalistico. Eppure sbagli, così come ho cercato di spiegarti mille volte, quando sostieni che mi trincero nelle solite chiacchiere (tu le chiami "mitologie" ma vuoi intendere chiacchiere) maschiliste e truffaldine. Non è così, ti giuro, io avrei voluto passare con te molto tempo, magari tutta la vita...

Lasciami ancora sfogare, comunque. Quei tuoi compagni, loro malgrado prepotentemente tentati dal socialismo creaturale del Cristo con Edipo gay di Pasolini (ancora lui!), sembrano a ogni occasione sacrificare alle ragioni cogenti della politica le ragioni a loro ben più congeniali della poesia. Come si fa a non leggerglielo (a non leggervelo) nell'espressione? C'è qualcosa in voi che denuncia, a ogni momento, la consapevolezza dolorosa della letteratura tradita in omaggio alla prassi, qualcosa che evoca e commemora le raccolte di liriche lasciate a ruggire e masturbarsi nel fondo dei vostri cassetti di ex liceali mitici perché serissimi, da nove in metrica greca (riportato in licei più che rigorosi come il Mamiani, il Tasso, il Visconti...).

Permettimi una cattiveria. Quei grandissimi paraculi dei tuoi compagni, vivendo la loro grande avventura politica con ruggente consapevolezza di letterati mancati, sanno come farsi voler bene anche a costo di qualche scopata persa. Portano infatti scolpito nei loro sorrisi dolceamari, portano acceso nei loro sguardi emergenti da un buio romantico e cespuglioso, il rapporto sempre più ostentatamente impegnativo, dialettico col popolo di voi ragazze. Con voi, sempre più meticolose, più consapevoli e più esigenti, nel motivarvi al momento di darla (magari col rischio di farla troppo lunga vedendovelo così "smosciare" davanti per la solita insicurezza latente in noi maschi latini, per il consueto senso di colpa d'origine fallocratica che ci portiamo dentro o per una possibile quanto legittima caduta di autostima considerata tutta la preparazione teorica a quella che dovrebbe viceversa essere la naturalezza dell'atto sessuale).

«Ma tu chi sei? Chi te credi da esse?» sento che me lo stai chiedendo in romanesco, bona da morire (non ti offendere) e pronta ad allungarmi uno sganassone se solo provassi a sfiorarti, a metterti "le zampe addosso".

Come sono? Lo sai benissimo, dài! Porto il loden (autentico però, comprato durante una vacanza in Sud Tirolo), ho le scarpe (le cosiddette Duilio) lucidate con lo sputo (come dici tu). Indosso, come sempre, una camicia di Oxford e una cravatta regimental. Non saprei mai mimetizzarmi (aggiungo purtroppo) in quei maglioni slabbrati in fondo che non sono nemmeno più stile via Margutta ma stile Valle Giulia. Ho cercato, senza trovarli quasi mi sfuggissero intenzionalmente, quei pantalonacci da falegname d'una volta (lenti al cavallo, molli sul sedere senza essere larghi, con due specie di borse un po' lise all'altezza delle ginocchia. Dove accidenti si trovano già così, ridotti cioè a divisa di classe?). Non so che cosa darei, Silvana mia, per saper calzare anch'io le vostre stupende Clarks o simil-Clarks, come fossero vecchie, ingenue e sdrucite pantofole a scarponcino ereditate dal nonno impiegato alle poste o dallo zio portiere in uno stabile di Prati. Una garanzia in più quelle specie di cioce da guerriglia urbana, garanzia non richiesta ma opportuna, di quelle origini cristiane e un po' più che proletarie considerate, nell'attuale immaginario mediatico (ai media ci badate, eccome!), premessa essenziale allo sviluppo d'una natura moderatamente eversiva. Capace cioè di fermarsi sulla soglia delle chiese e dei musei.

Tornando là da dove ero partito, anche nel linguaggio parlato e non soltanto nel linguaggio del vestire (non c'entra ma sarei curioso di sapere se sei intanto riuscita a procurarti *Le système de la mode* di Roland Barthes) mi vedo, mi sento, mi considero "un attrezzo ridicolo e inutile". Sei stata tu a definirmi così, ricordi? Fatto sta che non sono solo prigioniero, come altri fottutissimi benestanti, delle mie consapevoli lacune da cattiva preparazione scolastica, da raccomandato a tutti gli esami e appelli della vita. C'è dell'altro, di cui debbo forse ringraziare l'essere stato in analisi (senza averne necessità, per fare contenta mamma). Ho l'impressione che, su ognuna delle mie frasi, lascino la loro indelebile impronta i capricci di un'esistenza trascorsa (almeno fin qui) respirando l'odore dei miei narcisismi, della mia dorata solitudine, delle mie frustrazioni. Senza contare che, lungo il mio cammino espositivo, trovo sempre in agguato una qualche digressione. Pretesti che mi conducono a perdermi nei meandri di parentesi non volute, nelle loro contaminazioni logiche. Come vedi sono, un po' volendolo e un po' non volendolo, un reazionario preterintenzionale e dunque irrecuperabile.

Accetti un'ultima caramella? Dopo di te, tutte le altre ragazze mi sembreranno una masturbazione o forse, più esattamente e gaddianamente, una "manistuprazione". Che tristezza!

Un bacio di addio,

Oliviero

PS. A volte il tuo, il vostro, continuo ricorso all'iperbole mi provocava un senso di insopportabile sazietà. Mi metteva a disagio e non capivo perché. Poi ho creduto di capire che le iperboli, di cui andate facendo sempre più spesso uso, altro non sono che un modo (spietato perché caricaturale) di denunciare quella che voi ritenete essere la strisciante inefficacia (o, meglio, impotenza) della lingua medio-borghese, del suo non saper più comunicare emozioni essenziali e contenuti elementari ancorché semplici. Ho visto giusto? Pensa che su questa idea, opportunamente tarata, avrei voluto lavorare in una mia ormai improbabile tesi di laurea!

Cara Silvana! Se non vincerete, come temo (perché mi siete simpatici, perché se non vincerete voi saranno altri peggiori di voi a farlo), continuerò fino alla vecchiaia ad avere nostalgia dei giorni passati insieme. Giorni per me di una strana (siete la mia giovinezza, non ne avrò un'altra), pericolosissima, e non di rado impossibile, vacanza. Che farci? Ciau, ancora terribilmente ciau.

(*In due*, 2008)

Un pentito

1.

Era il giovedì 2 agosto. In tutto l'appartamento del piano nobile, composto da cinque grandi stanze e doppi servizi, regnava una confortante penombra. A custodirla erano le persiane verde pino, fresche di riverniciatura, che la Nina aveva provveduto a chiudere fin dal mattino presto. Dell'afa, se possibile più soffocante del giorno avanti, quella perla di fantesca s'era accorta subito, passando il piumino sul buffet e gli altri mobili della sala da pranzo. Così, prima ancora di preparare il caffè al signorino Gerardo, Nina aveva provveduto all'oscuramento.

Adesso la luce, quella poca che si poteva desiderare in una giornata senz'altro torrida, filtrava un tanto e non più dalle gelosie dello studio, inclinate di pochi gradi verso l'esterno. Con tutto ciò – a dispetto persino del riscontro sapientemente creato fra la finestra della cucina e la finestruccia dell'ingresso affacciata sulla penombra delle scale – pareva proprio che dovesse mancare l'aria.

«Uffa!»

«Meno male, Nina, che questa sera dormo al mare, da mammà!»

«Non s'illuda, Signorino, sarà caldo anche laggiù. Eccome.»

La vecchia domestica, che aveva visto nascere Gerardo, lo guardò con occhi colmi d'un affetto triste, preoccupato. A immalinconirla era il dispiacere di una partenza che poneva fine al periodo per lei più bello dell'anno, il solo in cui poteva accudire il Signorino come fosse figlio anche suo? O c'era dell'altro? Lei, la serva-padrona (come insistevano a definirla i maligni) ma anche l'incarnazione d'una fedeltà appassionata, sentiva che la solitudine di Gerardo, ormai trentaquattrenne, non era casuale. Non era senza motivo come l'interessato e la signora Ersilia, la mamma "troppo troppo esagerata" di lui, s'industriavano a far credere. Al punto che Nina aveva perso la speranza di vedere il suo cocco fidanzato con una brava ragazza, poi sposato e padre. Ecco perché quello sguardo rannuvolato.

«Dica alla signora Ersilia di stare tranquilla. Ho pagato la bolletta del telefono e ho portato a riparare il frullatore, dove mi aveva detto. Qui in Prati.»

«Va bene, Nina, vedrà che questa volta non dimenticherò la sua ambasciata.»

«Ci credo poco, Signorino. Con tutto quello che ha per la testa lei, uno scienziato. E pensare...!»

Speranza degli studi matematici, già titolare di cattedra all'Università, Gerardo Villa avrebbe lasciato Roma con l'espresso delle 19,15. Non aveva altro mezzo a disposizione. Difatti, non senza suscitare le proteste scandalizzate delle zie Italia e Fiorenza, non aveva saputo o voluto prendere la patente di guida.

«Come sarebbe a dire? Sei l'unico uomo di casa, ormai.»

Perché sentirsi definire "l'unico uomo di casa" provocava in Gerardo, ormai da anni, una curiosa reazione? Perché ogni volta era come se scorgesse, al proprio fianco, un altro se stesso, una creatura immensamente mite e gentile che suscitava l'onda del suo strazio o almeno della sua commozione?

«Si affretti, Signorino, dal momento che ha deciso di partire. Non vorrà far tardi al treno!»

«Ha ragione, Nina, devo spicciarmi.»

A Gerardo piaceva il treno delle 19,15 carico di pendolari diretti a Cisterna o a Formia. Gli dava un senso di serenità. Eppoi viaggiava veloce. Nonostante le fermate, in meno di un'ora e mezzo poteva raggiungere la sua mamma, che lo aspettava ansiosa di riabbracciarlo. Di colmarlo di tenerezze.

La lontananza da quel tesoro di figlio – come non faceva che ripetere la stessa Ersilia – era l'unico neo delle lunghe estati che lei trascorreva in una località marina del basso Lazio, quasi ai confini della Campania.

Laggiù Lando Villa, il papà di Gerardo, s'era intestardito a comperare una casetta con un po' di giardino.

«Mi par di sentire gli odori, d'indovinare le luci della mia terra, del meridione.»

Il giovane professor Villa scosse inavvertitamente la testa al ricordo di tali parole. E, così come viene in mente una giaculatoria, pensò o forse mormorò:

«Povero papà, se l'è goduta così poco quella casa!».

Prese quindi a disporre nella valigia le camicie che la Nina aveva in precedenza ordinate sul letto, ancora calde del ferro da stiro. Via, su, doveva scuotersi e far presto. Viceversa, non appena rammentava suo padre, una volta su due, Gerardo si astraeva. A impossessarsi di lui era il rimorso, peraltro sempre pronto a farsi sentire, di aver trascurato, tradito addirittura il papà per troppo amore della mamma, per l'intimità che aveva con lei. Ersilia, dal canto suo, aveva proprio per lui, per il figlio, lasciato eccessivamente solo il marito. Cose che capitano, d'accordo, ma... Alla morte del povero Lando, madre e figlio avevano fatto di lui una fotografia in cornice e niente più: quasi che il defunto fosse stato il primo, sbiadito e ininfluente marito di Ersilia, presto vedova e libera di muoversi in una nuova vita. La sua vera vita: quella, in altre parole, che adesso conduceva accanto a Gerardo.

Ombre, quelle che si agitavano così, gonfiate da un malumore passeggero?

All'età del professor Villa, chiunque si sarebbe trovato una ragazza. Più d'una, forse. Lasciando stare la solitudine, c'era un'altra e più grave questione: la verginità. Proprio così, il giovane e ammirato docente era ancora vergine, o quasi. Quel "quasi" era motivato dal fatto che sì, a voler essere proprio fiscali, qualche cosuccia c'era pur stata. Ma l'amore, quello che si fa nudi sulle lenzuola (o nudi almeno dove occorre assolutamente esserlo e basta, sull'erba) Villa non lo aveva ancora sperimentato.

Le sei! Erano appena suonate alla pendola del corridoio quando Gerardo udì bussare alla porta della sua stanza con insolita decisione. Pochi istanti dopo la Nina, con una voce che intendeva ostentare indifferenza ma finiva col denunciare l'opposto, gli annunciò:

«C'è una busta per lei, Signorino, l'hanno recapitata proprio adesso. È una busta bella gonfia!».

«Una lettera il 2 agosto, con il caldo che fa e l'aria di vacanza che tira? Strano. Chi può avermi scritto? Non so di nessuno che abbia una ragione per farlo. Sono proprio curioso di vedere.»

«A consegnarmi il plico è stato un uomo...»

Nina, che faceva una distinzione attenta tra uomo e signore, usando con intenzione l'uno o l'altro termine, lasciò spazio tra le parole. Fece in modo di isolare quel termine "uomo", quasi volesse insinuare in Gerardo sospetto, inquietudine. Quindi aggiunse:

«Era un tipo ancora giovane ma piuttosto sciupato. M'ha detto, si figuri, signorino Gerardo, di essere un suo amico. Chissà chi è, invece».

«Un mio amico? Si sarebbe presentato in tal caso, avrebbe detto il suo cognome.»

«È quello che penso.»

«Non ricorda altro, Nina?»

«Nulla più di quanto le ho appena riferito, Signorino.»

Non senza un'impazienza insolita in lui, il giovane Villa s'udì allora tagliar corto:

«Non stia a preoccuparsi, Nina. Sarà un collega dell'Università, un borsista. Vada, vada pure adesso. Grazie».

Il professore prese a fissare con sguardo eloquente, di congedo, l'anziana domestica, che tuttavia esitava curiosa sull'uscio. E non le staccò gli occhi di dosso fin quando, visibilmente indispettita, lei decise di lasciarlo solo. Nel richiudersi la porta alle spalle, poi, diede un piccolo strappo, causò uno sbattimento (se poteva considerarsi tale) come per ricordare: "Sono in questa casa da molto tempo prima di te, caro il mio Gerardo. Da quando la signora Ersilia, sposa da un anno, aspettava il primo figlio. Il bebè che, se fosse nato, oggi sarebbe il primogenito e il galletto di casa, con tre anni più di te. L'hai dimenticato, forse?".

Poi, come Dio volle, Nina lasciò il campo. E Gerardo, tornato padrone della sua stanza, poté lacerare la busta da poco recapitata e scoprirne il misterioso contenuto. Con comprensibile sorpresa, oltre a una lettera, vi trovò otto fogli scritti dalle due parti. Ogni foglio ospitava cinque o sei brevi poesie. Chi poteva avergliele mandate e perché? Gli occhi di Gerardo corsero al messaggio d'accompagnamento. E lesse, fra le molte cancellature di chi ha scarsa dimestichezza con la dattilografia, quanto segue:

Caro Gerardo,
sono realisticamente persuaso che non mi hai dimenticato. Come avresti potuto, d'altronde? A parlarti di me, in modo sia pure pittoresco e cialtrone, hanno provveduto i giornali. Fatto sta che, arrestato e condannato

insieme con altri presunti "terroristi" romani, ho trascorso quasi cinque anni nelle patrie galere. Di questi,
almeno tre li ho vissuti in un luogo orribile denominato
carcere di massima sicurezza.

Uno come te, un cavallo di razza trattato sempre con
grande cortesia dall'esistenza, non immagina che cosa
tutto questo possa voler dire. Pazienza! Sei al corrente,
I suppose, anche degli ultimi sviluppi del mio caso. In
gattabuia, prima di decidermi a compiere il passo che
m'ha rimesso in pace col mondo ridandomi la libertà,
ho scritto alcune poesie. E sono roba buona: parola di
Morelli!

Perché sottopongo questi testi proprio alla tua "oc-
chialuta" attenzione, ben sapendo che ti occupi di altre
cose? Mi è facile risponderti. Anzitutto, come dovrebbe
esserti lampante, non ho molte possibilità di scelta. In
secondo luogo, nonostante tu sia uno scienziato di va-
glia, hai il cervello – come t'aggio a dicere? – tarlato,
dolceamaro dei letterati e sai leggere, da quel che posso
ricordare (Beckett, Bulgakov, eccetera) meglio dei soliti
professorini al potere nei giornali, nelle case editrici e
simili. Terzo, e qui consentimi di essere 'nu poco ruffiano, ho sempre "nasato" in te (e perché la cosa dovrebbe
essere cambiata?) un'autentica simpatia nei miei confronti. Non arrossire, dài: ho detto solo e semplicemente simpatia. Niente chiù. Ultimo ma non ultimo, *last but
not least,* sei sempre stato e sempre rimarrai un uomo
naturalmente gradito al potere. È tantissimo, credimi
sulla parola!

Per tornare ai miei "versicoli" – anzi a quella che
puoi leggere come la mia *Ballad of Reading Gaol* – non
sono qui a impetrare un tuo giudizio, come farebbe un
qualunque boy scout del verso libero. Ti chiedo ben altro. Se quanto m'è uscito di penna ti parrà meritevole, e
vedrai che sarà proprio così, occupatene in modo solle-

cito e costruttivo. In altre parole, trova dove pubblicare le mie poesie. In maniera degna, *of course.*

Non ti gratifico del mio numero telefonico. Non avrai così la tentazione di cavartela con quattro chiacchiere: sarebbe troppo comodo, sotto ogni punto di vista. Sarò io a cercarti, sempre che non m'accada di cambiare umore, intorno alla fine di agosto. Statti buono, *hasta luego*

Silvano Morelli

Per alcuni istanti, profondamente turbato, Gerardo rimase immobile, in piedi e appoggiato con una mano alla scrivania. Anche se, dovendo definire lo stato in cui si trovava, si sarebbe limitato a parlare genericamente di "disappunto" e non sarebbe andato oltre, le cose stavano diversamente: la lettera appena ricevuta lo aveva profondamente scosso. Riga dopo riga, leggendola, gli era parso di sentire la voce di Morelli e il non meno originale modo d'esprimersi di lui. Gerardo aveva anche ritrovato quelle espressioni di derivazione dialettale – fra campane e laziali – che Silvano aveva incominciato a recuperare dal suo mondo familiare dopo la lettura "anni Sessanta", un po' fanatica del *Pasticciaccio* di Gadda.

C'erano fra loro due, fra Villa e Morelli, appena quattro o cinque anni. E il giovane professore non poteva fare a meno di rammentare con emozione la simpatia piena di slancio affettuoso, l'attrazione intellettuale che quel suo allievo-coetaneo aveva saputo suscitare in lui. E ricordava altrettanto distintamente la delusione, meglio l'offesa silenziosa ma dolente come una ferita di pugnale quando s'era accorto che...

Gerardo chiuse gli occhi. Forse – provò a convincersi –, l'eccessiva ingenuità è una colpa e così una sensibilità troppo scoperta. Comunque non voleva tornare col pensiero a quella che rimaneva, in lui, come un'oscura lacerazione. Un trauma che il tempo stava poco a poco sanando.

Qualcosa trattenne però Gerardo dal distruggere le poesie di quella mezza canaglia del Morelli, pur dicendosi che sarebbe stata proprio quella la decisione giusta. Voleva forse avere una scusa per rivederlo?

2.

Qualche giorno prima di portare le poesie al professor Villa, dopo aver scontato solo una piccola parte della condanna inflittagli dal tribunale, Silvano Morelli era stato rimesso in libertà. Luglio era giunto alla sua ultima settimana e la canicola non dava tregua. La città bruciava. Persino nell'antica strada ombrosa, che correva parallela al Tevere e alla facciata del carcere, l'estate bruciava l'aria.

«Ma quale bella stagione, questa è un'autentica maledizione firmata domineddio!»

Con queste parole, mentre era letteralmente abbagliato dal sole, Morelli volle spavaldamente salutare la libertà e darsi un tono. Varcando il portone di Regina Coeli, s'era accorto infatti di non stare granché bene. Che fosse lo stomaco, la sua vecchia ulcera, a fargli sentire le gambe molli, proprio come avesse due stracci al posto delle ginocchia? E se per disdetta, proprio in quel momento, gli fosse preso un giramento di testa? Se si fosse accasciato per un mancamento improvviso? "Il pentito Morelli sviene lasciando Regina Coeli" avrebbero titolato così quei figli di puttana dei giornalisti. E i lettori, mettendoci del loro, avrebbero finito per pensare chissà che cosa. Come se il suo malore, gira gira, fosse da collegarsi al fatto d'aver collaborato con la giustizia.

«'Sto cazzo di sole!»

Certo che, in qualunque modo fosse da giudicare il suo

comportamento, Morelli aveva l'aria d'un uomo cariato dentro e fuori. Da non riconoscerlo. Semmai uno dei suoi vecchi compagni di battaglia si fosse trovato in quel momento a passare, avrebbe durato non poca fatica a ritrovare in Silvano, in quel trentenne cereo, un po' gonfio e dal sorriso guasto (aveva perso, da poco, un incisivo) l'ex leader carismatico di molti giovani ribelli e contestatori romani.

Era come se i guai avessero fatto cambiare pelle a Morelli. Al punto che del giovanotto di sette o otto anni prima non rimaneva traccia.

Tanto valeva anzi rassegnarsi e considerare un miraggio, un'invenzione senza fondamento l'ironico studente (iscritto a lettere ma per bazzicare "snobisticamente" matematica), il rivoluzionario dilettante ma non troppo, che giungeva alle lezioni, anche a quelle di Gerardo Villa, con le opere di Charles Fourier o di Marx sotto il braccio. O che lasciava sporgere da una tasca della giacca la prima edizione – rubata chissà dove e non acquistata a prezzo d'antiquariato (come Silvano voleva far credere) – degli *Ossi di seppia*.

«Sai che m'importa di Montale, dei fichetti di *Primo Tempo*! Perché ho il suo libro in saccoccia? Per un capriccio da bibliomane. Anche i rivoluzionari hanno le loro contraddizioni» non perdeva occasione di ripetere Morelli, prima di concludere: «Per il resto, a Torino, il vero fico era Gobetti! E ve lo dice uno che ai liberali non vuole bene. Nemmeno un po'!».

La prima volta che Gerardo lo aveva incontrato, non ricordava più a quale lezione o seminario, Morelli s'era meritato un applauso dagli studenti, interrompendo la verbosità paludata d'una tirata accademica col dire a voce alta, impostata:

«Alle guagnele, colleghi, la verità ci sta parlando per bocca della scienza!».

E di locuzioni altrettanto beffarde Silvano Morelli ne

aveva un repertorio. Al punto che, zittendo un docente di destra azzardatosi a intervenire nel corso di un'assemblea "molto calda" forse perché protetto da un cordone di polizia, Morelli s'era conquistato la sua prima decorazione da tribuno, stampando un irriverente sorriso sopra le seguenti parole pronunciate in tono più che stentoreo:

«Gnaffe, signor professore. Se le mie orecchie hanno ben inteso, affè di dio, preferisco stendere un pietoso velo sul di lei assunto! Un assunto predappico e nero come il fascismo fattosi voce!».

Rigurgiti di vecchio spirito goliardico? In ogni caso, lontano dall'ambiente universitario, Morelli cambiava musica. Chiacchierando nei salotti, dove riusciva a farsi vedere, anzi a "imbucarsi", con sempre maggiore frequenza, tranquillizzava i presenti circa la portata degli avvenimenti che riempivano le cronache. Rassicurava i suoi interlocutori sulle reali aspirazioni, sugli obbiettivi del suo "comunismo rivoluzionario". Quindi, giocando con il fuoco, pronunciava giudizi di sofferta ammirazione verso i grandi peccatori alla Céline, verso gli eretici geniali quali Trockij, verso i sublimi "senza altri aggettivi" come Fitzgerald e, infine, verso i "decadenti inconsapevolmente rivoluzionari" tipo Gadda.

«Quando sarà il momento, parola di Morelli, non torceremo un capello a nessuno che abbia qualcosa da spartire con la categoria del genio. Non siamo fascisti, noi. Solo i cretini dovranno tremare, in nome dell'estetica prima che della politica!»

Le librerie dell'usato, i cataloghi delle case editrici alla moda, le collane economiche consentivano alla conversazione di Silvano d'includere citazioni da Bontempelli, Oriani, Péguy, Huizinga, Cendrars, De Quincey, Huysmans, Hesse, Savino, Lévi-Strauss, Sartre, Artaud, Adorno, Auerbach, Sraffa, Kracauer, Della Volpe e qualche altro.

Era solo questione di tempo, dunque. Il consenso riscosso da Morelli alla tavola d'una finta contessa che peraltro chiedeva troppo al suo titolo un po' sgualcito, si sarebbe presto allargato. E avrebbe sicuramente portato al nostro giovanotto, insieme con il denaro, non poche soddisfazioni. Perché non aveva saputo attendere, dunque? Che cosa aveva spinto Silvano a macchiarsi di tutte le violenze e i reati comuni, che adesso figuravano nel suo casellario giudiziale?

3.

Durante il viaggio che lo conduceva dalla sua mamma, Gerardo non diede, come d'abitudine, una scorsa ai giornali. Nemmeno li tirò fuori dalla borsa, anzi. Incoraggiato dallo sferragliare del treno, si sforzò tutto il tempo di ritrovare, nel fondo della memoria, una vecchia canzone napoletana. Il testo doveva averlo scritto Salvatore Di Giacomo. Il motivo gli tornava a momenti, intermittente, per subito sporcarsi con altre melodie. Le parole a un certo punto facevano: "Marzo 'nu poco chiove...".

No, Ardo – come lo chiamava abbreviando la signora Ersilia – non s'era scoperto a un tratto melomane. Altro lo spingeva. Ad accennargli, poi a cantargli quella canzone in una sera ormai lontana, e con "'nu filillo 'e voce", era stato proprio Morelli. Sedevano l'uno di fronte all'altro, in una trattoria dietro via Giulia: c'erano arrivati a piedi dall'Università, sempre parlando e incuranti d'una pioggerellina che cadeva a tratti.

Erano giorni di tafferugli, di manifestazioni dure, di scontri e di cariche della polizia. I bilanci quotidiani della violenza apparivano pesanti. In facoltà si passava il tempo a liberarsi da giornalisti, infiltrati, provocatori e simili. Ma Ardo e Silvano, dopo quella camminata, avevano una gran fame e, nascoste dietro la fame, tante speranze. Peccato che il menù fosse sguarnito e l'atmosfera nel piccolo locale pressoché irrespirabile. Stagnava infatti, in quella stanza bassa e direttamente comunicante con la cucina, odore di ombrelli che asciugavano, di segatura per terra, di soffritti e mentre un'ariaccia sciroccosa si mescolava al fiato delle antiche cantine, dei sottoscala e, chissà, di qualche vicina pattumiera. Gerardo, che oltretutto non gradiva mangiare con un foglio di carta sotto il piatto invece della tovaglia, avrebbe preferito andare altrove. Vincendo l'imbarazzo dettato dalla sua natura mite, s'era anche provato a suggerirlo.

«Conosco una trattoriola a due passi di qui. È subito dietro piazza della Cancelleria. Ci ho mangiato bene, spendendo poco.»

Morelli, che non avvertiva nulla di sgradevole nella bettola dove si trovavano, aveva guardato Villa come non fosse un giovane e stimato professore della sua Università. Gli aveva infatti lanciato un'occhiata severa, quasi si trattasse d'un signorino viziato, da educare. Quindi, con volume di voce e tono da palcoscenico, aveva ordinato tonnarelli ai funghi per due e un "litrozzo" di bianco. Subito dopo, approfittando dell'accompagnamento d'un posteggiatore e forse intuendo d'aver ferito Gerardo, Silvano aveva cantato. Insieme, con una voce più intonata e insinuante che bella aveva esibito quello che lui stesso definiva "il suo fascino da zingaro" o, altrimenti, "da andaluso".

«Marzo 'nu poco chiove...»

Perché, si domandava adesso Gerardo con inquietudine mentre il treno correva, Morelli l'aveva trattato a quel modo? A distanza di tanto tempo il comportamento di Silvano gli appariva difatti terribilmente compromettente. Quali pensieri, quali convinzioni l'avevano dunque spinto a tenere una condotta così imprevedibile? Villa, nel mentre evitava ipocritamente di darsi una risposta, sentiva di non volersi bene. Forse per questo, intanto che l'espresso filava sotto una lunga galleria, non aveva potuto fare a meno di notare con dispetto il proprio volto riflesso nella buia superficie d'un finestrino. Che stranezza, ragionò, che assurdità. Lui e il suo destino avevano proprio quella faccia lì: quella faccia come un po' bambina, riconoscibile fra miliardi, irrisolta perché povera, perché defraudata di qualcosa, qualcosa di maschio e di comune, che gli altri, i veri uomini possedevano e ostentavano gagliardi. "Ecco chi era lui, lui, lui" scandivano le ruote del treno, facendo concerto a un esasperato sentimento d'inadeguatezza, d'immaturità, d'insicurezza.

Come non bastasse, Gerardo sapeva, capiva, che da qualche ora ogni suo pensiero ne nascondeva un altro. Faceva velo cioè a Morelli, allo choc della sua improvvisa ricomparsa.

Fortunatamente una vecchia casa cantoniera, con la facciata crivellata di buchi come avesse subito un mitragliamento e, accanto, il maturo splendore d'un albero di fico, distolsero Villa dalle sue riflessioni. Erano ormai geograficamente nel sud, presto sarebbero stati alla stazione d'arrivo. E lui sarebbe entrato nel protettivo cerchio d'ombra di sua madre.

4.

Irresistibile! così nel ricordo di molti e soprattutto di molte, rimaneva il Morelli degli anni d'oro. Allorché aveva, grazie al suo aspetto e un po' anche al suo modo di fare, favorito o accelerato la metamorfosi di molti apprezzati docenti: padri di famiglia ultraquarantenni, magari con i figli al ginnasio o addirittura al liceo, che frequentandolo avevano incominciato a ringiovanirsi, a lasciarsi crescere la barba, a indossare jeans scoloriti. Quante nuove coppie, formate da accademici "devianti" come angeli ribelli e da loro ex ellieve in cerca d'una terza via fra matrimonio e libero amore, avrebbero dovuto, davanti all'immancabile divano basso della loro nuova casa-stanzone, sopra il gruppo stereo, esporre la fotografia del pronubo Morelli al posto di quella del Che!

Estremista in politica, superficiale ma con sentimentalismo negli affari di cuore, un po' mariuolo, a momenti crudele e incapace di astenersi dalle citazioni chic, Silvano pareva essere stato confezionato dagli dei a misura di quanto andava cercando la promiscuità e l'edonismo dei tempi.

«Vengo a cena! Posso?»

Queste parole di Morelli significavano per quanti avevano il bene di sentirsele dire, il godimento assicurato d'un lungo show: da frammenti di strategia della guerriglia urbana si passava alla letteratura e alla canzone partenopea. *Anema e core, Era de maggio, Cchiu 'nnammurato 'e te, Munasterio* e altre che Silvano accennava, spingendosi solo raramente a offrirle a gola spiegata. Dopo la frutta e i liquori, verso le ventitré.

Nella rete di Morelli, del solfureo leader senza domani, non caddero tuttavia solo il povero Ardo e alcune fuoricorso, decise a tradire, insieme con i loro fidanzati noiosi e sicuri, l'origine borghese. A lasciarsi plagiare fu anche la marchesa Francesca di M. che, rimessasi a fatica proprio da una storiaccia vorticosa e condita di schiaffoni con Silvano, faceva adesso coppia fissa, socialmente vincente e in piena luce con l'ambizioso, intraprendente giudice Giangiacomo Filangeri. Un castigamatti dell'eversione.

E con Giangiacomo, sentendo con "infallibile" intuito femminile di turbarlo eccitandolo, Francesca s'era più volte addentrata a descrivere particolari anche spinti, dettagli molto intimi della sua relazione con Morelli. Trascurava però di aggiungere che, secondo l'analista junghiana Cesira Mombelli, l'infatuazione per Silvano copriva altro. Per incominciare, un oscuro bisogno di espiare, visto che Francesca si sentiva "stupidamente" ricca, e un piacere quasi vizioso di "copulare a sinistra" vendicandosi così di uno zio generale, oscurantista e implicato persino in un'inchiesta penale come presunto complice d'un mancato golpe.

Non era questa tuttavia la materia degli sfoghi di donna Francesca con il taciturno Giangiacomo. Gli raccontava invece senza remore, maliziosamente, gli amplessi con Morelli e la loro scatenata dinamica.

«Mi mettevo così, guarda. Allora lui, che in certi momenti era proprio una bestia, peggio...»

Francesca, che sapeva di soffiare sul fuoco, taceva solo quando riteneva d'aver trasmesso al giudice Filangeri l'impressione d'un appetito insaziabile, d'un erotismo sconvolto e rabbioso.

«Capisco, Francesca, succede una volta nella vita di perdere la testa!»

Giangiacomo, che non ignorava d'aver "dentro dentro", ben sepolta, una sua molla violenta e irrazionale, quasi da alcolista plebeo, lisciava intanto, con movimenti controllati, corti e lenti la superficie del lenzuolo. Doveva fare di tutto per tenersi buono, per frenarsi.

«Dimmi quello che vuoi, Giangiacomo. Chiamami con tutti gli appellativi peggiori. Li merito. Come potrò mai spiegarti? Quando Morelli mi guardava con quei suoi occhi da gitano...»

«Da gitano?»

«Quando mi sentivo addosso quel suo sguardo di velluto, facevo la pelle d'oca. Mi segui?»

«Altroché!»

«Ero... la vittima. Ero... Mi segui?»

«Ma sì, certo! Non sono situazioni così inusuali, così straordinarie come forse credi!»

Filangeri, con la voce che tendeva a farsi sempre più rauca, come "incartata" in una musica sorda, diceva la verità: capiva, eccome. Anche troppo, capiva. Se minimizzava verbalmente, era per sopravvivere. Per tenere a bada le Furie. Che altro doveva fare, dopotutto? A suo modo, cioè opportunisticamente e con cautela, era innamorato sul serio di Francesca. Si sentiva attratto dalla bellezza (un po' consumata, ammorbidita dall'uso) e insieme dal prestigio sociale di lei.

Ma c'era anche dell'altro, abbastanza da spiegare un rapporto molto vincolante. Francesca conosceva mezzo mondo e aveva saputo mettere Giangiacomo nel giro dei ricevimenti che spalancano tutte le porte. E lui, professionalmente esperto dell'animo umano, poteva adesso ricompensarla schiaffeggiandola? Poteva dirle le parolacce che pure si sentiva sulla punta della lingua?

Ma la fortuna, da millenni ormai, aiuta gli uomini nuovi, i sicuri vincitori. Capitò così che, a interrogare Morelli, a raccogliere le fluviali confidenze di lui, fosse chiamato, al momento opportuno dopo un complesso iter giudiziario, proprio quell'osso duro di Filangeri.

5.

«Si accomodi!»

All'entrare di Morelli, la voce del giudice Giangiacomo Filangeri suonò un po' strana, quasi fosse passata attraverso un velo di catarro.

«Venga avanti, prego.»

Giangiacomo trasecolava, stentando a credere ai suoi stessi occhi. Quel tipo dall'aria sciupata, un po' molle, era dunque lo spavaldo, temerario, guasconesco Silvano Morelli? Era lui l'uomo tante volte magnificatogli come irresistibile "sciupafemmine", come pericoloso nemico delle istituzioni e dei mariti? No, macché, tutte chiacchiere. Quello che aveva davanti era un poveraccio, un rottame. Filangeri posò un ultimo sguardo sul detenuto, compiacen-

dosi delle miserie che andava scoprendo. Per incominciare, era flaccido e scolorito come un sacrestano. Eppoi i bei
capelli, tante volte menzionati da Francesca, erano caduti,
disegnando due virgole che tendevano a ricongiungersi
proprio sulla sommità del capo.

«Posso essere sincero? Da quanto ho letto, da quanto
m'è stato riferito, ero andato facendomi un'idea molto diversa, senz'altro migliore, di lei.»

Dopo una pausa certamente calcolata, Filangeri precisò
con perfidia:

«Dal punto di vista fisico, intendo».

Anziché accusare il colpo, Morelli accolse quelle parole
ostentando un'espressione sorda, spenta. Era difficile immaginare un volto che facesse pensare di più a una terra-
cotta.

"Ecco un cinico d'alta scuola" non poté fare a meno di
riflettere ammirato Filangeri.

Seguirono quindi, interrotte soltanto da due caffè caldi
serviti nei bicchierini di carta, domande e risposte. Poco
alla volta Giangiacomo si convinse che Morelli, dietro i
modi ora spavaldi e ora impudenti, era un debole e doveva
avere la stoffa d'un codardo. Gli anni trascorsi in cella avevano tirato fuori dall'ex rivoluzionario, come fosse il brodo
dalla gallina, un'anima che soffriva di piccoli rancori, di
grette invidie nel mentre le rivelazioni del "pentito" andavano facendo spazio a sfoghi piagnucolosi, a querule richieste di indulgenza.

«Via, Morelli, non sia così lamentoso!»

Frattanto il giudice Filangeri, che assomigliava come
una goccia d'acqua alla sua mamma, una siciliana di Scicli,
non poté fare a meno di roteare gli occhi di carbone. Era il
segno, per chi lo conosceva, di un'intuizione giudicata luminosa da quell'uomo a un tempo passionale e astuto. Ecco che cosa pensava di fare: utilizzando opportunamente la
legge, avrebbe al più presto ordinato la scarcerazione del

relitto umano che gli stava davanti. Tutti, a incominciare da Francesca, avrebbero potuto così verificare, toccare con mano la decadenza di Morelli, il suo degrado fisico, specchio di un non meno pronunciato crollo intellettuale. Altro che averne paura, poveraccio.

"Un esempio di tale portata, a spasso per Roma, vale non una ma cento vittorie" gongolavano insieme l'uomo d'ordine e l'amante geloso che coabitavano in Filangeri.

Morelli era "cotto", ormai, non si correvano pericoli a rimetterlo in libertà. Tutto quadrava. Durante la detenzione, come qualcuno s'era premurato di riferire al giudice, aveva fatto un uso ripetuto di droghe. Tanto da scivolare in una condizione vicina alla tossicodipendenza. Silvano, difatti, era troppo figlio di buona donna, troppo "carogna" per lasciarsi schiavizzare del tutto dalla "roba". Però, dai oggi e dai domani, il veleno lo aveva segnato, eccome.

Quanto a entrare nel merito, che diavolo si poteva farne benissimo a meno. Non interessava a nessuno stabilire come fossero giunti fino a lui, al detenuto Morelli, gli stupefacenti. Chiudere uno o anche tutti e due gli occhi, a volte, non guasta: meglio un "tossico" d'un terrorista, cento volte meglio un cocainomane che collabora, d'un irriducibile.

Ma c'era dell'altro e costituiva il secondo argomento a favore della scarcerazione di Morelli. Con ogni probabilità, come d'altronde riportato da tale Primucci Raffaele detto Lallo o anche Lalla, l'ex sciupafemmine nonché aspirante incendiario Morelli Silvano si era prima lasciato andare casualmente e per noia, poi viziare e infine prendere dagli amplessi omosessuali.

"Ognuno fa la rivoluzione come può, con le armi che trova e la statura morale di cui dispone. Anche la diversità può essere rubricata come devianza dalla norma, come rivolta al conformismo" non poté fare a meno di sfottere Filangeri fra sé e sé.

Nel mentre si divertiva così, il prestante magistrato

strizzò l'occhio all'appesantito Morelli, facendogli al contempo pervenire (perché certe cose a pensarle, a volerle si realizzano) il profumo "macho" e amarognolo del suo dopobarba.

Silvano, agitandosi appena sulla sedia, incassò quel doppio segnale (l'ammiccamento e l'effluvio) come a dire: "Non è possibile, non ci voglio credere ma se per caso fosse appena un po' vero... Se lei, signor giudice, avesse certe debolezze, meno ancora, certe piccole indulgenze... io... qui... non mi tirerei indietro. Può starne certo".

"Caspita!" ne dedusse Filangeri, che era dotato di buon fiuto e di antenne sensibilissime. "Caspita!" L'uomo di legge non andò oltre sul piano strettamente ermeneutico, non volle tradurre un segnale del suo "sesto senso" in un'impegnativa interpretazione dell'intelletto. In difficoltà anche espressiva e, perché no? lessicale ("Va' un po' a estrinsecarle, a tradurle in parole chiare certe sfumature!"), con una punta d'imbarazzo distribuita fra la sede dell'anima e i lobi frontali, Giangiacomo preferì riemergere da una situazione minata dall'ambiguità. Appoggiandosi alla sua vecchia praticaccia di criminologo non esitò a concludere fra sé e sé: "Dunque, brutto stronzo d'un terrorista, hai abboccato. Ammetti di essere un debosciato, un pervertito. Coglierti in flagranza, praticamente con le mutande in mano? Se mi servirà, cocco bello, non mi sarà difficile arrivarci".

La sicurezza del giudice Filangeri riposava sulla consapevolezza di potersi affidare in caso di necessità, all'esperienza di un professionista di certa e provata capacità. Sarebbe bastato infatti passare l'incarico dell'adescamento all'agente della buoncostume Lasaracina Enzo. E mettersi quindi in fiduciosa attesa.

"Uocchie celeste o nire", come Filangeri aveva spesso sentito rammentare, Lasaracina non perdonava: si trattasse di "ricchioni" confessi, fieri di esserlo o di "velate", cioè di

froci nascosti sotto le più varie divise e piumaggi d'inso-
spettabilità, l'agente in borghese Lasaracina Enzo folgora-
va chi era da folgorare. Conduceva anche i più scaltri a de-
nunciarsi, a compromettersi e "clic!", li fotografava mentalmente (certe volte non solo moralmente), schedandoli a
futura memoria. Niente di ufficiale, s'intende, ma...

In un paio di occasioni la marchesina Francesca aveva
confessato a Giangiacomo:

«Sai, forse mi piaci, mi ecciti anche perché sei così spu-
doratamente maschilista, così repressivo in senso piccolo
borghese e, – non ti offendere –, sotto-sotto un po', anzi
un po' tanto fascista anche se ti consideri comunista».

Che stupidaggine! Filangeri aveva un tantino sofferto di
quelle parole. Non per il fascista, figurarsi: che ne poteva
capire una Francesca di certe cose, andiamo! Giangiacomo
aveva però sentito in quelle parole l'inattendibilità dei sentimenti di lei. Peggio, aveva avuto una nozione chiara della
loro natura viziata. Adesso, conosciuto Morelli, Filangeri
capiva che proprio quei sentimenti distorti, "fetenti" erano
stati alla base d'una storia sudicia.

«Che porci!»

Filangeri lo disse a voce così bassa, mentre era soprappensiero, che Morelli non poté fare a meno di chiedere:

«Che cosa? Non ho sentito, mi perdoni signor giudice.
Può ripetere?».

«Ha capito male, non ho aperto bocca.»

Mezz'ora dopo, guidando l'auto in una Roma lustra e
scintillante per le luci improvvisamente ventose, Filangeri
non ebbe più dubbi.

Era in grado di concludere, sia pure su basi ancora indi-
ziarie, che quel Morelli era passato dall'altra parte, in parole povere fra i "culattoni". E droga, e omosessualità erano
state in buona misura le strade percorse dal "pentimento".
Quelle che avevano accelerato la conversione di uno scia-
gurato come lui, mettendo definitivamente a tacere dignità,

orgoglio, carattere. Comunque, rifletté Filangeri soddisfatto, non avrebbe mai pensato di poter assistere a un riconoscimento di colpa così pieno e spudorato.

«Ammetto tutto, ho sbagliato come un babbeo.»

6.

Quando avrebbe messo Francesca al corrente delle sue sensazionali scoperte? Guai a scegliere un momento meno che opportuno, nel mentre lei fosse stata distratta o preda d'uno dei suoi frequenti accessi di impazienza. Il racconto della metamorfosi del bel Silvano, doveva infatti giungerle in fondo al cuore e lasciarvi un segno molto profondo.

Il giudice Filangeri, che fremeva per il desiderio di raccontare, non sapeva che cosa decidere. Avrebbe parlato in un momento di massima intimità, interrompendo ad arte un crescendo di baci e di carezze? Quale lo scenario più adatto per abbandonarsi a rivelazioni così importanti? Il loro solito letto accanto alla finestra di dove la notte, con le luci spente, godevano pigramente, pettegolando a lungo prima di prendere sonno, la vista di Sant'Ivo alla Sapienza? O Giangiacomo avrebbe atteso con in corpo il solletico di tante clamorose novità fino alla prossima gita, a un breve, ma indisturbato soggiorno nella casa di campagna, che Francesca possedeva a meno di un'ora da Roma?

«Come ti accennai, ricordi, Francesca? ho finito con l'interrogare quel tuo ex. Quel Morelli, sai, di cui più e più volte m'hai parlato. Ebbene, per incredibile che possa sembrarti...»

Eh no, calma. Prima di raccontarle tutto, Giangiacomo avrebbe fatto bene a consultare un suo amico, già psichiatra al Santa Maria della Pietà. Gli avrebbe chiesto, fingendo d'aver bisogno d'una tale informazione a scopo professionale, se gli omosessuali in fase latente, allorché non hanno ancora scoperto e accettato la loro natura più autentica, si possono sentire portati a intrecciare relazioni eterosessuali particolarmente impetuose, esasperate, senza controllo. Insomma, anni prima, Morelli, accompagnandosi con Francesca, aveva finto opportunisticamente gli eccessi della passione o aveva sul serio perso la testa?

Che domanda strampalata, inutile! Tanto più che Filangeri aveva conosciuto Francesca quando la relazione con Silvano era un ricordo. Perché, dunque, si accaniva tanto? Infieriva? Se gli fosse stata rivolta una tale domanda, avrebbe finito col rispondere un po' superficialmente che "l'abietto" Morelli rappresentava ai suoi occhi l'occasione di un'insperata rivincita. Dopotutto lui, il giudice Giangiacomo Filangeri aveva lottato tutta la vita per crescere, per farsi largo nella società. Silvano, viceversa, era stato sul punto di avere tutto, anche l'amore, senza contropartite. Aveva barato e per un po' gli era andata bene. Ma era questa, solo questa la spiegazione di tanto astioso puntiglio? O Morelli era riuscito a destare qualcosa di torbido, un gusto della sopraffazione, che fino a quel momento era rimasto assopito nell'animo di Filangeri?

7.

«Mi puoi tenere con te un paio di settimane, Canapone?»

Dopo aver riflettuto attentamente alla domanda, Morelli aveva deciso di suonare alla porta e di presentarsi a Pippo Canepa con quelle parole. Senza aggiungere altro, proprio come avrebbe fatto una bella donna spaurita.

«E c'è bisogno di chiederlo? Entra, tesoro, vieni avanti. Fai come in casa tua, bello. Hai bisogno di rinfrescarti?»

Silvano avrebbe voluto uscirsene con una battuta sarcastica, scomodando la Fatina Azzurra e Pinocchio. Ma poi, per pigrizia prima ancora che per calcolo, si limitò a una frasetta di circostanza, accompagnandola con uno sguardo di svogliata riconoscenza:

«Ti dico solo questo, Canapone: lo sapevo. Ero certo che mi avresti accolto così, con la tua solita generosità».

Pippo Canepa, alias Canapone, era un noto, in un certo senso istituzionale informatore della polizia. Così intrinseco alle "soffiate" e alle chiacchiere delatorie da essere diventato, nel corso degli anni, quasi uno della famiglia: uno sbirro d'elezione, cioè. Adesso, con l'ufficioso beneplacito di svariati funzionari e persino dell'integerrimo dottor Cacciò, Canapone stava uscendo dal giro.

Brav'uomo, se si può dire così d'uno del suo mestiere, e per di più fascistaccio di Salò (aveva incominciato a "cantare" nel 1945 per tirarsi fuori da un guaio successo in alta Italia), Canapone era dominato in egual misura dalla passione della cucina (nel senso di preparare manicaretti oltreché divorarli) e dei... Non sarebbe giusto dire dei maschi, censendolo decisamente – senza far spazio anche a una buona dose di pigrizia rinunciataria o di inconfessata impotenza – fra i praticanti del terzo sesso.

Può darsi che la sodomia del Canepa si sentisse ormai largamente appagata dal confezionare sughetti e soffritti, pastasciutte e frittate. Fatto sta che di quelle prelibatezze Pippo invitava poi a godere, con una scusa o con l'altra, ora il lavorante del sarto dell'ultimo piano, ora il banchista del bar all'angolo, ora altri giovani di provenienza più incerta. E tutti, noti e ignoti, li guardava abbuffarsi con uno sguardo che si sarebbe detto insieme materno e un po' da mucca. Sì, proprio da mucca quando ha le mammelle turgide e viene munta da mani esperte.

«Qui, in questa cameretta, starai benissimo Silvano! Eppoi la povera Elvia, ne sono sicuro, ti terrà una mano sulla testa!»

Fu proprio con queste parole, sgorgategli dal cuore e un po' anche dall'anima vernacolare, che Canapone, dopo avergli fatto strada, spalancò la porta e quindi, senza guardarvi dentro come per un timore religioso, offrì a Morelli la stanza che fino a quattro anni prima era stata della sorella adesso alloggiata al cimitero monumentale del Verano.

«Non ti disturbo? Non fare complimenti, Canapone!»

«La più contenta, Silvano, sarebbe proprio Elvia. Diceva sempre che stavo troppo solo. Poi, Cicciuzzo, che altro potresti fare adesso? Non ti vedi cocco? Sei ridotto male assai.»

In effetti, quello che stava davanti a Pippo Canepa, era un Morelli tutto ammaccato, incerto, nemmeno da paragonare con il giovanotto che il padrone di casa aveva incontrato anni prima, leccandosi i baffi per il bendidio che gli capitava di trovarsi a cinquanta centimetri dalla punta del naso.

A proposito di naso. Era da collegarsi alla galera l'odore dolciastro, sgradevole, che Silvano si portava addosso? Certo quel "lazzarone" s'era presentato a casa Canepa, nella zona di San Giovanni, appena uscito dal "gabbio": il tempo di attraversare Roma in taxi, schivando le domande e le curiosità del conducente:

«La strada è un po' complicata da trovare. Vada fino in fondo a via Taranto, poi le indicherò il percorso da seguire».

Morelli non disponeva più dell'appartamento dietro piazza Navona, "prestatogli" da un danaroso simpatizzante di "Potop" allorché la Rivoluzione sembrava dietro l'angolo. Dove andare? In albergo no, troppo caro. Tornare dai suoi in campagna? Silvano non se l'era sentita. Eppoi, come dire, gli piaceva far scontare agli altri d'essere stato obbligato ad abitare questo porco mondo.

«Ti avrei dovuto almeno avvertire!»

«Ma no, Cicciuzzo, ma no. Che cosa vai pensando?»

8.

Canapone e Morelli si erano conosciuti in una trattoria del quartiere San Lorenzo.

«Eh, già, ti pareva!»

Queste le parole accompagnate da un profondo sospiro del giudice Filangeri, all'apprendere da un vecchio incartamento che il locale non era lontano dalla famigerata via dei Volsci. Da quello, cioè, che molti investigatori consideravano alla stregua d'una polveriera dell'eversione romana.

Era stato un caso l'incontro fra Pippo e Silvano? O il caso nascondeva un qualche oscuro disegno messo a punto dalle teste pensanti dell'antiterrorismo? Nemmeno i due interessati avrebbero saputo che cosa rispondere.

Correvano i cosiddetti anni di piombo, si sparava e si tramava più di quanto la storiografia ufficiale sarà mai disposta ad ammettere. Canepa, un po' frastornato, si accorgeva di obbedire sempre più spesso a invisibili registi, a occulti burattinai. Tanto che gli era difficile ormai stabilire quando seguiva il suo fiuto e quando viceversa era mosso da un'astuta, inesplicita "imbeccata". Morelli viceversa, nella girandola sempre più vorticosa di piccoli e grandi "attacchi al cuore dello Stato", cercava di mettersi in mostra. Un po' bluffava e un po' rischiava sul serio, adoperandosi per meritare l'appellativo di "cocco dell'eversione".

A questo fine faceva valere, nei suoi racconti salottieri, anche la frequentazione dell'ignaro, bistrattato Canepa. Lo dipingeva come un "mostriciattolo delizioso" ma anche "sordido, infido, corrotto". Con un sorriso triste sulle labbra, raccontava:

«Non mi riesce di capire se questo ceffo, questo Canapone è l'ultimo erede della Roma nera, papalina, velenosa come il cuore di Scarpia o se è il figlio ultimonato dell'Ovra, della piccola borghesia del ventennio».

Quindi, abbassando un po' la voce e premendosi una

mano sullo stomaco come per resistere al dolore d'un crampo, Morelli lasciava intendere d'essere giunto a Pippo Canepa percorrendo i sentieri segreti e perigliosi, comunque compromettenti, che sono la strada quotidiana della cospirazione.

«Signori, insomma, capitemi. Canapone non è roba da bambini, non è tipo da maneggiare con disinvoltura. Cave canem, chillo separa. L'uomo è un ex fascistone, per chi non lo sapesse, frocio e cattivo come un aquilotto affamato. Se non vi bastasse, dicesi essere anche un confidente ascoltatissimo dalle "madame"!»

Un paio di cretine erano arrivate, nel "bersi" tali o consimili discorsi della "Primula Rossa" Morelli, a provare un brivido dalla radice dei capelli giù-giù fino alle mutandine: come avessero, né più né meno, toccato una reliquia della Scuola di Francoforte!

Per essere amici, a volte, non occorre essere in due. Molto più onestamente, gettando le basi per un rigoglioso futuro, Canapone s'era subito sentito grato (col cuore) e gratificato (con il cervello) per quanto gli accadeva, cioè per la consuetudine con quel gran fico di Morelli. Tanto da ritrovarsi in corpo ancora adesso, un po' di quella soddisfazione.

«Cicciuzzo, ti andrebbero due bucatini, meglio due vermicelli al pomodoro? Ieri, da Formia, un amico m'ha portato "'na cannonata" di basilico. Ah, che profumo... sentissi!»

«Dai, cuocimi questi vermicelli. Occhio, però. Non mi trattare come un finocchietto. Se solo ti ci provi, sono cazzi!»

Ringalluzzito dal tono con cui aveva pronunciato quell'altolà, Morelli fece il punto sulle sue immediate prospettive: "Canapone fa schifo, d'accordo, ma non è una carogna. Eppoi qui, in questa 'casettina di periferia', vivrò comodo, un pascià, senza sborsare un soldo. Che stia – niente niente – riafferrando la fortuna per la coda?".

Quest'ultimo interrogativo si stampò con chiarezza nella mente dell'ex detenuto Morelli Silvano, che si stava frattanto provando un paio di pantofole del buon Canapone. Un po' grandine, larghe soprattutto, ma meglio di niente. Silvano mosse un passo, un secondo passo e non poté trattenersi dall'esclamare a mezza voce perché incerto della portata dei suoi diritti di usucapione:

«Che meraviglia! Mi vanno comode, proprio comode».

«Non t'ho sentito, Cicciuzzo. Dicevi?»

Mancavano venti minuti all'una e sopra quella scheggia di conversazione, prima ancora d'un buon pranzetto con vino bianco, fresco ma non troppo, e macedonia di frutta con il gelato, ebbe concretamente inizio una convivenza più solida e, per certi aspetti, più azzeccata d'un matrimonio.

9.

L'estate, che dopo il 14 agosto si fece particolarmente instabile per i frequenti temporali e "le nubi cumuliformi nelle ore più calde della giornata", volò via.

«Devi già partire, Ardo?»

«È così, mamma. Mi spiace.»

«Il tempo corre e io sono così vecchia. Non potresti aspettare qui, con me, fino al 9 o al 10 di settembre?»

Sì, certo, sarebbe stato giusto aspettare. Eppoi la spiaggia era bellissima adesso, spesso semivuota e già silenziosa come d'autunno. Gli acquazzoni pomeridiani, che si erano fatti piuttosto frequenti dopo ferragosto, liberavano il cielo preparando sere fresche, bellissime e insieme un po' malinconiche per l'impercettibile presagio delle stagioni morte. Inutile dire che a Gerardo questo lento, solenne struggersi della natura piaceva molto. Lo toccava dentro.

«Rimani almeno fino a lunedì, Ardo!»

Invece, spinto da mille e nessuna ragione, il professor

Villa tornò in città. Era scontento di sé ma senza sapere di che cosa accusarsi. Si sentiva rodere dall'impazienza e qualche volta avvertiva il bisogno di descriversi con una parola che non apparteneva al suo vocabolario: sconsolato. Avrebbe desiderato disporre di un amico, di qualcuno a cui dire:

«Mi sento così triste e senza speranze!».

Gerardo doveva viceversa accontentarsi di fare il muso alla vita, di sbirciare dalla finestra tutta quella gente che pareva soddisfatta e non si capiva perché.

"Speriamo sia solo colpa del tempo" si disse la Nina, che invece era preoccupata per il Signorino Gerardo e aveva incominciato a raccogliere le palline di naftalina e le pasticche di canfora seminate tre mesi prima nei tappeti, arrotolandoli prima dell'arrivo del gran caldo; o fra le coperte, nelle tasche dei cappotti e delle giacche pesanti al momento di riporre tutto nel grande armadio con le ante interamente ricoperte di zinco.

La meteorologia invocata dalla Nina, con il nervosismo di Gerardo aveva purtroppo ben poco da spartire. Sapeva anche l'interessato, quantunque insistesse nel collocare il suo malumore in una cornice di mistero, quali erano le cause e le concause più profonde del suo malcontento e della sua insolita irritabilità.

Per cominciare, due giorni dopo il suo arrivo a Roma, Gerardo aveva provato ma senza troppo esporsi (neppure con se stesso) a ritrovare Morelli. E per la prima volta, intanto che lo cercava senza cercarlo, era arrivato a lasciar confusamente emergere una verità fondamentale, a mettersela davanti sia pure con molta delicatezza e circospezione. Insomma. Perché la sua esistenza di uomo ormai avviato alla quarantina prendesse una piega matura, definitiva e si risolvesse nel modo in cui tutte le vite prima o poi si risolvono cioè uscendo dalla famiglia, era necessario che lui, Gerardo, incappasse in un altro Morelli. In un uomo che, senza sfuggirgli come Silvano, fosse capace di suscitare in lui la stessa tensione, lo stesso delicato interesse. Ma intanto...

Intanto il giovane ma – specialmente dopo quell'estate – non più giovanissimo professor Villa spiava nel grembo grigio delle ore, tendeva l'orecchio ai mille piccoli rumori che si saldano nel confuso brusio del giorno come dovesse cogliervi un segnale di Morelli, una spia del suo prossimo farsi vivo. Ma, niente. E pensare che, se Silvano si fosse sporto, avesse fatto capolino non avrebbe trovato Gerardo a mani vuote.

A quest'ultimo, difatti, non era stato difficile con le sue conoscenze raggiungere chi, ancora prima di averle sulla scrivania e di dar loro un'occhiata anche solo "per salvare la forma", si dicesse disponibile alla pubblicazione delle liriche di quel Pentito.

«Morelli, ha detto? Ma sì, certo, è un nome oltretutto ancora noto fra i lettori di cronache politico-giudiziarie. Stampare le sue liriche? Può essere un'idea.»

Ma l'autore, cioè il pentito Morelli Silvano, dove era finito frattanto? Col passare dei giorni, nel chiederselo, Gerardo non poteva fare a meno di tormentarsi diviso tra indulgenza e rancore: era ancora ben vivo in lui l'istinto, più che il sentimento, che l'aveva spinto a congedarsi frettolosamente, in modo quasi sgarbato dalla madre. Come un pazzo, accorciando le vacanze di dieci giorni almeno, era tornato a Roma per tener fede (figurarsi!) a un appuntamento sia pur vago, fissato dallo stesso Silvano. «Sarò io a cercarti... intorno alla fine di agosto.» La lettera di Morelli, letta e riletta, non concedeva alternative.

«Perché non ho saputo dominarmi, ragionare?»

L'aver contrapposto un istinto oscuro e un impegno, che non era neppure tale, a quanto rappresentavano affettivamente sua madre e la figura di lei, resa ancora più cara dagli anni e dalla vulnerabilità della vecchiaia, era certo un segnale da non sottovalutare. Un segnale che dava a Gerardo la misura della sua febbre, della reale natura che la alimentava. Quindi, una volta accusatosi, si sforzava di dar voce al proprio dissenso, al proprio dispetto nei confronti di Silvano. Lo immaginava, abbastanza realisticamente, come un distruttore capace di demolire, di rendere cenere tutto quanto toccava. Ma demonizzandolo, contrariamente alle sue intenzioni, Gerardo rendeva ancora più eccitante Morelli e tutto quanto lo riguardava.

«Io, innamorato di lui?» A quella domanda passatagli come un lampo nella mente, si sentì gridare "no" mentre scuoteva la testa come per liberarsi d'una vespa prima di venir trafitto dal suo pungiglione.

Frattanto, per quanto possa apparire incredibile, Silvano si era praticamente dimenticato del mite, sconsolato professor Gerardo Villa. E c'era una buona ragione perché questo avvenisse. La poesia non gli serviva più, non rientrava più nei suoi calcoli e aveva cancellato dalla propria mente quel "mucchietto" di componimenti, quei versi nati in un momento di malumore e difficoltà. Adesso Silvano per tirare avanti aveva trovato qualcosa di meglio, di più somigliante a lui che non la letteratura.

10.

Il 24 agosto alle 18,5, in via Belsiana, mentre passeggiava senza voglia di niente, grigio come la noia fatta persona fra tutti quei negozi chiusi per ferie, Morelli s'era all'improvviso sentito guardare, poi intenzionalmente fissare. A tenerlo sotto tiro con tanta determinazione era una finta bionda. Così almeno era parso a Silvano che, senza voltarsi, aveva tentato di localizzare la sua osservatrice. Poiché l'ispezione continuava, diffidente per istinto e per esperienza, Morelli aveva cercato una vetrina che gli facesse da specchio. Era così riuscito a inquadrare, ma di riflesso e in modo ancora incerto, una ex ragazza: una forse quarantenne con la gonna di jeans, corta sopra le ginocchia già matronali, annegate più nella pelle slentata che nella carne soda e nutrita.

"Pussa via!" Morelli provò l'autentico fastidio di chi con il sesso e con le sue occasioni non vuole, non può e non pensa d'avere rapporti. Per il presente stramangiava e avrebbe continuato a divorare senza altre idee o velleità i pranzetti ghiotti, fantasiosamente variati, di Canapone. Anzi, meglio, avrebbe continuato a succhiarli – poiché a volte sentiva proprio di fare così – dalle tette di quella vecchia frocia protettiva, materna. All'uccello, per altro in fase poco vitale, e a tutto il resto legato al basso ventre, Morelli avrebbe pensato più in là.

Che cosa voleva, dunque, quella mignottona? Stava proprio chiedendoselo, se non con le parole almeno con l'espressione sorda e insieme sospesa del volto, quando s'intese chiamare:

«Silvano!».

«Io?»

Per la sorpresa si toccò con il dito, puntandoselo sul petto.

«Io?»

Quindi, riappropriandosi della propria espressione, osservò meglio, simulando la messa a fuoco d'un miope. E finalmente credette di riconoscere una sua ex compagna di battaglie. Molto ma molto ex, visto che si erano persi prima della fase più calda e terroristica dell'eversione, del dopo Sessantotto. Morelli riuscì anche a ripescare, in un angolo buio della memoria, il nome della donna: Leda Di Francesco.

Già, certo, Leda. Iscritta alla facoltà di farmacia, una volta fuori dalla politica con cui aveva flirtato senza convinzione, era stata processata e quindi assolta, con formula dubitativa, dal reato di ricettazione. Poco o niente troia, anzi piuttosto dura e sbrigativa nei rapporti con gli uomini,

Leda era naturalmente portata a delinquere. "Per la smania di far fesso il mondo intero, di prendere anche quanto non le spetta, quella paracula rinuncia a tutto. Persino all'amore" rifletté Silvano, appiccicando di conseguenza alla donna l'etichetta di "delinquentella nata". E in certe valutazioni, sia pure a fiuto, Morelli difficilmente sbagliava.

«Leda, gioia mia, che piacere rivederti!»

Conversarono per buoni venti minuti, in piedi, rimanendo nel bel mezzo di una via Belsiana cinerea, qua e là buia come una ruga affondata (troppo) nella pelle grassa. Morelli e la Di Francesco parevano incollati al selciato, quasi che l'interesse per quanto andavano raccontandosi fosse tale da impedir loro di guadagnare il marciapiede. Bevvero quindi, su proposta di Silvano, due tè freddi nel bar all'angolo con via Frattina e finalmente, dopo che ebbero raggiunto a piccoli passi una stradina dietro piazza del Popolo, Leda invitò Morelli a visitare il negozio, o galleria d'arte e antiquariato, che gestiva in società con un certo Gianni.

«Occuparmi di vecchi mobili? Sine, mi ci sento tagliato. Il rivoluzionario si traveste da tarlo e il tarlo rosicchia!»

Ci furono altri discorsi, fin quasi all'ora di cena. Si concordarono delle mansioni, un orario. Quindi, nelle settimane che tennero dietro a quel 24 agosto, Silvano non stette certo a porsi delle domande superflue. Non perse tempo a spegnere le ultime scintille dell'ideologia, casomai ne fossero rimaste dentro di lui. Quieto e duttile, ascoltò le istruzioni di Leda, che dalla cordialità espansiva dei primi momenti era passata adesso a trattarlo con un tono formale, come un po' seccato e distante.

«Se telefona qualcuno che non vuol lasciar detto il suo nome, non insistere per saperlo.»

«Il seguito alla prossima puntata, è vero Leda? Quando ti sarai decisa a fidarti di me.»

Nelle ore lasciate libere dalla nuova attività, per la quale si era mostrato d'altronde versatissimo ("E per che cosa non lo sei, Cicciuzzo mio?" gli sorrideva festoso Canapone), Morelli aveva preso a frequentare uno studio dentistico. L'odontoiatra, dottor Sabatino Lisci, era stato sincero fino alla brutalità:

«Per rimettere a posto una bocca così ci sarà molto ma molto lavoro da fare. Le costerà parecchio denaro e dovrà armarsi d'un po' di sopportazione».

Le sedute da Lisci erano lunghe e lasciavano il paziente vuoto, ancora più vuoto, cioè, di come fosse e si sentisse di solito. Tanto che in seguito Morelli avrebbe confusamente pensato a quel periodo di "restauro" della sua bocca ("La bocca in maschera d'un delatore" rifletté crudele quando il dentista gli porse uno specchietto per fargli vedere il "capolavoro" ultimato) come alla fase estrema d'una trasformazione, al letargo spirituale che può accompagnare una metamorfosi.

11.

Leda fece Pasqua in Grecia, quindi trascorse la prima settimana di luglio in Sardegna. Da ultimo andò a godersi un "fine settimana lungo", come lo definì lei, a Lisbona. Adesso stava progettando, insieme con il suo convivente Luigi Milella, sassofonista disoccupato, in cerca di scrittura (da anni) ma per questo "a secco" finanziariamente, una puntata alle Bermuda. Curioso era che, al ritorno, raccontava questi suoi viaggi con tono opaco, privo di colore e di fantasia ma ugualmente invitante. Perché, si chiese più d'una volta Morelli, era portato a considerare i viaggi di Leda come delle fortunate trasferte di lavoro?

Comunque, un pomeriggio, vincendo la sorda apatia che spesso s'impossessava di lui, Silvano s'intese dire:

«Con i tuoi racconti, mi stai facendo venire la voglia di girare, di conoscere il mondo!».

Leda, dopo averlo guardato come lo stesse studiando, gli aveva risposto seria:

«Per te è ancora presto, Silvano. Se tutto andrà bene, e accadranno certe cose, l'anno prossimo cambierà musica per tutti. E allora... vedrai!».

Morelli, dando sfogo a un sospetto confuso, borbottò allora:

«Basta che non si finisca tutti in gabbia!».

Un po' di quattrini, fatto sta, incominciavano a entrare nelle tasche del "pentito" Morelli. Tanto che riusciva sempre più a mimetizzarsi, spendendo senza economie, con quanti vestivano abiti calcolatamente neogotici, tagliati in stoffe notturne, tendenti a una luttuosità fatta apposta per soddisfare un bisogno superficiale ma insieme imperioso di ignoto, di tenebra "romantica" e di irrazionalismo.

«Sei palliduccio, è vero: nel complesso, però, stai meglio ogni giorno che passa.»

In realtà, anche se gli mentiva così per incoraggiarlo e soprattutto per non vederselo andar via di casa ("Non si sa mai!"), Canapone era tranquillo solo a metà. Il suo Cicciuzzo mangiava di buon appetito, s'era trovato quel lavoro che puzzava un po' di bruciato ma sempre meglio di niente: tutte cose buone o quasi buone. Con gli occhi del cuore però, quelli che non sbagliano, Pippo vedeva che il ragazzo non era reattivo al modo giusto. Peggio ancora, notava in lui i segni fin troppo evidenti d'una fragilità nervosa conseguente all'uso prolungato delle droghe, sia pure di quelle considerate leggere "da 'sto branco di ipocriti!". E quel brav'uomo o quasi di Canapone, che l'età avanzata rendeva sempre più simile a una balia per sua sfortuna fornita d'un cazzo a suo tempo definito "il cioccolatino", sapeva farsi anche di questo una dolorosa ragione:

«I pentimenti sono ferite. In certi casi, come per il mio Silvano, sono ferite che bruciano e sanguinano senza parere. Ferite che si rimarginano e tornano dopo poco a far male. E allora, ecco lì, ci vuole l'anestetico, cioè la droga. Pazienza!».

Canapone che aveva sessantacinque anni anche se ne confessava, e di malavoglia quasi vergognandosene, sei di meno, sospirava:

«Per certe cose c'e una sola medicina: il tempo! Bisogna dar tempo a 'sti poveri pentiti. Che cosa si pretende? Come si possono sentire oggi? Ci vuole tempo, pazienza e tempo!».

E ripetendoselo come fosse davanti a uno specchio, povero Canapone, sentiva tangibilmente la portata, meglio il peso e la consistenza anche dolorosa del suo amore per Morelli, per Cicciuzzo. Già perché lui, Pippo Canepa, i frutti di quella cura a lunghissimo termine non sarebbe arrivato a vederli. O li avrebbe visti troppo tardi, da "vecchietto-vecchietto".

«Quando si vuol bene sul serio però, come ne voglio io a quel mariuolo, allora a certe cose non si fa più caso!»

E per non farci caso, appunto, già pensava di destinargli "più tardi possibile" una casetta che aveva a qualche chilometro da Anticoli, il libretto postale con tutti i risparmi e qualche altra cosetta che Cicciuzzo avrebbe snobbato là per là ma poi, Canapone ne era certo, gli sarebbe tornata utile.

«Godermelo sì, sfruttarlo no. Mai! Ha già sofferto abbastanza, così per niente, povero figlio!»

(*Racconti naturali e straordinari*, 1993)

Un inedito

lucilla@nonciprovare.it

Lucilla e Abel hanno in comune molte piccole ferite da internet, inferte loro con ironia o cattiveria dai soliti parassiti informatici mentre vanno chattando curiosi e notturni nei territori del web. Peraltro lei e lui, che presto si conosceranno come è scritto nelle stelle, condividono quella purezza senza virtù che nasce dall'aver voglia d'amore più che di effimero piacere carnale. Il piacere solo più tardi, come un fiore che dovrebbe sbocciare dalla tenerezza.

Che altro? Lei, ossia *lucilla@nonciprovare.it*, possiede un computer invece di avere una famiglia. Lui, *abel@perbaudelaire.it*, ha un computer invece di avere l'amante. Tutti e due si sentono soli al mondo col loro portatile. Lei sa di essere ancora bella (in quell'"ancora" sono però nascosti molti rimpianti), lui sta diventando bello e glielo fanno capire via sms. Comunque sia, su un'e-mail firmata destino e attualmente in parcheggio nel deposito delle potenzialità telematiche, c'è scritto che...

Al momento Lucilla si augura di incontrare presto un nuovo lui. È venuto il tempo. La sua attuale relazione vive ormai stancamente di sms nati dall'ansia, dal senso di colpa, dal non saper decidere se andare avanti o meno. Una pena!

Bella, nel caso di Lucilla, non vuol dire però luminosa come una mattina di primavera, leggera e persistente come il profumo d'un deodorante da hostess. Qualcosa l'ha infatti mangiata dentro, asciugandole le guance e lustrandole gli zigomi che sporgono un po', solo un po' più del dovuto.

Lucilla Nardi, trentotto anni molto sfruttati dalla vita anche se tenuti con cura e non dimenticando mai di volersi bene (nemmeno nei momenti più tempestosi delle sue troppe avventure sentimentali), porta scritta in faccia la decisione di scegliere da sola in quale dio credere (perché al fondo è credente) e soprattutto per quale partito votare. Un partito magari sbagliato, magari di destra, lei che è consapevole (anche se preferirebbe non esserlo) di poter trovare comprensione piena solo nella sinistra più radicale.

Le scelte sbagliate, che sono il capolavoro umano di Lucilla, l'hanno portata da qualche tempo a sistemarsi in quella ex periferia della Capitale, laggiù oltre Porta San Giovanni, truccata da zona iper commerciale. A destra e a sinistra del suo portone prosperano gelaterie, grandi magazzini, negozi di abbigliamento o di elettrodomestici con vetrine tutte faretti e luci più colorate dei coriandoli quasi fosse eterna stagione di saldi, svendite e altre turlupinature in offerta speciale. Piacerle quella zona? Più no che sì. Lucilla non ammette facilmente di aver sbagliato, però. Quando le capita, deve farlo litigando con un uomo, arrabbiandosi e poi piangendo. Perché, nell'ammettere i propri errori, ha bisogno di tenerezza; perché quando urla e fa l'irragionevole è appunto per un bisogno da "codice rosso" di dolcezza, di farsi piccola tra due braccia forti e protettive. «Non fare così, dà-i, micetta!» è la frase che preferisce sentirsi dire, prima di cominciare a tirar su col naso e a imbronciare le labbra. E quell'incresparsi morbido e umido è quasi l'annuncio che si farà perdonare del capriccio prestandosi poco dopo a fare sesso orale. Quando chiede e ottiene, poi, in cambio, Lucilla restituisce con quanto ha di più prezioso: il suo corpo, la sua avvenenza. «Siamo così di famiglia, non vogliamo elemosine!»

Lui, Abel, abita poco distante, praticamente sotto la stessa scheggia di cielo. Sa che il momento sta per arrivare, sa che avrà presto una storia d'amore di cui per ora riesce a immaginare solo le implicazioni fumettistiche. Ecco perché in un angolo della sua mente festeggia l'avvento d'ogni nuova giornata, fiducioso che possa essere quella dell'atteso incontro. Ancora morbido come un cucciolo nonostante una pelle da pirata saraceno, con una voglia di barba però troppo tenera aggrappata al mento, si vede subito che gli manca qualcosa: gli manca, cioè, d'essere stato con una donna. Abel, in ogni caso, si comporta come se con una donna ci fosse stato, crede anzi in buona fede di aver perso la verginità o quasi, perché vive in casa d'una cugina di professione infermiera (all'ospedale San Giovanni) che gli gira intorno, se capita e capita spesso, nuda o seminuda dal momento che considera il corpo come un meccanico considera le automobili. Sa dove mettere le zampe, a che cosa serve questo e quell'altro. Lo spinterogeno, il carburatore, il capezzolo, l'uccello... Sa dove toccare per tirar fuori una sgassata...

Quel suo nome insolito per non dire stravagante, Abel, gli è stato messo in onore del regista Abel Gance, autore del film *Napoleon*. I suoi genitori l'hanno infatti concepito nel grembo d'una morbida notte plenilunare dell'Estate Romana. Una notte teneramente trasgressiva, all'insegna dell'effimero, stregata dal profumo degli hot dog, dei wurstel, degli spinelli e d'una promiscuità affettuosa, piacionissima, alternativa a tutto quello che di punitivo all'epoca la Digos rappresentava nelle loro esistenze di pendolari incazzati contro il Sistema oltreché di manifestanti full time.

Vicini col cuore, ma solo col cuore, al Movimento e un pizzico anche segretamente solidali con le bierre.

Adesso quei genitori sono vecchi, un po' sordi e vivono in una cittadina dell'agro pontino. E pensano: "Se abbiamo un figlio così (ribelle, sognatore, fatto su misura per la poesia) il merito è nostro, è di tutto quello che ci siamo fumati alla faccia del Regime!".

A volte Abel, andando in cerca d'uno dei tanti misteri di cui, alla sua età, si crede sia fatto il segreto per vincere nella vita, sente affacciarsi alla mente una parola piena di suggestione, sente traboccargli dalle viscere una mezza frase o magari una frase intera. Con un ritmo preciso, con un sound verbalmente irresistibile. Di quei costrutti verbali o come stracazzo definirli, trascritti senza bisogno della mediazione del pensiero, ha riempito un floppy cui dà grandissima importanza. Un giorno, sull'etichetta di quel floppy, ha scritto "poesie" e da allora molte cose sono cambiate nel suo rapporto con l'esistenza, con la solitudine, col modo di guardare le ragazze. È cambiato anche, è cambiato soprattutto il suo modo di navigare in internet, di andarsi a infilare nelle chat room che gli sembrano "oltre il limite". E quell'"oltre", cui non sa dare una precisa valenza, gli piace, anzi lo soddisfa tantissimo perché lo sente in sintonia con la sua concezione della poesia, nata dal mouse anziché (come sarebbe accaduto una volta) uscita dalla penna. È diverso, eccome se è diverso! Fatto sta che Abel ha una ferma, fermissima convinzione: da una costola della sua generazione, perché lui crede nella generazione come una volta si credeva nella patria, sta nascendo una nuova era della letteratura. Una letteratura in comunicazione diretta con lo spazio, senza attorno le quattro pareti incombenti sulle pagine dei poeti e narratori d'una volta. Adesso basta premere "invio" e si entra in viva (mi raccomando quel "viva") comunicazione con l'ignoto, col marziano della porta accanto e con l'alieno d'oltre Atlantico. I lettori

sono loro, il pubblico è quello e i poeti lo sanno. Ecco perché sta cambiando tutto.

Computer o no, nella vita bisogna anche mangiare. Dal cibo si generano umori e stati d'animo. E con questo? Con
questo tanto Lucilla che Abel fanno un uso smodato delle
diete per single, del forno a microonde, dei surgelati Fin-
dus ("Quattro salti in padella" e simili). Così, mentre man-
giano bocconi bollenti che sanno però di crudo dentro,
stando mezzo seduti e mezzo no, i sapori semiplastificati
diventano nelle loro bocche abitudine, noia, mediocrità,
frustrazione. Tanto che «uffa!» è la sola parola che possa
tradurre la loro condizione psichica successiva al pasto
specialmente serale. A questo punto, fortuna che esiste l'e-
lettronica, fortuna cioè che esistono i programmi televisivi
di mezza sera. Fortuna che sono disponibili i telefilm del
prime time tipo *Cold Case delitti irrisolti* o *N.C.I.S.* o anche
i documentari sugli incas, sui maya, su Stonehenge, sulla
vita dei rettili, sul Terzo Reich. Sono ottimi passatempi
d'accesso al momento magico delle notti di Lucilla e di
Abel, intorno alle 23,30.
    A quell'ora Lucilla si tira su i capelli, indossa la camicia
da notte ma con sopra la vestaglia ben chiusa, proprio come se qualcuno la potesse vedere, perché quando chatti sai
dove cominci e non sai dove finisci. Si mette accanto una
mezza minerale naturale e accende il suo amato Toshiba.
«Ciau, Toshiba, cocco!» gli sorride.
    Quasi contemporaneamente, se non c'è una partita di
calcio o un processo ai goal, Abel attiva il suo Acer. Alla
sua sinistra è già predisposta una scatoletta di Mental bianco, aperta e con i confetti che invitano alla degustazione.
    Così, di colpo, per Lucilla e per Abel la vita cambia: si
compatta, accelera, raggiunge gli immediati dintorni d'un
possibile sballo. Niente eguaglia, sul piano emozionale,
quell'attimo: la mano che si allarga, posandosi sul guscio

del mouse, tondeggiante e misterioso come un fossile del giurassico. *Et voilà* l'ignoto d'un tratto si affaccia nel loro mondo casalingo...

Di che cosa è fatto quel mondo? Di pochissimo, di niente. Abel vuol bene a un mega Paperino disneyano appiccicato all'anta dell'armadio dove ficca tutte le sue cose compresa la chitarra, abbandonata dopo un amore rapido, prepotente e distruttivo per la musica adesso sostituita senza rimpianti dalla poesia. La sua poesia, quella degli altri...boh, secondo. Possono piacergli un verso, due...Poi niente, fine!

Solo la poesia è capace comunque di esprimere quel pizzico al cuore che Abel avverte uscendo nelle mattine di tramontana o bighellonando sbandato nei lunghi, morbidi tramonti di aprile. O lo folgora quando, fra buietto e buio, gli capita di inquadrare l'ancheggiare d'una ragazza di Acilia, tale Fabiana, nel mentre esce dal profumo della torrefazione dove lavora soprattutto a scansare manfrine, complimenti, avances. "Io, quella, la stupro" si dice allora Abel, adagiando però il verbo stuprare sulle ali della tenerezza e dell'amore cortese.

Il buffo è che anche Lucilla, più faticosamente perché con meno illusioni, scrive "avec tout son coeur" versi che, non avendo più lo slancio dell'adolescenza, affondano nelle sabbie mobili di umili e banali frustrazioni (la cena scaldatasi male nel sunnominato forno a microonde, l'incalzare d'un pomicione sull'autobus affollato, la fila alla posta per pagare la bolletta della luce mentre il suo Cuore dice piangendo incazzato al suo avaro Destino "Io, vaffanculo, io sono fatta per amare").

Ma ecco che finalmente avviene l'incontro tra Abel e Lucilla. La faccenda va così.

Una notte già quasi di primavera, sotto una luna nitida e bianca insidiata da grosse nuvole sfrangiate perché tempestose, Abel non sa decidersi a spegnere il computer. Si sente pungolare dentro e quel pungolo lo tiene lontano dal tiepido groviglio delle coltri. Che cosa sia quel qualcosa non si chiede sapendosi una testa matta, ritenendosi un artista indulgente fino all'irresponsabilità verso i suoi capricci e i suoi desideri persino più bizzarri. Ha o non ha il Sessantotto nel Dna? Fatto è che, dopo aver guardato dalla finestra e respirato l'elettricità presente nell'aria, si abbandona a una determinazione sconsiderata, comunque sbarazzina e ribelle: quella di sfidare l'ignoto e procurarsi un'avventura sentimentale.

Desidera, in altre parole, catturare insieme con un corpo anche un'anima femminile dolce e soprattutto un po' spersa. Abel ha voglia di carezzare i capelli d'una donna, di sentire sotto quei capelli la forma della testa e dirle sei bellissima mentre se lo sente venire duro. Mentre lei dice commossa, più ancora che tentata, «Prendimi!» Da ridere? Non è da ridere, proprio per niente!

Ecco allora che, affidandosi alla stessa romantica irragionevolezza che faceva di Baudelaire (il suo angelo custode) un diverso in un mondo di uguali, chatta e manda in rete un avviso che gli pare subito bellissimo perché temerario e colorato come una bandiera al vento. Recita testualmente: «Innamorato estremo della letteratura cerca lettrice estrema di Baudelaire. Le anime convenzionali sono pregate di astenersi dal rispondere!»

Non deve aspettare molto, comunque meno di quanto avesse previsto. La risposta che gli giunge, sorprendente già nella sua laconicità, consta di appena cinque parole: «Cercavo chi mi cerca. Eccomi».

Abel si volta a guardare ancora una volta il cielo di quella notte strana. Si sente eroicamente solo e ancor più eroicamente libero (ma col desiderio segretissimo di non essere più né solo né libero). Così non perde tempo a farsi domande. Vuole invece immaginare di poter condividere al più presto con Eccomi l'avventura che manca alla sua giovinezza. Fatto sta che si affretta a digitare quanto segue: «Ciau, Eccomi. Posso chiamarti così? Mi pare un modo spiritoso e gentile (ma forse sto toppando) di saltare le convenzioni cretine e di esserti subito vicino. Di essere già da te, a sorriderti dallo schermo del tuo computer. La risposta, che mi hai inviato, è assoluta. Hai risparmiato infatti le parole ma non il cuore. Che forza! Dimmi, adesso, chi sei. Dimmi qualcosa che mi aiuti a immaginarti!».

«Nisba. Sei tu a dover scoprire il gioco!»

Abel ci rimane di merda ma solo per un attimo. L'altolà dissonante di Eccomi, implicito in quello scanzonato e impertinente nisba, è senz'altro frutto d'un ragionamento da fanatica. Dimostra una natura vivace, femminile, sul dispettoso. Abel, comunque, non perde tempo. Già fa progetti, immagina. Vorrebbe, potendo scegliere, che Eccomi fosse una single sopra i ventotto, intorno ai trenta o anche trentacinque e comunque non troppo giovane. Le ragazze hanno le cosce troppo nervose e l'anima con gli spigoli. Con una più grande, truccata e profumata da mamma borghese sotto i quaranta, Abel prevede ci siano meno rischi che il pistolino gli faccia fare una grezza. Eppoi le giovani d'anima, sesso, carne e pelo gli fanno paura (nel senso che lo tentano in un modo ingovernabile) proprio come la coca che lo attrae, al punto che esce per cercarla come non potesse far altro e all'ultimo, però, si blocca rimandando l'esperienza a una prossima volta.

In pratica, al presente, Abel sogna di prendersi una cotta fatta di tenerissime fottute, di fottute annegate nelle confessioni narcisistiche, cerebrali e precedute da visite, mano nella mano, ai book-shop. Gli piace la gente che c'è fra i banconi, le coppie intellettuali che si vede benissimo passano la domenica leggendo e scopando, l'odore della cultura, eccetera. Perciò, avendo pronto in un cantuccio del cervello un folgorante biglietto da visita telematico, non esita a digitarlo. Eccolo: «Sono un lupo solitario, orfano di affetti famigliari perché figlio di genitori alieni. Hai mai sentito parlare degli ufo? Sono roba di quei due. Quanto a me, batto ogni notte le dark room della misantropia, dell'indifferenza morale, del sadomaso. Un poeta è anzitutto un esploratore di esistenze! Sei d'accordo? Adesso che ti ho messo al corrente, rispondi Eccomi. Sono qui a aspettarti con impazienza.»

Che forza! È assolutamente quello che lei vuole. Così, una volta letta l'e-mail di Abel, Eccomi alias *lucilla@nonciprovare.it* si rivolge un caldo invito alla prudenza. "Calma!" si intima, rimandando di qualche ora il suo rispondere. Si carezza un pochino-pochino una zinna e si addormenta, abbracciata al suo orsetto di peluche, trascorrendo così quanto rimane di quella strana notte. Al risveglio, quindi, vuole berci sopra un ricco cappuccino da bar con molta schiuma e una spruzzata di cacao, accompagnandolo con un cornetto ripieno di Nutella. Mangia socchiudendo gli occhi e in quel momento chiunque, anche il più restio degli umani, desidererebbe baciare le sue labbra profumate di burrosa dolcezza al cacao.

Alla fine Lucilla si dice "Ok, baby!", chiedendosi però quale dovrebbe essere la sua risposta. Sa troppo poco infatti dell'universo dei computer, delle sorprese belle o brutte che un tale universo può riservare ai suoi utenti. Di conseguenza non immagina che cosa sia opportuno dire e non dire di sé.

Lui, l'uomo che s'è presentato scrivendo di essere alla ricerca di una lettrice estrema di Baudelaire, può non essere quello che vuole apparire. Lucilla sospetta, e non da adesso, che esistano dei temibilissimi moralisti telematici. Dei grandissimi stronzi che, contrapponendosi ai "chattatori" borderline tutto sommato progressisti, si mostrino magnanimamente comprensivi e tolleranti di fronte a gravi e grandi peccati come lo stupro, la pedofilia, eccetera, ma impazienti nei confronti dei più ragionevoli compromessi umani, delle debolezze e degli inevitabili scivoloni cui costringe l'essere vivi tra i vivi. Guai a incontrare uno di questi potenziali serial killer, abilissimi nell'attirarti nei loro labirinti verbali. A trascinarti anche riluttante nei loro mondi bui, cupi, frustranti e senza uscite. La loro massima aspirazione sadomasochista è quella d'incontrare, Lucilla ne è certa, una donna come lei. Una di cui si dice «Non ha avuto fortuna, poveraccia». Loro, buttandosi come falchetti, sono pronti a sperimentarne, anonimi e perversi, le potenzialità di vittima designata con aculei verbali intinti nel veleno della minaccia velata, del senso di colpa, delle latenti pulsioni autodistruttive. Ce la metterebbero tutta per riuscire, parolina dopo paroletta, a degradarla, a spogliarla, a farla vergognare d'essere venuta al mondo.

Alla fine, pensando e ripensando, Eccomi si decide a barare, usando un linguaggio che le sembra perfettamente computerese e adatto comunque alla luce iperurania del piccolo schermo. Scrive anche sotto effetto di due optalidon: «Mia nonna era una strega contadina. Io sono nata su una stella fredda, da genitori metropolitani, pre-sessantottini e potenzialmente tossici. Sono single ma non vergine. Chi mi fa male, prima o poi, si brucia le penne».

Basta? Lucilla, pur rimanendo sostanzialmente incerta, pensa che ci sia una dose sufficiente di ispirata letterarietà in quel frammento autobiografico. Pensa anzi che, prima o poi, lo potrà sfruttare in un suo poemetto. Così evita di rivelare che ha un amante in stand by ormai da otto mesi. Si chiama Leandro, è un odontotecnico di origine istriana (biondo, bono, juventino) con moglie e tre figli. L'estate fa surf. Ha quarantaquattro anni e scopa da dio ma il suo pene produce un effetto anestetizzante. Dopo che l'ha presa, Lucilla cade in una specie di infreddolito sonno della ragione. Triste e grigio.

«Insegno alle medie» pensa bene di precisare prima di premere "invio". Non risponde a verità dal momento che Lucilla è sì prof, ma in una scuola alberghiera. Muoversi sul terreno della menzogna però la rassicura. «Sono stata, in altri tempi, miss Costa Pontina ma non ne vado orgogliosa. Errori di gioventù.» Non aggiunge ovviamente che le è rimasto il segno d'una bruciatura di sigaretta, fattole sulla coscia destra da un perverso sotto mentite piume di bravo ragazzo innamorato del canottaggio. «Mi preme chiarire che tengo più all'anima che al corpo» ritiene opportuno precisare, rileggendo il messaggio una quarta o una quinta volta.

Bastano quegli accenni perché lui, l'uomo sull'altra riva dell'oceano informatico, capisca che ha un'anima (cui tiene molto) vestita però d'un corpo scolpito nell'avvenenza? Sì, forse sì. Lucilla, incrociando le dita e dicendosi "Speriamo che lui sia almeno un po' quello che vuol far credere", conclude l'autoritratto così: «Sono, a tutt'oggi, autrice di quarantacinque poemetti inediti».

Abel fa finta di niente, lascia cadere. Gli interessa la donna, non la poetessa. Frattanto le e-mail, che una notte dopo l'altra si scambia con Eccomi, divengono sostitutivi d'una vera e propria relazione. Lei ci sta però non del tutto, non come ci sarebbe stata prima di scoprirsi due piccole rughe agli angoli della bocca. Due virgole scritte nella carne che, al momento, basta un po' di crema Nivea per neutralizzare. Così si destreggia, prende tempo, corazzandosi dietro frasi del tipo: «Scopare? È solo un dettaglio, importante però sempre un dettaglio e anche un po' stronzo. Almeno in certi casi!».

Lucilla e Abel abitano, senza saperlo, a pochi isolati di distanza. Verrebbe dunque facile per entrambi incontrarsi, andare a prendere un caffè insieme. Niente di più comodo ma loro non sanno, non vogliono sapere, che a dividerli sono appena un paio di strade, una traversa, poche centinaia di metri. Non sanno niente perché non si sono mai scambiati gli indirizzi.

Al loro terzo o quarto incontro, forse sentendosi un po' perso nella grande ragnatela informatica, Abel in verità ci ha provato. Mettendo a frutto un'occasione offertagli dalla meteorologia, si è affrettato a digitare: «Qui, in questo momento, ha tuonato. Si sta scatenando un temporale.»

Risposta secca, come risentita, di *lucilla@nonciprovare.it* alias Eccomi: «Anche qui. E con questo?».

«È la prova, cara Eccomi, che abitiamo vicini. Sentiamo nello stesso momento gli stessi tuoni.»

«Come se i tuoni fossero una rarità e non si producessero continuamente. Ovunque. Quello che imperversa qui potrebbe essere il tuo stesso temporale o un altro temporale, scoppiato a mille chilometri di distanza. Se con questa manfrina vuoi scoprire dove abito, lascia perdere. Tanto non te lo dico. Non riuscirai mai a trovarmi come non troveresti uno spillo caduto sul tappeto rossiccio che fodera il suolo di Marte!»

«Mi piace.»

«Che cosa?»

«La tua immagine, lo spillo perduto sul suolo del pianeta rosso. Mi mette i brividi. Funziona, è una poesia.»

«Bingo!» risponde lei e chiude il collegamento con un sorrisetto di soddisfazione. Naturalmente, dopo quella volta, di indirizzi non si è più parlato.

Certo la curiosità c'è, la avvertono entrambi. Come sarà Lucilla? Le tette, le gambe... Come sarà Abel? Lei la butta sul taglio e il colore degli occhi, sulle mani... Come le ha? Perché le mani, in un uomo, sono importanti...

«Una mia fotografia? Rovinerebbe la sorpresa, tutto è rimandato a quando ci vedremo. Non rimarrai deluso, comunque.»

«Così ci vedremo, ti sei decisa!»

«È inevitabile, chéri.»

Da quel momento, prendendola molto da lontano, Lucilla e Abel arrivano a progettare via e-mail un incontro. Si decide una data, poi un'altra. Dubbi, altri dubbi sul giorno, sull'ora, sul luogo. Meglio un caffè o una fermata della metro? «La fermata della metro è più post-moderno» sentenzia Abel, non sapendo bene che cosa significhi post-moderno. «Ok» risponde Lucilla, aggiungendo dentro di sé "formidabile".

L'atteso rendez-vous viene finalmente fissato e poi rinviato un paio di volte. La prima perché Lucilla ha un ascesso a un dente e non vuol farsi vedere con la guancia gonfia. Così inventa scuse che, chattate alla svelta, finiscono col creare qualche ombra. Piccole incomprensioni che solo il calore e colore della voce potrebbe fugare.

Conseguenze? Indirette quanto imprevedibili, un po' strane. Ci sono, nell'aria, i presupposti d'un primo, chissà se fatale disincantarsi. Comunque Lucilla e Abel, seduti davanti ai loro computer, continuano a comunicare ogni notte. All'idea, sempre ripetuta e mai realizzata di vedersi, si accompagna adesso l'impressione che tutto quanto riguarda quel loro rapporto possa d'un tratto annullarsi così come si cancella un file. Senza nessun motivo comprensibile. Questo li inquieta e forse anche li eccita, complicando tutta la faccenda. Tanto che, dopo aver fissato formalmente la data d'un nuovo appuntamento, Lucilla torna a indugiare. La giustificazione, che offre a se stessa, è dolce e banale insieme. Deve trovare prima il modo di cucirsi una gonna copiata da un modello adocchiato in una vetrina di via Condotti. Sa che le starebbe benissimo e dunque vuole indossare una gonna così andando a conoscere Abel. In caso contrario, non si sentirebbe sicura. Ma poi, riflettendoci bene, desidera davvero incontrarlo quel suo interlocutore notturno o... Beh, insomma, un conto sono gli incontri tramite computer e un conto sono gli incontri dal vero. Le persone, in carne e ossa, hanno un corpo, una volontà, un odore. Internet rende tutto così volatile, così figlio della casualità e della leggerezza...

«No, domani è impossibile. Ti chiedo scusa del nuovo rinvio. Propongo lunedì.»

Questa ulteriore posticipazione risulta comunque fatale, irreparabile. Quel lunedì risulterà maledetto. La mattina, infatti, Lucilla si sveglierà con uno strano presentimento: Abel molto presto morirà di overdose. Sulla panchina d'un giardinetto, in un ascensore fermo fra due piani, in un cesso o dove altro sia. Lo troveranno buttato in un angolo come uno straccio, con la siringa nel braccio. Domanda: ma lui si buca? Lucilla, in verità, lo ignora e nemmeno se lo è mai chiesto. Chissà! Pensandoci, almeno per quanto lo conosce e cioè non di persona, potrebbe però essere proprio il tipo cui capita di finire così. È poeta, è sul serio e fanaticamente poeta. *Lucilla@nonciprovare.it* più ci riflette, più si convince che succederà perché lei ha una sensibilità da involontaria pitonessa. Ci azzecca senza volerlo, senza nemmeno provarci. Così si emoziona, si commuove come ci si commuove per un gattino. "Mannaggia, fai che mi sia sbagliata!" Lucilla si agita, si tormenta, vorrebbe fare qualcosa ma non sa che cosa. È persino tentata di andare in chiesa a pregare, poi, riflettendoci, conclude che non sarebbe leale. "Non si può essere credenti solo quando fa comodo e si ha bisogno dell'aiuto del Cielo" si dice con la voce della sua più autentica, più spavalda fierezza femminile. Lei non trucca mai le carte, lei guarda in faccia la vita. È sincera con se stessa fino a farsi male, certe volte ha persino la smorfia della sincerità dipinta sulle labbra indurite come stesse per soffiar via un semino di mela. Proprio questa consapevolezza l'aiuta paradossalmente a rasserenarsi. "Io le cose le affronto" si dice grintosa, ciociara, figlia di maresciallo, emancipatasi a colpi di cazzo, a furia di sit-in e di love story tutte in perdita...

Poco prima di mezzogiorno, quel lunedì appunto, percorrendo col motorino di un amico via Taranto, Abel ha un incidente. Potrebbe salvarsi se solo indossasse il casco ma non lo indossa e per lui è la fine.

E poi? E dopo? Il suo computer, ovviamente, tace. Sta là freddo, spento, buio. Non risponde a nessun appello, non c'è più.

Lucilla chiama ma niente. "Rispondi, dai! Ti prego, dai!" Lascia passare ventiquattr'ore e ci riprova. Nulla. Si fa forza e lascia passare due giorni, quasi tre. Cerca nuovamente di mettersi in contatto ma senza successo. Che cosa deve pensare, povera lei? "Non poteva che andare così" conclude dopo aver insistito ancora e ancora. E d'un tratto ne ha la certezza. "Abel è morto" si dice mentre siede davanti al Toshiba, che sembra fissarla con tutta la luce del suo schermo quasi dicesse «Io che ci posso fare, figlia mia?».

Lucilla si domanda se debba o meno inviare nel cestino e quindi cancellare tutte le tracce di *abel@perbaudelaire.it* presenti nella memoria del suo Toshiba. Un po' le dispiace, anche perché adesso lei lo immagina come il tipo estremo, spavaldo, che pensa, si comporta e dice "Rischio, mi buco e chi se ne frega!". E Lucilla ha sempre considerato con indulgente simpatia la morte dei tossici. È una fortuna perciò che non sappia che Abel se n'è andato nel modo più cretino. Girando intorno allo stop di un'Alfa 156 quasi ferma in mezzo alla strada, nel mentre curvava tutto inclinato sulla sinistra e prendeva velocità, Abel ha preso in pieno un bus dell'Atac. Sbang! C'è andato dentro di testa, da rimbambito.

Trascorre qualche settimana di luttuoso, densissimo silenzio. Lucilla non esce quasi di casa, più che altro perché pensa sia finita una stagione della sua vita. Più che invece, si sente come fosse tenuta insieme dalla pelle d'una chiata, rognosetta, appena emersa da un cassonetto puzzolente di teste e lische di triglia buttate là. Si vergogna di mostrare al mondo la sua solitudine da randagia scarognata. Così va per casa, trascina le pantofole, fruga nei cassetti in cerca di non sa nemmeno lei che cosa. Non si abbottona la vestaglia che le scampana addosso. Mangia qualche fetta di prosciutto crudo e secco di frigorifero, cerca di stuzzicarsi l'appetito con qualche cetriolino sotto aceto e stop. Il caffè le mette nausea. «E io sola giaccio» le torna in mente un frammento di Saffo, lasciato là dagli anni del liceo. Adesso le sembra bellissimo, pieno di cose come un manifesto della femminilità. Fatto sta che *lucilla@nonciprovare.it* delega quelle parole a dire tutto quello che prova, che non le va di ricapitolare per esprimere la sua condizione.

Dormicchia davanti alla tivù, si desta di soprassalto, ha l'insonnia, ridormicchia buttata sul divano. Un disastro. Si lascerebbe andare chissà fin dove se d'impulso una mattina, dopo un lungo e tragico risveglio passato a vedersi da ricovero, non si sentisse attraversare da una scarica adrenalinica. Mistero. La testa galoppa, il cuore galoppa, l'umore galoppa. "Andate tutti a prendervela nel culo" sghignazza preterintenzionalmente. Piroetta. Poi, un po' tremante, riattiva mister Toshiba. Appena si illumina, dicendole con la sua luce che sembra lavata nel mercurio del termometro, «Buongiorno stella mia!», lei lo fissa come a implorarlo seduttiva: «Dammi una mano, ti prego. Ti scongiuro!». Mister Toshiba allora le risponde chiedendole la password e suggerendole implicitamente una maggiore calma e serenità.

E vai... il racconto comincia. Fantastico! È la prima volta che ci prova con la prosa e gode come mai avrebbe immaginato. La storia le piace, quasi la travolge. Viene giù veloce, quasi l'avesse davanti e la stesse copiando così com'è cioè già tutta scritta nei suoi pensieri. Due pagine, tre, ne corpo 12. Il tempo vola con le parole. A Luci quasi appetito: succhia un cioccolatino, si sostiene con due bicchieri di acqua zuccherata.

Protagonista della vicenda è un uomo nel pieno degli anni... no, Lucilla sente il bisogno di ringiovanirlo... ecco, adesso le pare di vederlo, di conoscerlo, di sapere che mutande indossa e che deodorante usa... È un ex ragazzo, altezza uno e settantadue, che dopo aver conosciuto e per qualche tempo frequentato via internet una bellissima quanto misteriosa quarantenne, la invita a cena. Lei ha appena avuto le mestruazioni (questo *lucilla@nonciprovare.it* lo pensa ma non lo scrive) e si sente in forma perfetta. Gagliarda, pulita, femminissima. Nemmeno a dirlo i due divengono amanti e si amano come belve. Lui le strappa la sottoveste nera, lei lo graffia. Nel racconto fanno amore e cinema. La penetrazione, ovviamente, rimane fuori campo: non descritta ma sottintesa. Si capisce però, Lucilla riesce a far capire, che i due non possono saziarsi né in quello né nei successivi amplessi. La ragione di quella esasperata, tormentosa passione fisica? Ecco la trovatissima del racconto. Si tratta d'una reazione naturale, quasi necessaria, a una storia iniziata chattando sulle ali del caso e persi nel buio d'una notte non solo del cielo ma anche esistenziale. La carne vuole così la sua materialistica rivincita sull'elettronica!

«Devo chiederti scusa» dice a mezza voce Lucilla al suo Toshiba, prima di scrivere: «Ogni volta, avvinghiandosi l'una all'altro, lei e lui del racconto vogliono darsi conferma di essere creature di carne e ossa, non fantasmi creati da una crudele magia dell'elaboratore elettronico!».

Lucilla, piangendo lacrime isteriche perché d'improvviso è certa che quel racconto farà il botto, passa lentamente l'indice della mano destra sui tasti del suo fedele computer. Lo carezza. Poi scrive sullo schermo in 18 Bookman Old Style: «Tu sei mio e lui... lui *abel@perbaudelaire.it* era dentro un file e quel file si è cancellato. Poteva succedere ed è successo. E con questo? Chissà quanti altri Abel ci sono persi nel web. Sai che ti dico? Di te mi fido e ti voglio un sacco bene, Toshibino mio. Noi due insieme andremo a esplorare le chatroom più marginali e poi scriveremo cose davvero da sballo. Contento? Saranno anche un po' tue, sai, perché le firmerò *lucilla@nonciprovare.it*».

Indice

Finito di stampare nel dicembre 2009 presso
il Nuovo Istituto Italiano d'Arti Grafiche - Bergamo
Printed in Italy

DO 0056776998

E NESSUNO SI
ACCORSE CHE M
1
DEBENEDETTI A

BUR
RCS LIBRI

ISBN 978-88-17-03881-2